U0845903

你应该阅读的

# 中国名家杂文

徐景林　主编

百花洲文艺出版社

**图书在版编目(CIP)数据**

你应该阅读的中国名家杂文／徐景林主编. —南昌 ：百花洲文艺出版社，2018.5

ISBN 978－7－5500－2764－0

Ⅰ. ①你… Ⅱ. ①徐… Ⅲ. ①杂文集－中国－现代②杂文集－中国－当代 Ⅳ. ①I266.1

中国版本图书馆 CIP 数据核字(2018)第 060032 号

**你应该阅读的中国名家杂文**

徐景林 主编

出 版 人　姚雪雪
出 品 人　杨建峰
责任编辑　刘　云　李　瑶
美术编辑　松　雪　王　进
制　　作　王　进
出版发行　百花洲文艺出版社
社　　址　南昌市红谷滩世贸路 898 号博能中心 A 座 20 楼
邮　　编　330038
经　　销　全国新华书店
印　　刷　河北鹏润印刷有限公司
开　　本　880mm×1270mm　1/32　印张　12
版　　次　2018 年 9 月第 1 版第 1 次印刷
字　　数　275 千字
书　　号　ISBN 978－7－5500－2764－0
定　　价　38.00 元

赣版权登字 05－2018－151



邮购联系　0791-86895108
网　　址　http://www.bhzwy.com

# 前　言

杂文是随感式的杂体文章。一般有短小活泼、犀利讽刺的特点。内容无所不包，格式丰富多样，有杂感、杂谈、短评、随笔、札记等。杂文也是广大读者喜欢的文体之一，特别是针对社会热点、历史事件发表看法的作品和抒发闲适心情、调侃世事百态、文字幽默风趣的小品随笔。近些年来，杂文的受欢迎程度已经逐步赶上甚至超过了大部头的文学作品。

在中国的文学长河中，从来没有哪一种文体像杂文这样，有着凤凰浴火般传奇的经历。

古典文学中的诸子百家、唐宋八大家、明清时期的性灵派和桐城派等等，都著有许多鞭辟入里的论述古文，同我们现代杂文的风格非常相像。这些古文小品直面社会，直面人生，闪烁着一针见血的理性光芒。例如方孝孺的《蚊对》、韩愈的《马说》《师说》、柳宗元的《三戒》、皮日休的《原谤》、刘基的《卖柑者言》、姚鼐的《议兵》等等，数不胜数。

"五四"时期，鲁迅以及其他作家继承了这种优良的文学传统，同时接受了欧美尤其是英国随笔式文体的影响，有意识地使用欧美散文随笔创作的风尚破旧立新，使中国杂文发展为一种直接而迅速地反映社会现实生活或表现作者思想观点的文艺性论文。杂文是独特的，它不同于古代散文、欧美随笔的随意挥洒，而是以思想性、论战性见长；艺术上言辞机警，常借助形象比喻来议论人或事，有强烈的震撼力。

如今的杂文不仅是匕首、是投枪，更是社会感应的神经，诊断痼疾的良医。杂文家可以中外古今旁征博引，纵横上下独抒己见；也可以选择各种途径发表言论，传统纸媒有形、网络平台超快。一句话，现代杂文的生命力在于植根社会，贴近民生，关心自己时代的生存状态、精神状态和心理状态。写时评、杂感绝不蜻蜓点水，逞一时之快；写随笔、札记也不闭眼论道，对白纸空谈；说的是实实在在话，表的是真真切切心。

2018 年 3 月

# 目　录

# 少年中国说

## 梁启超[①]

日本人之称我中国也，一则曰老大帝国，再则曰老大帝国。是语也，盖袭译欧西人之言也。呜呼！我中国其果老大矣乎？梁启超曰：恶，是何言！是何言！吾心目中有一少年中国在。

欲言国之老少，请先言人之老少。老年人常思既往，少年人常思将来。惟思既往也，故生留恋心，惟思将来也，故生希望心；惟留恋也，故保守，惟希望也，故进取；惟保守也，故永旧，惟进取也，故日新。惟思既往也，事事皆其所已经者，故惟知照例；惟思将来也，事事皆其所未经者，故常敢破格。老年人常多忧虑，少年人常好行乐。惟多忧也，故灰心，惟行乐也故盛气；惟灰心也，故怯懦，惟盛气也，故豪壮；惟怯懦也，故苟且，惟豪壮也，故冒险；惟苟且也，故能灭世界，惟冒险也，故能造世界。老年人常厌

---

① 梁启超(1873—1929)，广东新会人。字卓如，号任公，又号“饮冰室主人”。清光绪举人。1895 年曾随康有为发动“公车上书”，鼓吹变法维新。失败后逃亡日本。在日本创办《清议报》和《新民丛报》，反对革命，主张君主立宪。辛亥革命后，回国组织共和党、进步党，曾任军阀政府司法总长、财政总长。新文化运动中，倡导文体改良的“诗界革命”和“小说革命”，开白话文风气之先。晚年在清华学校讲学，有《饮冰室合集》行世。

事，少年人常喜事。惟厌事也，故常觉一切事无可为者；惟好事也，故常觉一切事无不可为者。老年人如夕照，少年人如朝阳；老年人如瘠牛，少年人如乳虎；老年人如僧，少年人如侠；老年人如字典，少年人如戏文；老年人如鸦片烟，少年人如泼兰地酒；老年人如别行星之陨石，少年人如大洋海之珊瑚岛；老年人如埃及沙漠之金字塔，少年人如西伯利亚之铁路；老年人如秋后之柳，少年人如春前之草；老年人如死海之潴为泽，少年人如长江之初发源。此老年与少年性格不同之大略也。梁启超曰：人固有之，国亦宜然。

梁启超曰：伤哉老大也。浔阳江头琵琶妇，当明月绕船，枫叶瑟瑟，衾寒于铁，似梦非梦之时，追想洛阳尘中春花秋月之佳趣。西宫南内，白发宫娥，一灯如穗，三五对坐，谈开元、天宝间遗事，谱《霓裳羽衣曲》。青门种瓜人，左对孺人，顾弄孺子，忆侯门似海珠履杂沓之盛事。拿破仑之流于厄蔑，阿剌飞之幽于锡兰，与三两监守吏或过访之好事者，道当年短刀匹马驰骋中原，席卷欧洲，血战海楼，一声叱咤，万国震恐之丰功伟烈，初而拍案，继而抚髀，终而揽镜，呜呼！面皴齿尽，白头盈把，颓然老矣。若是者，舍幽郁之外无心事，舍悲惨之外无天地，舍颓唐之外无日月，舍叹息之外无音声，舍待死之外无事业。美人豪杰且然，而况于寻常碌碌者耶？生平亲友，皆在墟墓，起居饮食，待命于人；今日且过，遑知他日，今年且过，遑恤明年。普天下灰心短气之事，未有甚于老大者。于此人也，而欲望以拿云之手段，回天之事功，挟山超海之意气，能乎不能？

呜呼！我中国其果老大矣乎？立乎今日，以指畴昔，唐虞三代，若何之郅治；秦皇汉武，若何之雄杰；汉唐来之文学，若何之隆盛；康乾间之武功，若何之烜赫！历史家所铺叙，词章家所讴歌，何一非我国民少年时代良辰美景、赏心乐事之陈迹哉！而今颓然老矣。昨日割五城，明日割十城；处处雀鼠尽，夜夜鸡犬惊。十八省之土地财产，已为人怀中之肉；四百兆之父兄子弟，已为人注籍之奴。岂所谓“老大嫁作商人妇”者耶？呜呼！凭君莫话当年事，憔悴韶光不忍看。楚囚相对，岌岌顾影；人命危浅，朝不虑夕。国为待死之国，一国之民为待死之民，万事付之奈何，一切凭人作弄，亦何足怪！

梁启超曰：我中国其果老大矣乎？是今日全地球之一大问题也。如其老大也，则是中国为过去之国，即地球上昔本有此国，而今渐澌灭，他日之命运殆将尽也；如其非老大也，则是中国为未来之国，即地球上昔未现此国，而今渐发达，他日之前程且方长也。欲断今日之中国为老大耶，为少年耶？则不可不先明“国”字之意义。夫国也者何物也？有土地，有人民，以居于其土地之人民，而治其所居之土地之事，自制法律而自守之；有主权，有服从，人人皆主权者，人人皆服从者。夫如是，斯谓之完全成立之国。地球上之有完全成立之国也，自百年以来也。完全成立者，壮年之事也；未能完全成立而渐进于完全成立者，少年之事也。故吾得一言以断之曰：欧洲列邦在今日为壮年国，而我中国在今日为少年国。

夫古昔之中国者，虽有国之名，而未成国之形也，或为家族之国，或为酋长之国，或为诸侯封建之国，或为一王专制之国。虽种类不一，要之其于国家之体质也，有其一部而缺其一部，正如婴儿自胚胎以迄成童，其身体之一二官支，先行长成，此外则全体虽粗具，然未能得其用也。故唐虞以前为胚胎时代，殷周之际为乳哺时代，由孔子而来至于今为童子时代，逐渐发达，而今乃始将入成童以上少年之界焉。其长成所以若是之迟者，则历代之民贼有窒其生机者也。譬犹童年多病，转类老态，或且疑其死期之将至焉，而不知皆由未完全、未成立也，非过去之谓，而未来之谓也。

且我中国畴昔，岂尝有国家哉？不过有朝廷耳。我黄帝子孙，聚族而居，立于此地球之上者既数千年，而问其国之为何名，则无有也。夫所谓唐、虞、夏、商、周、秦、汉、魏、晋、宋、齐、梁、陈、隋、唐、宋、元、明、清者，则皆朝名耳。朝也者，一家之私产也；国也者，人民之公产也。朝有朝之老少，国有国之老少。朝与国既异物，则不能以朝之老少而指为国之老少明矣。文、武、成、康，周朝之少年时代也；幽、厉、桓、赧，则其老年时代也；高、文、景、武，汉朝之少年时代也；元、平、桓、灵，则其老年时代也。自余历朝，莫不有之。凡此者谓为一朝廷之老也则可，谓为一国之老也则不可。一朝廷之老且死，犹一人之老且死也，于吾所谓中国者何与焉？然则吾中国者，前此尚未出现于世界，而今乃始萌芽云尔。天地大矣，前途辽矣，美哉我少年中国乎！

玛志尼者，意大利三杰之魁也，以国事被罪，逃窜异邦，乃创立一会，名曰“少年意大利”。举国志士，云涌雾集以应之，卒乃光复旧物，使意大利为欧洲之一雄邦。夫意大利者，欧洲第一之老大国也。自罗马亡后，土地隶于教皇，政权归于奥国，殆所谓老而濒于死者矣。而得一玛志尼，且能举全国而少年之，况我中国之实为少年时代者耶？堂堂四百余州之国土，凛凛四百余兆之国民，岂遂无一玛志尼其人者！

龚自珍氏之集有诗一章，题曰《能令公少年行》。吾尝爱读之，而有味乎其用意之所存。我国民而自谓其国之老大也，斯果老大矣；我国民而自知其国之少年也，斯乃少年矣。西谚有之曰：有三岁之翁，有百岁之童。然则国之老少，又无定形，而实随国民之心力以为消长者也。吾见乎玛志尼之能令国少年也，吾又见乎我国之官吏士民能令国老大也，吾为此惧。夫以如此壮丽浓郁、翩翩绝世之少年中国，而使欧西、日本人谓我为老大者何也？则以握国权者皆老朽之人也。非哦几十年八股，非写几十年白折，非当几十年差，非捱几十年俸，非递几十年手本，非唱几十年诺，非磕几十年头，非请几十年安，则必不能得一官，进一职。其内任卿贰以上、外任监司以上者，百人之中，其五官不备者，殆九十六七人也，非眼盲，则耳聋，非手颤，则足跛，否则半身不遂也。彼其一身饮食、步履、视听、言语，尚且不能自了，须三四人在左右扶之捉之，乃能度日，于此而乃欲责之以国事，是何异立无数木偶而使之治天下也！且彼辈者，自其少壮之时，既已不知亚细、欧罗为何处地方，汉祖、唐宗是那朝皇帝，犹嫌其顽钝腐败之未臻其极，又必搓磨之、陶冶之；待其脑髓已涸，血管已塞，气息奄奄，与鬼为邻之时，然后将我二万里山河，四万万人命，一举而畀于其手。呜呼！老大帝国，诚哉其老大也！而彼辈者，积其数十年之八股、白折、当差、捱俸、手本、唱喏、磕头、请安，千辛万苦，千苦万辛，乃始得此红顶花翎之服色，中堂大人之名号，乃出其全副精神，竭其毕生力量，以保持之。如彼乞儿，拾金一锭，虽轰雷盘旋其顶上，而两手犹紧抱其荷包，他事非所顾也，非所知也，非所闻也。于此而告之以亡国也，瓜分也，彼乌从而听之？乌从而信之？即使果亡矣，果分矣，而吾今年既七十矣八十矣，但求其一两年内，洋人不来，强盗不起，我已快活过了一世矣。若不得已，则割三头两省之土地奉申贺敬，以换我几个衙门；卖三几百万之人民作仆为奴，以赎我一条老命，有何不可？有何难办？呜呼！今之所谓老后、老臣、老将、老吏者，其修身、齐家、治国、平天下之手段，皆具于是矣。西风一夜催人老，凋尽朱颜白尽头。使走无常当医生，携催命符以祝寿。嗟乎痛哉！以此为国，是安得不老且死，且吾恐其未及岁而殇也。

梁启超曰：造成今日之老大中国者，则中国老朽之冤业也；制出将来之少年中国者，则中国少年之责任也。彼老朽者何足道，彼与此世界作别之日不远矣，而我少年乃新来而与世界为缘。如僦屋者然，彼明日将迁居他方，而我今日始入此室处。将迁居者，不爱护其窗栊，不洁治其庭庑，俗人恒情，亦何足怪。若我少年者前程浩浩，后顾茫茫。中国而为牛为马、为奴为隶，则烹脔鞭棰之惨酷，惟我少年当之；中国如称霸宇内、主盟地球，则指挥顾盼之尊荣，惟我少年享之。于彼气息奄奄、与鬼为邻者何与焉？彼而漠然置之，犹可言也；我而漠然置之，不可言也。使举国之少年而果为少年也，则吾中国为未来之国，其进步未可量也；使举国之少年而亦为老大也，则吾中国为过去之国，其澌亡可翘足而待也。故今日之责任，不在他人，而全在我少年。少年智则国智，少年富则国富，少年强则国强，少年独立则国独立，少年自由则国自由，少年进步则国进步，少年胜于欧洲，则国胜于欧洲，少年雄于地球，则国雄于地球。红日初升，其道大光；河出伏流，一泻汪洋；潜龙腾渊，鳞爪飞扬；乳虎啸谷，百兽震惶；鹰隼试翼，风尘吸张；奇花初胎，矞矞皇皇；干将发硎，有作其芒；天戴其苍，地履其黄；纵有千古，横有八荒；前途似海，来日方长。美哉我少年中国，与天不老！壮哉我中国少年，与国无疆！

（“三十功名尘与土，八千里路云和月。莫等闲，白了少年头，空悲切！”此岳武穆《满江红》词句也，作者自六岁时即口受记忆，至今喜诵之不衰。自今以往，弃“哀时客”之名，更自名曰“少年中国之少年”。作者附识。）

# 吃人与礼教

吴 虞①

我读《新青年》里鲁迅君的《狂人日记》，不觉得发了许多感想。我们中国人，最妙是一面会吃人，一面又能够讲礼教。吃人与礼教，本来是极相矛盾的事，然而他们在当时历史上，却认为并行不悖的，这真正是奇怪了！

《狂人日记》内说："我翻开历史一查，这历史每叶上都写着'仁义道德'几个字。我仔细看了半夜，才从字缝里看出字来，满本都写着两个字是'吃人'。"我觉得他这日记，把吃的内容和仁义道德的表面看得清清楚楚。那些戴着礼教假面具吃人的滑头伎俩，都被他把黑幕揭破了。我现在试举几个例来证明他的说法：

(一)是《左传》。僖公九年，王使宰孔赐齐侯胙，曰："天子有事于文、武，使孔赐伯舅胙。"齐侯将下拜。孔曰："且有后命：天子使孔曰，'以伯舅耋老，加劳赐一级，无下拜！'"，对曰："天威不违颜咫尺，小白余敢贪天子之命，无下拜？恐陨越于

---

① 吴虞(1872—1949)，四川新繁人。1905 年留学日本。1907 年回国，主编《醒群报》。1917 年加入南社。曾在新文化运动中大胆批判旧礼教和封建文化。1920 年后，在北京大学任教。著有《吴虞文录》《吴虞日记》及诗集《秋水集》等。

小，以遗天子羞。敢不下拜?’下拜，登受。”这是记襄王祭文王、武王之后，拿祭肉分给齐侯。说，“齐侯年老，可以不必下拜，讲君臣的礼节”。齐侯听得襄王如此分付，便同管子商量。管子答道，照着襄王吩咐的话做去，不行旧礼，便成了为君不君，为臣不臣，那就是大乱的根本了(《齐语》)。于是齐侯出去见客，便说道：“天子如天，鉴察不远，威严常在颜面之前，不敢不拜。”据这样看来，齐侯是很讲礼教的。君君臣臣的纲常名教，就是关于小小的一块祭肉，也不能苟且。讲礼教的人到这步田地，也就尽够了。就是如今刻《近思录》《传习录》的老先生讲起礼教来，未必有这样的认真；齐侯不愧为五霸之首了！然而我又考《韩非子》说道：“易牙为君主味，君之所未尝食，惟人肉耳，易牙蒸其首子而进之。”管子说道：“易牙以调和事公，公曰‘惟蒸婴儿之未尝’，于是蒸其首子而献之公。”(戴子高《管子校正治要》：“首子”作“子首”，《韩子·难篇》同，今本误倒。)你看齐侯一面讲礼教，尊周室，九合诸侯，不以兵车，葵丘大会说了多少“诛不孝，无以妾为妻，敬老慈幼”等等道德仁义的门面话；却是他不但是姑姊妹不嫁的就有七个人，而且是一位吃人肉的。岂不是怪事！好像如今讲礼学的人，家中淫盗都有，他反骂家庭不应该讲改革。表里相差，未免太远。然而他们这类人，在历史上，在社会上，都占了好位置，得了好名誉去了。所以奖励得历史上和社会上表面讲礼教，内容吃人肉的，一天比一天越发多了。

(二)就是汉高帝。《汉书》：高帝二年，汉王为义帝发丧，袒而大哭，哀临三日。发使告诸侯曰：“天下共立义帝，北面事之。今项羽放杀义帝江南，大逆无道；寡人亲为发丧，兵皆缟素，愿从诸侯王击楚之杀义帝者。”高帝虽是大流氓出身，但他这样举动，是确守名教纲常，最重礼教的了。十二年，过鲁，以太牢祀孔子。孔二先生背时多年，自高帝用太牢加礼以后，后世祀孔的典礼，便成了极重大的定例。武帝以后，用他传下的这个方法，越发尊崇孔学，罢黜百家，儒教遂统一中国。这崇儒尊孔的发起人，是要推高帝；儒教在中国专制了二千多年，也要推高帝为首功了。班固又恭维高帝道："天下既定，命萧何次律令，韩信申军法，张苍定章程，叔孙通制礼仪，陆贾造《新语》；虽日不暇给，规摹弘远矣。"据这样看来，汉高帝哭义帝，斩丁公，他把名教纲常看得非常重要。他晓得三纲之中，君臣一纲，关系自己的利害尤其吃紧，所以见得孔二先生说"君臣之义不可废"的话，他就立刻把从前未做皇帝时候"溺儒冠"的脾气改过，赶忙拿太牢去祀孔子，好借孔子种种尊君卑臣的说法来做护身符。他又制造许多律令礼仪来维持辅助，以期贯彻他那些名教纲常的主张。果然就传了四百年天下；骗了个"高皇帝"的尊号，史臣居然也就赞美他得天统了。却是我读《史记·项羽本纪》，说项王"与汉俱临广武而军，相守数月。当此时，彭越数反梁地，绝楚粮食。项王患之，为高俎，置太公其上，告汉王曰：'今不急下，吾烹太公！'汉王曰：'吾与项羽俱北面受命怀王，曰"约为兄弟"，吾翁即若翁，必欲烹而翁，幸分我一杯羹！'"汉王这样办法，幸而有位项伯在旁营救，说是"为天下者不顾家"，就是说想得天下做皇帝的人，本来就不顾他老爹死活的。项王幸亏听了他的话，未杀太公。假如杀了，分一杯羹给汉王，那汉王岂不是以吃他老爹的肉为"幸"吗？又读《史记·黥布列传》，说："汉诛梁王彭越，醢之。盛其醢，遍赐诸侯。"这也可见当时以人为醢，不但皇帝吃人肉，还要遍给诸侯，尝尝人肉的滋味。怪不得《左传》记"析骸易子而食"；《曾国藩日记》载洪杨之乱，江苏人肉卖九十文钱一斤，涨到一百三十文钱一斤。原来我们中国吃人肉的风气，都是霸主之首开国之君提倡下来的。你看高帝一面讲礼教，一面尊孔子，一面吃人肉，这类崇儒重道的礼教家，可怕不可怕呢！后来太公得上尊号做“太上皇”，没有弄到锅里去成了羹汤，真算是意外的侥幸呀！

（三）就是臧洪、张巡辈了。考《后汉书·臧洪传》：洪，中平末，弃职还家，太守张超请他做郡功曹。后来曹操围张超于雍丘，洪将赴其难，自以众弱，从袁绍请兵，袁绍不听，超城遂陷，张氏族灭，洪由是怨绍，绝不与通。绍兴兵围洪，城中粮尽，洪杀其爱妾，以食兵将，兵将咸流涕，无能仰视。”臧洪不过做张超的功曹，张超也不过是臧洪的郡将，就在三纲的道理说起来，也没有该死的名义。便有知己之感，也止可自己慷慨捐躯，以死报知己，就完事了。怎么自己想做义士，想身传图像，名垂后世，却把他人的生命拿来供自己的牺牲，杀死爱妾，以享兵将，把人当成狗屠呢？这样蹂躏人道，蔑视人格的东西，史家反称许他为“壮烈”，同人反亲慕他为“忠义”，真是是非颠倒，黑白混淆了。自臧洪留下这个榜样，后来有个张巡，也去摹仿他那篇文章：考《唐书》《忠义传》载：“张巡守睢阳城，尹子奇攻围既久，城中粮尽，易子而食，析骸而焚。巡乃出其妾，对三军杀之，以飨军士，曰：‘请公为国家戮力守城，一心无二。巡不能自割肌肤，以啖将士，岂可惜此妇人！’将士皆泣下，不忍食。巡强令食之。括城中妇女既尽，以男夫老小继之；所食人口二三万。许远亦杀奴僮以哺士卒。”（《新书》）臧洪杀妾，兵将都流涕，不能仰视。张巡杀妾，军士都不忍食。可见越是自命忠义的人，那吃人的胆子越大。臧洪、张巡被礼教驱迫，至于忠于一个郡将，保守一座城池，便闹到杀人吃人都不顾，甚至吃人上二三万口。仅仅他们一二人对于郡将，对于君主，在历史故纸堆中博得“忠义”二字。那成千累万无名的人，竟都被人白吃了！

孔二先生的礼教讲到极点，就非杀人吃人不成功，真是惨酷极了！一部历史里面，讲道德说仁义的人，时机一到，他就直接间接的都会吃起人肉来了。就是现在的人，或者也有没做过吃人的事；但他们想吃人，想咬你几口出气的心，总未必打扫得干干净净！

到了如今，我们应该觉悟：我们不是为君主而生的！不是为圣贤而生的！也不是为纲常礼教而生的！什么“文节公”呀，“忠烈公”呀，都是那些吃人的人设的圈套，来诳骗我们的，我们如今，应该明白了！吃人的就是讲礼教的！讲礼教的就是吃人的呀！

# 偶像破坏论

陈独秀①

"一声不作，二目无光，三餐不吃，四肢无力，五官不全，六亲无靠，七窍不通，八面威风，九(音同久)坐不动，十(音同实)是无用。"这几句形容偶像的话，何等有趣!

偶像何以应该破坏，这几句话可算说得淋漓尽致了。但是世界上受人尊重，其实是个无用的废物，又何只偶像一端?凡是无用而受人尊重的，都是废物，都算是偶像，都应该破坏!

世界上真实有用的东西，自然应该尊重，应该崇拜；倘若本来是件无用的东西，只因人人尊重他，崇拜他，才算得有用，这班骗人的偶像倘不破坏，岂不教人永远上当么?

泥塑木雕的偶像，本来是件无用的东西，只因有人尊重他，崇拜他，对他烧香磕头，说他灵验：于是乡愚无知的人，迷信这人造

---

① 陈独秀(1879—1942)，安徽怀宁人。字仲甫。早年留学日本，1915 年创办《青年杂志》(后改名为《新青年》)，1916 年起任北京大学文科学长，1918 年和李大钊、胡适创办《每周评论》。1920 年组织上海共产主义小组。1921 年中国共产党成立，被选为中国共产党总书记。五四新文化运动中，陈独秀高举文化革命的大旗，倡导民主，倡导科学，倡导文学革命，产生过巨大影响。他是五四时期有重大影响的杂文作家。有《独秀文存》《陈独秀书信集》行世。

的偶像真有赏善罚恶之权，有时便不敢作恶，似乎这偶像却很有用。 但是偶像这种用处，不过是迷信的人自己骗自己，非是偶像自身真有什么能力。 这种偶像倘不破坏，人间永远只有自己骗自己的迷信，没有真实合理的信仰，岂不可怜！

天地间鬼神的存在，倘不能确实证明，一切宗教，都是一种骗人的偶像：阿弥陀佛是骗人的；耶和华上帝也是骗人的；玉皇大帝也是骗人的；一切宗教家所尊重的崇拜的神佛仙鬼，都是无用的骗人的偶像，都应该破坏！

古代草昧初开的民族，迷信君主是天的儿子，是神的替身，尊重他，崇拜他，以为他的本领与众不同，他才能居然统一国土。 其实君主也是一种偶像，他本身并没有什么神圣出奇的作用；全靠众人迷信他，尊崇他，才能够号令全国，称做元首；一旦亡了国，像此时清朝皇帝溥仪、俄罗斯皇帝尼古拉斯二世，比寻常人还要可怜。 这等亡国的君主，好像一座泥塑木雕的偶像抛在粪缸里，看他到底有什么神奇出众的地方呢！但是这等偶像，未经破坏以前，却很有些作怪；请看中外史书，这等偶像害人的事还算少么！事到如今，这等不但骗人而且害人的偶像，已被我们看穿，还不应该破坏么？

国家是个什么？照政治学家的解释，越解释越教人糊涂。 我老实说一句，国家也是一种偶像。 一个国家，乃是一种或数种人民集合起来，占据一块土地，假定的名称；若除去人民，单剩一块土地，便不见国家在哪里，便不知国家是什么。 可见国家也不过是一种骗人的偶像，他本身亦无什么真实能力。 现在的人所以要保存这种偶像的缘故，不过是藉此对内拥护贵族财主的权利，对外侵害弱国小国的权利罢了。（若说到国家自卫主义，乃不成问题。 自卫主义，因侵害主义发生。 若无侵害，自卫何为？侵略是因，自卫是果。)世界上有了什么国家，才有什么国际竞争；现在欧洲的战争，杀人如麻，就是这种偶像在那里作怪。我想各国的人民若是渐渐都明白世界大同的真理，和真正和平的幸福，这种偶像就自然毫无用处了。但是世界上多数的人，若不明白他是一种偶像，而且明白这种偶像的害处，那大同和平的光明，恐怕不会照到我们眼里来！世界上男子所受的一切勋位荣典，和我们中国女子的节孝牌坊，也算是一种偶像；因为功业无论大小，都有一个相当的纪念在人人心目中；节孝必出于自身主观的自动的行为，方有价值；若出于客观的被动的虚荣心，便和崇拜偶像一样了。虚荣心伪道德的坏处，较之不道德尤甚；这种虚伪的偶像倘不破坏，却是真功业真道德的大障碍!

破坏！破坏偶像！破坏虚伪的偶像！吾人信仰，当以真实的合理的为标准；宗教上，政治上，道德上，自古相传的虚荣，欺人不合理的信仰，都算是偶像，都应该破坏！此等虚伪的偶像倘不破坏，宇宙间实在的真理和吾人心坎儿里彻底的信仰永远不能合一!

# 恨恨而死

鲁　迅①

古来很有几位恨恨而死的人物。他们一面说些“怀才不遇”“天道宁论”的话，一面有钱的便狂嫖滥赌，没钱的便喝几十碗酒——因为不平的缘故，于是后来就恨恨而死了。

我们应该趁他们活着的时候问他：诸公！您知道北京离昆仑山几里，弱水去黄河几丈么？火药除了做鞭爆，罗盘除了看风水，还有什么用处么？棉花是红的还是白的？谷子是长在树上，还是长在草上？桑间濮上如何情形，自由恋爱怎样态度？您在半夜里可忽然觉得有些羞，清早上可居然有点悔么？四斤的担，您能挑么？三里的道，您能跑么？

他们如果细细的想，慢慢的悔了，这便很有些希望。万一越发不平，越发愤怒，那便“爱莫能助”——于是他们终于恨恨而

① 鲁迅(1881—1936)，浙江绍兴人。原名周树人，字豫才。曾赴日本留学，回国后于1918年参加《新青年》编辑工作，开始创作小说，《狂人日记》首开白话文小说之先河，后以杂文为武器，积极进行反帝反封建的斗争。1930年，加入左翼作家联盟，成为中国左翼文艺运动的主将。鲁迅的著作已全部整理出版，有《鲁迅全集》《鲁迅选集》《鲁迅散文》行世。鲁迅的杂文揭露深刻、战斗性强，对中国现代杂文的写作影响巨大。

死了。

中国现在的人心中，不平和愤恨的分子太多了。 不平还是改造的引线，但必须先改造了自己，再改造社会，改造世界；万不可单是不平。 至于愤恨，却几乎全无用处。

愤恨只是恨恨而死的根苗，古人有过许多，我们不要蹈他们的覆辙。

我们更不要借了“天下无公理，无人道”这些话，遮盖自暴自弃的行为，自称“恨人”，一副恨恨而死的脸孔，其实并不恨恨而死。

# 再论雷峰塔的倒掉

鲁　迅

从崇轩先生的通信（二月份《京报副刊》）里，知道他在轮船上听到两个旅客谈话，说是杭州雷峰塔之所以倒掉，是因为乡下人迷信那塔砖放在自己的家中，凡事都必平安，如意，逢凶化吉，于是这个也挖，那个也挖，挖之久久，便倒了。一个旅客并且再三叹息道：西湖十景这可缺了呵！

这消息，可又使我有点畅快了，虽然明知道幸灾乐祸，不像一个绅士，但本来不是绅士的，也没有法子来装潢。

我们中国的许多人——我在此特别郑重声明：并不包括四万万同胞全部！——大抵患有一种"十景病"，至少是"八景病"，沉重起来的时候大概在清朝。凡看一部县志，这一县往往有十景或八景，如"远村明月""萧寺清钟""古池好水"之类。而且，"十"字形的病菌，似乎已经侵入血管，流布全身，其势力早不在"！"形惊叹亡国病菌之下了，点心有十样锦，菜有十碗，音乐有十番，阎罗有十殿，药有十全大补，猜拳有全福手福手全，连人的劣迹或罪状，宣布起来也大抵是十条，仿佛犯了九条的时候总不肯歇手。现在西湖十景可缺了呵！"凡为天下国家有九经"，九经固古已有之，而九景却颇不习见，所以正是对于十景病的一个针砭，至少也可以使患者感到一种不平常，知道自己的可爱的老病，忽而跑掉了十分之一了。

但仍有悲哀在里面。

其实，这一种势所必至的破坏，也还是徒然的。畅快不过是无聊的自欺。雅人和信士和传统大家，定要苦心孤诣巧语花言地再来补足了十景而后已。

无破坏即无新建设，大致是的；但有破坏却未必即有新建设。卢梭、斯谛纳尔、尼采、托尔斯泰、伊孛生等辈，若用勃兰兑斯的话来说，乃是“轨道破坏者”。其实他们不单是破坏，而且是扫除，是大呼猛进，将碍脚的旧轨道不论整条或碎片，一扫而空，并非想挖一块废铁古砖挟回家去，预备卖给旧货店。中国很少这一类人，即使有之，也会被大众的唾沫淹死。孔丘先生确是伟大，生在巫鬼势力如此旺盛的时代，偏不肯随俗谈鬼神；但可惜太聪明了！“祭如在祭神如神在”，只用他修《春秋》的照例手段以两个“如”字略寓“俏皮刻薄”之意，使人一时莫名其妙，看不出他肚皮里的反对来。他肯对子路赌咒，却不肯对鬼神宣战，因为一宣战就不和平，易犯骂人——虽然不过骂鬼——之罪，即不免有《衡论》(见一月份《晨报副镌》)作家 TY 先行似的好人，会替鬼神来奚落他道：为名乎？骂人不能得名。为利乎？骂人不能得利。想引诱女人乎？又不能将蚩尤的脸子印在文章上。何乐而为之也欤？

孔丘先生是深通世故的老先生，大约除脸子付印问题以外，还有深心，犯不上来做明目张胆的破坏者，所以只是不谈，而决不骂，于是乎俨然成为中国的圣人，道大，无所不包故也。否则，现在供在圣庙里的，也许不姓孔。

不过在戏台上罢了，悲剧将人生的有价值的东西毁灭给人看，喜剧将那无价值的撕破给人看。讥讽又不过是喜剧的变简的一支流。但悲壮滑稽，却都是十景病的仇敌，因为都有破坏性，虽然所破坏的方面各不同。中国如十景病尚存，则不但卢梭他们似的疯子决不产生，并且也决不产生一个悲剧作家或喜剧作家或讽刺诗人。所有的，只是喜剧底人物或非喜剧非悲剧底人物，在互相模造的十景中生存，一面个个带了十景病。

然而十全停滞的生活，世界上是很不多见的事，于是破坏者到了，但并非自己的先觉的破坏者，却是狂暴的强盗，或外来的蛮夷。猃狁早到过中原，五胡来过了，蒙古也来过了；同胞张献忠杀人如草，而满洲兵的一箭，就钻进树丛中死掉了。有人论中国说，倘使没有带着新鲜的血液的野蛮的侵入，真不知自身会腐败到如何！这当然是极刻毒的恶谑，但我们一翻历史，怕不免要有汗流浃背的时候罢。外寇来了，暂一震动，终于请他作主子，在他的刀斧下修补老例；内寇来了，也暂一震动，终于请他做主子，或者别拜一个主子，在自己的瓦砾中修补老例。再来翻县志，就看见每一次兵燹之后，所添上的是许多烈妇烈女的氏名。看近来的兵祸，怕又要大举表扬节烈了罢。许多男人们都哪里去了？

凡这一种寇盗式的破坏，结果只能留下一片瓦砾，与建设无关。

但当太平时候，就是正在修补老例，并无寇盗时候，即国中暂时没有破坏么？也不然的，其时有奴才式的破坏作用常川活动着。

雷峰塔砖的挖去，不过是极近的一条小小的例。龙门的石佛，大半肢体不全，图书馆中的书籍，插图须谨防撕去，凡公物或无主的东西，倘难于移动，能够完全的即很不多。但其毁坏的原因，则非如革除者的志在扫除，也非如寇盗的志在掠夺或单是破坏，仅因目前极小的自利，也肯对于完整的大物暗暗的加一个创伤。人数既多，创伤自然极大，而倒败之后，却难于知道加害的究竟是谁。正如雷峰塔倒掉以后，我们单知道由于乡下人的迷信。共有的塔失去了，乡下人的所得，却不过一块砖，这砖，将来又将为别一自利者所藏，终究至于灭尽。倘在民康物阜时候，因为十景病的发作，新的雷峰塔也会再造的罢。但将来的运命，不也就可以推想而知么？如果乡下人还是这样的乡下人，老例还是这样的老例。

这一种奴才式的破坏，结果也只能留下一片瓦砾，与建设无关。

岂但乡下人之于雷峰塔，日日偷挖中华民国的柱石的奴才们，现在正不知有多少！

瓦砾场上还不足悲，在瓦砾场上修补老例是可悲的。我们要革新的破坏者，因为他内心有理想的光。我们应该知道他和寇盗奴才的分别；应该留心自己堕入后两种。这区别并不烦难，只要观人，省己，凡言动中，思想中，含有借此据为己有的朕兆者是寇盗，含有借此占些目前的小便宜的朕兆者是奴才，无论在前面打着的是怎样鲜明好看的旗子。

# 偶　成

鲁　迅

九月二十日的《申报》上，有一则嘉善地方的新闻，摘录起来，就是——

> 本县大窑乡沈和声与子林生，被著匪石塘小弟绑架而去，勒索三万元。沈姓家以中人之产，迁延未决。讵料该帮股匪乃将沈和声父子及苏境方面绑来肉票，在丁棚北，北荡滩地方，大施酷刑。法以布条遍贴背上，另用生漆涂敷，俟其稍干，将布之一端，连皮揭起，则痛彻心肺，哀号呼救，惨不忍闻。时为该处居民目睹，恻然心伤，尽将惨状报告沈姓，速即往赎，否则恐无生还。帮匪手段之酷，洵属骇闻。

“酷刑”的记载，在各地方的报纸上是时时可以看到的，但我们只在看见时觉得“酷”，不久就忘记了，而实在也真是记不胜记。然而酷刑的方法，却决不是突然就会发明，一定都有它的师承或祖传，例如这石塘小弟所采用的，便是一个古法，见于士大夫未必肯看，而下等人却大抵知道的《说岳全传》（一名《精忠传》）

上，是秦桧要岳飞自认“汉奸”，逼供之际所用的方法，但使用的材料，却是麻条和鱼鳔。我以为生漆之说，是未必的确的，因为这东西很不容易干燥。

“酷刑”的发明和改良者，倒是虎吏和暴君，这是他们唯一的事业，而且也有工夫来考究。这是所以威民，也所以除奸的，然而老子说得好，“为之斗斛以量之，则并与斗斛而窃之……”有被刑的资格的也就来玩一个“剪窃”。张献忠的剥人皮，不是一种骇闻么？但他之前已有一位剥了“逆臣”景清的皮的永乐皇帝在。

奴隶们受惯了“酷刑”的教育，他只知道对人应该用酷刑。

但是，对于酷刑的效果的意见，主人和奴隶们是不一样的。主人及其帮闲们，多是智识者，他能推测，知道酷刑施之于敌对，能够给予怎样的痛苦，所以他会精心结撰，进步起来。奴才们却一定是愚人，他不能“推己及人”，更不能推想一下，就“感同身受”。只要他有权，会采用成法自然也难说，然而他的主意，是没有智识者所测度的那么惨厉的。绥拉菲摩维支在《铁流》里，写农民杀掉了一个贵人的小女儿，那母亲哭得很凄惨，他却诧异道，哭什么呢，我们死掉多少小孩子，一点也没哭过。他不是残酷，他一向不知道人命会这么宝贵，他觉得奇怪了。

奴隶们受惯了猪狗的待遇，他只知道人们无异于猪狗。

用奴隶或半奴隶的幸福者，向来只怕“奴隶造反”，真是无怪的。

要防“奴隶造反”，就更加用“酷刑”，而“酷刑”却因此更到了末路。在现代，枪毙是早已不足为奇了，枭首陈尸，也只能博得民众暂时的鉴赏，而抢劫，绑架，作乱的还是不减少，并且连绑匪也对于别人用起酷刑来了。 酷的教育，使人们见酷而不再觉其酷，例如无端杀死几个民众，先前是大家就会嚷起来的，现在却只如见了日常茶饭事。 人民真被治得好像厚皮的，没有感觉的癞象一样了，但正因为成了癞皮，所以又会踏着残酷前进，这也是虎吏和暴君所不及料，而即使料及，也还是毫无办法的。

# 小品文的危机

鲁　迅

仿佛记得一两月之前，曾在一种日报上见到记载着一个人的死去的文章，说他是收集“小摆设”的名人，临末还有依稀的感喟，以为此人一死，“小摆设”的收集者在中国怕要绝迹了。

但可惜我那时不很留心，竟忘记了那日报和那收集家的名字。

现在的新的青年恐怕也大抵不知道什么是“小摆设”了。但如果他出身旧家，先前曾有玩弄翰墨的人，则只要不很破落，未将觉得没用的东西卖给旧货担，就也许还能在尘封的废物之中，寻出一个小小的镜屏，玲珑剔透的石块，竹根刻成的人像，古玉雕出的动物，锈得发绿的铜铸的三脚癞虾蟆：这就是所谓“小摆设”。先前，它们陈列在书房里的时候，是各有其雅号的，譬如那三脚癞虾蟆，应该称为“蟾蜍砚滴”之类，最末的收集家一定都知道，现在呢，可要和它的光荣一同消失了。

那些物品，自然决不是穷人的东西，但也不是达官富翁家的陈设，他们所要的，是珠玉扎成的盆景，五彩绘画的瓷瓶。那只是所谓士大夫的“清玩”。在外，至少必须有几十亩膏腴的田地，在家，必须有几间幽雅的书斋；就是流寓上海，也一定得生活较为安闲，在客栈里有一间长包的房子，书桌一顶，烟榻一张，瘾足心闲，摩挲赏鉴。然而这境地，现在却已经被世界的险恶的潮流冲得七颠八倒，像狂涛中的小船似的了。

然而就是在所谓“太平盛世”罢，这“小摆设”原也不是什么重要的物品。在方寸的象牙版上刻一篇《兰亭序》，至今还有“艺术品”之称，但倘将这挂在万里长城的墙头，或供在云冈的丈八佛像的足下，它就渺小得看不见了，即使热心者竭力指点，也不过令观者生一种滑稽之感。何况在风沙扑面、狼虎成群的时候，谁还有这许多闲工夫，来赏玩琥珀扇坠、翡翠戒指呢。他们即使要悦目，所要的也是耸立于风沙中的大建筑，要坚固而伟大，不必怎样精；即使要满意，所要的也是匕首和投枪，要锋利而切实，用不着什么雅。

美术上的“小摆设”的要求，这幻梦是已经破掉了，那日报上的文章的作者，就直觉地知道。然而对于文学上的“小摆设”——“小品文”的要求，却正在越加旺盛起来，要求者以为可以靠着低诉或微吟，将粗犷的人心，磨得渐渐的平滑。这就是想别人一心看着《六朝文挈》，而忘记了自己是抱在黄河决口之后，淹得仅仅露出水面的树梢头。

但这时却只用得着挣扎和战斗。

而小品文的生存，也只仗着挣扎和战斗的。晋朝的清言，早和它的朝代一同消歇了。唐末诗风衰落，而小品放了光辉。但罗隐的《谗书》，几乎全部是抗争和愤激之谈；皮日休和陆龟蒙自以为隐士，别人也称之为隐士，而看他们在《皮子文薮》和《笠泽丛书》中的小品文，并没有忘记天下，正是一塌胡涂的泥塘里的光彩和锋芒。明末的小品虽然比较的颓放，却并非全是吟风弄月，其中有不平，有讽刺，有攻击，有破坏。这种作风，也触着了满洲君臣的心病，费去许多助虐的武将的刀锋，帮闲的文臣的笔锋，直到乾隆年间，这才压制下去了。以后呢，就来了“小摆设”。

“小摆设”当然不会有大发展。到五四运动的时候，才又来了一个展开，散文小品的成功，几乎在小说戏曲和诗歌之上。这之中，自然含着挣扎和战斗，但因为常常取法于英国的随笔（Essay），所以也带一点幽默和雍容；写法也有漂亮和缜密的，这是为了对于旧文学的示威，在表示旧文学之自以为特长者，白话文学也并非做不到。以后的路，本来明明是更分明的挣扎和战斗，因为这原是萌芽于“文学革命”以至“思想革命”的。但现在的趋势，却在特别提倡那和旧文章相合之点，雍容，漂亮，缜密，就是要它成为“小摆设”，供雅人的摩挲，并且想青年摩挲了这“小摆设”，由粗暴而变为风雅了。

然而现在已经更没有书桌；鸦片虽然已经公卖，烟具是禁止的，吸起来还是十分不容易。想在战地或灾区里的人们来鉴赏罢——谁都知道是更奇怪的幻梦。这种小品，上海虽正在盛行，茶话酒谈，遍满小报的摊子上，但其实是正如烟花女子，已经不能在弄堂里拉扯她的生意，只好涂脂抹粉，在夜里躄到马路上来了。

小品文就这样的走到了危机。但我所谓危机，也如医学上的所谓“极期”（Krisis）一般，是生死的分歧，能一直得到死亡，也能由此至于恢复。麻醉性的作品，是将与麻醉者和被麻醉者同归于尽的。生存的小品文，必须是匕首，是投枪，能和读者一同杀出一条生存的血路的东西；但自然，它也能给人愉快和休息，然而这并不是“小摆设”，更不是抚慰和麻痹，它给人的愉快和休息是休养，是劳作和战斗之前的准备。

# 关于中国的两三件事

鲁　迅

## 一　关于中国的火

希腊人所用的火，听说是在一直先前，普洛美修斯从天上偷来的，但中国的却和它不同，是燧人氏自家所发见——或者该说是发明罢。因为并非偷儿，所以拴在山上，给老雕去啄的灾难是免掉了，然而也没有普洛美修斯那样的被传扬，被崇拜。

中国也有火神的。但那可不是燧人氏，而是随意放火的莫名其妙的东西。

自从燧人氏发见，或者发明了火以来，能够很有味的吃火锅，点起灯来，夜里也可以工作了，但是，真如先哲之所谓"有一利必有一弊"罢，同时也开始了火灾，故意点上火，烧掉那有巢氏所发明的巢的了不起的人物也出现了。

和善的燧人氏是该被忘却的。即使伤了食，这回是属于神农氏的领域了，所以那神农氏，至今还被人们所记得。至于火灾，虽然不知道那发明家究竟是什么人，但祖师总归是有的，于是没有法，只好漫称之曰火神，而献以敬畏。看他的画像，是红面孔，红胡须，不过祭祀的时候，却须避去一切红色的东西，而代之以绿色。

他大约像西班牙的牛一样，一看见红色，便会亢奋起来，做出一种可怕的行动的。

他因此受着崇祀。在中国，这样的恶神还很多。

然而，在人世间，倒似乎因了他们而热闹。赛会也只有火神的，燧人氏的却没有。倘有火灾，则被灾的和邻近的没有被灾的人们，都要祭火神，以表感谢之意。被了灾还要来表感谢之意，虽然未免有些出于意外，但若不祭，据说是第二回还会烧，所以还是感谢了的安全。而且也不但对于火神，就是对于人，有时也一样的这么办，我想，大约也是礼仪的一种罢。

其实，放火，是很可怕的，然而比起烧饭来，却也许更有趣。外国的事情我不知道，若在中国，则无论查检怎样的历史，总寻不出烧饭和点灯的人们的列传来。在社会上，即使怎样的善于烧饭，善于点灯，也毫没有成为名人的希望。然而秦始皇一烧书，至今还俨然做着名人，至于引为希特拉烧书事件的先例。假使希特拉太太善于开电灯，烤面包罢，那么，要在历史上寻一点先例，恐怕可就难了。但是，幸而那样的事，是不会哄动一世的。

烧掉房子的事，据宋人的笔记说，是开始于蒙古人的。因为他们住着帐篷，不知道住房子，所以就一路的放火。然而，这是诳话。蒙古人中，懂得汉文的很少，所以不来更正的。其实，秦的末年就有着放火的名人项羽在，一烧阿房宫，便天下闻名，至今还会在戏台上出现，连在日本也很有名。然而，在未烧以前的阿房宫里每天点灯的人们，又有谁知道他们的名姓呢？

现在是爆裂弹呀，烧夷弹呀之类的东西已经做出，加以飞机也很进步，如果要做名人，就更加容易了。而且如果放火比先前放得大，那么，那人就也更加受尊敬，从远处看去，恰如救世主一样，而那火光，便令人以为是光明。

## 二　关于中国的王道

在前年，曾经拜读过中里介山氏的大作《给支那及支那国民的信》。只记得那里面说，周汉都有着侵略者的资质。而支那人都讴歌他，欢迎他了。连对于朔北的元和清，也加以讴歌了。只要那侵略，有着安定国家之力，保护民生之实。那便是支那人民所渴望的王道，于是对于支那人的执迷不悟之点，愤慨得非常。

那“信”，在满洲出版的杂志上，是被译载了的，但因为未曾输入中国，所以像是回信的东西，至今一篇也没有见。只在去年的上海报上所载的胡适博士的谈话里，有的说：“只有一个方法可以征服中国。即彻底停止侵略，反过来征服中国民族的心。”不消说，那不过是偶然的，但也有些令人觉得好像是对于那信的答复。

征服中国民族的心，这是胡适博士给中国之所谓王道所下的定义，然而我想，他自己恐怕也未必相信自己的话的罢。在中国，其实是彻底的未曾有过王道，“有历史癖和考据癖”的胡博士，该是不至于不知道的。

不错，中国也有过讴歌了元和清的人们，但那是感谢火神之类，并非连心也全被征服了的证据。如果给予一个暗示，说是倘不讴歌，便将更加虐待，那么，即使加以或一定程度的虐待，也还可以使人们来讴歌。四五年前，我曾经加盟于一个要求自由的团体，而那时的上海教育局长陈德征氏勃然大怒道，在三民主义的统治之下，还觉得不满么？那可连现在所给予着的一点自由也要收起了。而且，真的是收起了的。每当感到比先前更不自由的时候，我一面佩服着陈氏的精通王道的学识，一面有时也不免想，真该是讴歌三民主义的。然而，现在是已经太晚了。

在中国的王道，看去虽然好像是和霸道对立的东西，其实却是兄弟，这之前和之后，一定要有霸道跑来的。人民之所讴歌，就为了希望霸道的减轻，或者不更加重的缘故。

汉的高祖，据历史家说，是龙种，但其实是无赖出身，说是侵略者，恐怕有些不对的。至于周的武王，则以征伐之名入中国，加以和殷似乎连民族也不同，用现代的话来说，那可是侵略者。然而那时的民众的声音，现在已经没有留存了。孔子和孟子确曾大大的宣传过那王道，但先生们不但是周朝的臣民而已，并且周游历国，有所活动，所以恐怕是为了想做官也难说。说得好看一点，就是因为要“行道”，倘做了官，于行道就较为便当，而要做官，则不如称赞周朝之为便当的。然而，看起别的记载来，却虽是那王道的祖师而且专家的周朝，当讨伐之初，也有伯夷和叔齐扣马而谏，非拖开不可；纣的军队也加反抗，非使他们的血流到漂杵不可。接着是殷民又造了反，虽然特别称之曰“顽民”，从王道天下的人民中除开，但总之，似乎究竟有了一种什么破绽似的。好个王道，只消一个顽民，便将它弄得毫无根据了。

儒士和方士，是中国特产的名物。方士的最高理想是仙道，儒士的便是王道。但可惜的是这两件在中国终于都没有。据长久的历史上的事实所证明，则倘说先前曾有真的王道者，是妄言，说现在还有者，是新药。孟子生于周季，所以以谈霸道为羞，倘使生于今日，则跟着人类的智识范围的展开，怕要羞谈王道的罢。

## 三　关于中国的监狱

我想，人们是的确由事实而从新省悟，而事情又由此发生变化的。从宋朝到清朝的末年，许多年间，专以代圣贤立言的“制艺”这一种烦难的文章取士，到得和法国打了败仗，这才省悟了这方法的错误。于是派留学生到西洋，开设兵器制造局，作为那改正的手段。省悟到这还不够，是在和日本打了败仗之后，这回是竭力开起学校来。于是学生们年年大闹了。从清朝倒掉，国民党掌握政权的时候起，才又省悟了这错误，作为那改正的手段的，是除了大造监狱之外，什么也没有了。

在中国，国粹式的监狱，是早已各处都有的，到清末，就也造了一点西洋式，即所谓文明式的监狱。那是为了示给旅行到此的外国人而建造，应该与为了和外国人好互相应酬，特地派出去，学些文明人的礼节的留学生，属于同一种类的。托了这福，犯人的待遇也还好，给洗澡，也给一定分量的饭吃，所以倒是颇为幸福的地方。但是，就在两三礼拜前，政府因为要行仁政了，还发过一个不准克扣囚粮的命令。从此以后，可更加幸福了。

至于旧式的监狱，则因为好像是取法于佛教的地狱的，所以不但禁锢犯人，此外还有给他吃苦的职掌。挤取金钱，使犯人的家属穷到透顶的职掌，有时也会兼带的。但大家都以为应该。如果有谁反对罢，那就等于替犯人说话，便要受恶党的嫌疑。然而文明是出奇的进步了，所以去年也有了提倡每年该放犯人回家一趟，给以解决性欲的机会的，颇是人道主义气味之说的官吏。其实，他也并非对于犯人的性欲，特别表着同情，不过因为总不愁竟会实行的，所以也就高声嚷一下，以见自己的作为官吏的存在。然而舆论颇为沸腾了。有一位批评家，还以为这么一来，大家便要不怕牢监，高高兴兴的进去了，很为世道人心愤慨了一下。受了所谓圣贤之教那么久，竟还没有那位官吏的圆滑，固然也令人觉得诚实可靠，然而他的意见，是以为对于犯人，非加虐待不可，却也因此可见了。

从别一条路想，监狱确也并非没有不像以“安全第一”为标语的人们的理想乡的地方。火灾极少，偷儿不来，土匪也一定不来抢。即使打仗，也决没有以监狱为目标，施行轰炸的傻子；即使革命，有释放囚犯的例，而加以屠戮的是没有的。当福建独立之初，虽有说是释放犯人，而一到外面，和他们自己意见不同的人们倒反而失踪了的谣言，然而这样的例子，以前是未曾有过的。总而言之，似乎也并非很坏的处所。只要准带家眷，则即使不是现在似的大水，饥荒，战争，恐怖的时候，请求搬进去住的人们，也未必一定没有的。于是虐待就成为必不可少了。

牛兰夫妇，作为赤化宣传者而关在南京的监狱里，也绝食了三四回了，可是什么效力也没有。这是因为他不知道中国的监狱的精神的缘故。有一位官员诧异的说过：他自己不吃，和别人有什么关系呢？岂但和仁政并无关系而已呢，省些食料，倒是于监狱有益的。甘地的把戏，倘不挑选兴行场，就毫无成效了。

然而，在这样的近于完美的监狱里，却还剩着一种缺点。至今为止，对于思想上的事，都没有很留心。为要弥补这缺点，是在近来新发明的叫作“反省院”的特种监狱里，施着教育。我还没有到那里面去反省过，所以并不知道详情，但要而言之，好像是将三民主义时时讲给犯人听，使他反省着自己的错误。听人说，此外还得做排击共产主义的论文，如果不肯做，或者不能做，那自然，非终身反省不可了，而做得不够格，也还是非反省到死则不可。现在是进去的也有，出来的也有，因为听说还得添造反省院，可见还是进去的多了。考完放出的良民，偶尔也可以遇见，但仿佛大抵是萎靡不振，恐怕是在反省和毕业论文上，将力气使尽了罢。那前途，是在没有希望这一面的。

1934 年

# 拿来主义

鲁　迅

中国一向是所谓“闭关主义”，自己不去，别人也不许来。自从给枪炮打破了大门之后，又碰了一串钉子，到现在，成了什么都是“送去主义”了。别的且不说罢，单是学艺上的东西，近来就先送一批古董到巴黎去展览，但终“不知后事如何”；还有几位“大师”们捧着几张古画和新画，在欧洲各国一路的挂过去，叫作“发扬国光”。听说不远还要送梅兰芳博士到苏联去，以催进“象征主义”，此后是顺便到欧洲传道。我在这里不想讨论梅博士演艺和象征主义的关系，总之，活人替代了古董，我敢说，也可以算得显出一点进步了。

但我们没有人根据了“礼尚往来”的仪节，说道：拿来！

当然，能够只是送出去，也不算坏事情。一者见得丰富，二者见得大度。尼采就自诩过他是太阳，光热无穷，只是给予，不想取得。然而尼采究竟不是太阳，他发了疯。中国也不是，虽然有人说，掘起地下的煤来，就足够全世界几百年之用。但是，几百年之后呢？几百年之后，我们当然是化为魂灵，或上天堂，或落了地狱，但我们的子孙是在的，所以还应该给他们留下一点礼品。要不然，则当佳节大典之际，他们拿不出东西来，只好磕头贺喜，讨一点残羹冷炙做奖赏。

这种奖赏，不要误解为“抛来”的东西，这是“抛给”的，说得冠冕些，可以称之为“送来”，我在这里不想举出实例。

我在这里也并不想对于“送去”再说什么，否则太不“摩登”了。我只想鼓吹我们再吝啬一点，“送去”之外，还得“拿来”，是为“拿来主义”。

但我们被“送来”的东西吓怕了。先有英国的鸦片，德国的废枪炮，后有法国的香粉，美国的电影，日本的印着“完全国货”的各种小东西。于是连清醒的青年们，也对于洋货发生了恐怖。其实，这正是因为那是“送来”的，而不是“拿来”的缘故。

所以我们要运用脑髓，放出眼光，自己来拿!

譬如罢，我们之中的一个穷青年，因为祖上的阴功(姑且让我这么说说罢)，得了一所大宅子，且不问他是骗来的，抢来的，或合法继承的，或是做了女婿换来的。那么，怎么办呢？我想，首先是不管三七二十一，“拿来”！但是，如果反对这宅子的旧主人，怕给他的东西染污了，徘徊不敢走进门，是孱头；勃然大怒，放一把火烧光，算是保存自己的清白，则是昏蛋。不过因为原是羡慕这宅子的旧主人的，而这回接受一切，欣欣然的蹩进卧室，大吸剩下的鸦片，那当然更是废物。“拿来主义”者是全不这样的。

他占有，挑选。看见鱼翅，并不就抛在路上以显其“平民化”，只要有养料，也和朋友们像萝卜白菜一样的吃掉，只不用它来宴大宾，看见鸦片，也不当众摔在毛厕里，以见其彻底革命，只送到药房里去，以供治病之用，却不弄“出售存膏，售完即止”的玄虚。只有烟枪和烟灯，虽然形式和印度、波斯、阿剌伯的烟具都不同，确可以算是一种国粹，倘使背着周游世界，一定会有人看，但我想，除了送一点进博物馆之外，其余的是大可以毁掉的了。还有一群姨太太，也大以请她们各自走散为是，要不然，“拿来主义”怕未免有些危机。

总之，我们要拿来。我们要或使用，或存放，或毁灭。那么，主人是新主人，宅子也就会成为新宅子。然而首先要这人沉着，勇猛，有辨别，不自私。没有拿来的，人不能自成为新人，没有拿来的，文艺不能自成为新文艺。

# 从孩子的照相说起

鲁　迅

因为长久没有小孩子，曾有人说，这是我做人不好的报应，要绝种的。房东太太讨厌我的时候，就不准她的孩子们到我这里玩，叫作“给他冷清冷清，冷清得他要死!”但是，现在却有了一个孩子，虽然能不能养大也很难说，然而目下总算已经颇能说些话，发表他自己的意见了。不过不会说还好，一会说，就使我觉得他仿佛也是我的敌人。

他有时对于我很不满，有一回，当面对我说：“我做起爸爸来，还要好……”甚而至于颇近于“反动”，曾经给我一个严厉的批评道：“这种爸爸，什么爸爸!?”

我不相信他的话。做儿子时，以将来的好父亲自命，待到自己有了儿子的时候，先前的宣言早已忘得一干二净了。况且我自以为也不算怎么坏的父亲，虽然有时也要骂，甚至于打，其实是爱他的。所以他健康，活泼，顽皮，毫没有被压迫得瘟头瘟脑。如果真的是一个“什么爸爸”，他还敢当面发这样反动的宣言么?

但那健康和活泼，有时却也使他吃亏，九一八事件后，就被同胞误认为日本孩子，骂了好几回，还挨过一次打——自然是并不重的。这里还要加一句说的听的都不十分舒服的话：近一年多以来，这样的事情可是一次也没有了。

中国和日本的小孩子，穿的如果都是洋服，普通实在是很难分辨的。但我们这里的有些人，都有一种错误的速断法：温文尔雅，不大言笑，不大动弹的，是中国孩子；健壮活泼，不怕生人，大叫大跳的，是日本孩子。

然而奇怪，我曾在日本的照相馆里给他照过一张相，满脸顽皮，也真像日本孩子；后来又在中国的照相馆里照了一张相，相类的衣服，然而面貌很拘谨，驯良，是一个道地的中国孩子了。

为了这事，我曾经想了一想。

这不同的大原因，是在照相师的。他所指示的站或坐的姿势，两国的照相师先就不相同，站定之后，他就瞪了眼睛，觑机摄取他以为最好的一刹那的相貌。孩子被摆在照相机的镜头之下，表情是总在变化的，时而活泼，时而顽皮，时而驯良，时而拘谨，时而烦厌，时而疑惧，时而无畏，时而疲劳……照住了驯良和拘谨的一刹那的，是中国孩子相；照住了活泼或顽皮的一刹那的，就好像日本孩子相。

驯良之类并不是恶德。但发展开去，对一切事无不驯良，却决不是美德，也许简直倒是没出息。“爸爸”和前辈的话，固然也要听的，但也须说得有道理。假使有一个孩子，自以为事事都不如人，鞠躬倒退；或者满脸笑容，实际上却总阴谋暗箭，我实在宁可听到当面骂我“什么东西”的爽快，而且希望他自己是一个东西。

但中国一般的趋势，却只在向驯良之类——“静”的一方面发展，低眉顺眼，唯唯诺诺，才算一个好孩子，名之曰“有趣”。活泼，健康，顽强，挺胸仰面……凡是属于“动”的，那就未免有人摇头了，甚至于称之为“洋气”。又因为多年受着侵略，就和这“洋气”为仇；更进一步，则故意和这“洋气”反一调：他们活动，我偏静坐；他们讲科学，我偏扶乩；他们穿短衣，我偏着长衫；他们重卫生，我偏吃苍蝇；他们壮健，我偏生病……这才是保存中国固有文化，这才是爱国，这才不是奴隶性。

其实，由我看来，所谓“洋气”之中，有不少是优点，也是中国人性质中所本有的，但因了历朝的压抑，已经萎缩了下去，现在就连自己也莫名其妙，统统送给洋人了。这是必须拿它回来——恢复过来的——自然还得加一番慎重的选择。

即使并非中国所固有的罢，只要是优点，我们也应该学习。即使那老师是我们的仇敌罢，我们也应该向他学习。我在这里要提出现在大家所不高兴说的日本来，他的会摹仿，少创造，是为中国的许多论者所鄙薄的，但是，只要看看他们的出版物和工业品，早非中国所及，就知道“会摹仿”决不是劣点，我们正应该学习这“会摹仿”的。“会摹仿”又加以有创造，不是更好么？否则，只不过是一个“恨恨而死”而已。

我在这里还要附加一句像是多余的声明：我相信自己的主张，决不是“受了帝国主义者的指使”，要诱中国人做奴才；而满口爱国，满身国粹，也于实际上的做奴才并无妨碍。

# 说“面子”

鲁　迅

“面子”，是我们在谈话里常常听到的，因为好像一听就懂，所以细想的人大约不很多。

但近来从外国人的嘴里，有时也听到这两个音，他们似乎在研究。他们以为这一件事情，很不容易懂，然而是中国精神的纲领，只要抓住这个，就像二十四年前的拔住了辫子一样，全身都跟着走动了。相传前清时候，洋人到总理衙门去要求利益，一通威吓，吓得大官们满口答应，但临走时，却被从边门送出去。不给他走正门，就是他没有面子；他既然没有面子，自然就是中国有了面子，也就是占了上风了。这是不是事实，我断不定，但这故事，“中外人士”中是颇有些人知道的。

因此，我颇疑心他们想专将“面子”给我们。

但“面子”究竟是怎么一回事呢？不想还好，一想可就觉得胡涂。它像是很有好几种的，每一种身份，就有一种“面子”，也就是所谓“脸”。这“脸”有一条界线，如果落到这线的下面去了，即失了面子，也叫作“丢脸”。不怕“丢脸”，便是“不要脸”。但倘使做了超出这线以上的事，就“有面子”，或曰“露脸”。而“丢脸”之道，则因人而不同，例如车夫坐在路边赤膊捉虱子，并不算什么，富家姑爷坐在路边赤膊捉虱子，才成为“丢脸”，但车夫也并非没有“脸”，不过这时不算“丢”，要给老婆踢了一脚，就躺倒哭起来，这才成为他的“丢脸”。 这一条“丢脸”律，是也适用于上等人的。 这样看来，“丢脸”的机会，似乎上等人比较的多，但也不一定，例如车夫偷一个钱袋，被人发现，是失了面子的，而上等人大捞一批金珠珍玩，却仿佛也不见得怎样“丢脸”，况且还有“出洋考察”，是改头换面的良方。

谁都要“面子”，当然也可以说是好事情，但“面子”这东西，却实在有些怪。 九月三十日的《申报》就告诉我们一条新闻：沪西有业木匠大包作头之罗立鸿，为其母出殡，邀开“贳器店之王树宝夫妇帮忙，因来宾众多，所备白衣，不敷分配，其时适有名道才，绰号三喜子，亦到来送殡，争穿白衣不遂，以为有失体面，心中怀恨……邀集徒党数十人，各执铁棍，据说尚有持手枪者多人，将王树宝家人乱打，一时双方有剧烈之战争，头破血流，多人受有重伤……”白衣是亲族有服者所穿的，现在必须“争穿”而又“不遂”，足见并非亲族，但竟以为“有失体面”演成这样的大战了。这时候，好像只要和普通有些不同便是“有面子”，而自己成了什么，却可完全不管。 这类脾气，是“绅商”也不免发露的：袁世凯将要称帝的时候，有人以列名于劝进表中为“有面子”；有一国从青岛撤兵的时候，有人以列名于万民伞上为“有面子”。

所以，要“面子”也可以说并不一定是好事情——但我并非说，人应该“不要脸”。 现在说话难，如果主张“非孝”，就有人会说你在煽动打父母，主张男女平等，就有人会说你在提倡乱交——这声明是万不可少的。

况且，“要面子”和“不要脸”实在也可以有很难分辨的时候。 不是有一个笑话么？一个绅士有钱有势，我假定他叫四大人罢，人们都以能够和他攀谈为荣。有一个专爱夸耀的小瘪三，一天高兴的告诉别人道："四大人和我讲过话了！"人问他："说什么呢？"答道："我站在他门口，四大人出来了，对我说，滚开去！"当然，这是笑话，是形容这人的"不要脸"，但在他本人，是以为"有面子"的，如此的人一多，也就真成为"有面子"了。别的许多人，不是四大人连"滚开去"也不对他说么？

在上海，"吃外国火腿"虽然还不是"有面子"，却也不算怎么"丢脸"了，然而比起被一个本国的下等人所踢来，又仿佛近于"有面子"。

中国人要"面子"，是好的，可惜的是这"面子"是"圆机活法"，善于变化，于是就和"不要脸"混起来了。长谷川如是闲说"盗泉"云："古之君子，恶其名而不饮，今之君子，改其名而饮之。"也说穿了"今之君子"的"面子"的秘密。

# 从帮忙到扯淡

鲁　迅

“帮闲文学”曾经算是一个恶毒的贬辞——但其实是误解的。

《诗经》是后来的一部经，但春秋时代，其中的有几篇就用之于侑酒；屈原是“楚辞”的开山老祖，而他的《离骚》，却只是不得帮忙的不平。到得宋玉，就现有的作品看起来，他已经毫无不平，是一位纯粹的清客了。然而《诗经》是经，也是伟大的文学作品；屈原宋玉，在文学史上还是重要的作家。为什么呢？——就因为他究竟有文采。

中国的开国的雄主，是把“帮忙”和“帮闲”分开来的，前者参与国家大事，作为重臣，后者却不过叫他献诗作赋，“俳优蓄之”，只在弄臣之例。不满于后者的待遇的是司马相如，他常常称病，不到武帝面前去献殷勤，却暗暗的作了关于封禅的文章，藏在家里，以见他也有计画大典——帮忙的本领，可惜等到大家知道的时候，他已经“寿终正寝”了。然而虽然并未实际上参与封禅的大典，司马相如在文学史上也还是很重要的作家。为什么呢？就因为他究竟有文采。

但到文雅的庸主时，“帮忙”和“帮闲”的可就混起来了，所谓国家的柱石，也常是柔媚的词臣，我们在南朝的几个末代时，可以找出这实例。然而主虽然“庸”，却不“陋”，所以那些帮闲者，文采却究竟还有的，他们的作品，有些也至今不灭。

谁说“帮闲文学”是一个恶毒的贬辞呢？

就在权门的清客，他也得会下几盘棋，写一笔字，画画儿，识古董，懂得些猜拳行令，打趣插科，这才能不失其为清客。也就是说，清客，还要有清客的本领的，虽然是有骨气者所不屑为，却又非搭空架者所能企及。例如李渔的《一家言》，袁枚的《随园诗话》，就不是每个帮闲都做得出来的。必须有帮闲之志，又有帮闲之才，这才是真正的帮闲。如果有其志而无其才，乱点古书，重抄笑话，吹拍名士，拉扯趣闻，而居然不顾脸皮，大摆架子，反自以为得意——自然也还有人以为有趣，——但按其实，却不过“扯淡”而已。

帮闲的盛世是帮忙，到末代就只剩了这扯淡。

# 在现代中国的孔夫子

鲁　迅

新近的上海的报纸，报告着因为日本的汤岛，孔子的圣庙落成了，湖南省主席何键将军就寄赠了一幅向来珍藏的孔子的画像。老实说，中国的一般的人民，关于孔子是怎样的相貌，倒几乎是毫无所知的。自古以来，虽然每一县一定有圣庙，即文庙，但那里面大抵并没有圣像。凡是绘画，或者雕塑应该崇敬的人物时，一般是以大于常人为原则的，但一到最应崇敬的人物，例如孔夫子那样的圣人，却好像连形象也成为亵渎，反不如没有的好。这也不是没有道理的。孔夫子没有留下照相来，自然不能明白真正的相貌，文献中虽然偶有记载，但是胡说白道也说不定。若是从新雕塑的话，则除了任凭雕塑者的空想而外，毫无办法，更加放心不下。于是儒者们也终于只好采取“全部，或全无”的勃兰特式的态度了。然而倘是画像，却也会间或遇见的。我曾经见过三次：一次是《孔子家语》里的插画；一次是梁启超氏亡命日本时，作为横滨出版的《清议报》上的卷头画，从日本倒输入中国来的；还有一次是刻在汉朝墓石上的孔子见老子的画像。说起从这些图画上所得的孔夫子的模样的印象来，则这位先生是一位很瘦的老头子，身穿大袖口的长袍子，腰带上插着一把剑，或者腋下挟着一枝杖，然而从来不笑，非常威风凛凛的。假使在他的旁边侍坐，那就一定得把腰骨挺的笔直，经过两三点钟，就骨节酸痛，倘是平常人，大约总不免急于逃走的了。

后来我曾到山东旅行。在为道路的不平所苦的时候，忽然想到了我们的孔夫子。一想起那具有俨然道貌的圣人，先前便是坐着简陋的车子，颠颠簸簸，在这些地方奔忙的事来，颇有滑稽之感。这种感想，自然是不好的，要而言之，颇近于不敬，倘是孔子之徒，恐怕是决不应该发生的。但在那时候，怀着我似的不规矩的心情的青年，可是多得很。我出世的时候是清朝的末年，孔夫子已经有了“大成至圣文宣王”这一个阔得可怕的头衔，不消说，正是圣道支配了全国的时代。政府对于读书的人们，使读一定的书，即四书和五经；使遵守一定的注释；使写一定的文章，即所谓“八股文”；并且使发一定的议论。然而这些千篇一律的儒者们，倘是四方的大地，那是很知道的，但一到圆形的地球，却什么也不知道，于是和四书上并无记载的法兰西和英吉利打仗而失败了。不知道为了觉得与其拜着孔夫子而死，倒不如保存自己们之为得计呢，还是为了什么，总而言之，这回是拼命尊孔的政府和官僚先就动摇起来，用官帑大翻起洋鬼子的书籍来了。属于科学上的古典之作的，则有侯失勒的《谈天》，雷侠儿的《地学浅释》，代那的《金石识别》，到现在也还作为那时的遗物，间或躺在旧书铺子里。

然而一定有反动。清末之所谓儒者的结晶，也是代表的大学士徐桐氏出现了。他不但连算学也斥为洋鬼子的学问；他虽然承认世界上有法兰西和英吉利这些国度，但西班牙和葡萄牙的存在，是决不相信的，他主张这是法国和英国常常来讨利益，连自己也不好意思了，所以随便胡诌出来的国名。他又是一九〇〇年的有名的义和团的幕后的发动者，也是指挥者。但是义和团完全失败，徐桐氏也自杀了；政府就又以为外国的政治法律和学问技术颇有可取之处了。我的渴望到日本去留学，也就在那时候。达了目的，入学的地方，是嘉纳先生所设立的东京的弘文学院；在这里，三泽力太郎先生教我水是养气和轻气所合成，山内繁雄先生教我贝壳里的什么地方其名为“外套”。这是有一天的事情。学监大久保先生集合起大家来，说：因为你们都是孔子之徒，今天到御茶之水的孔庙里去行礼罢！我大吃了一惊。现在还记得那时，心里想，正因为绝望于孔夫子和他的之徒，所以到日本来的，然而又是拜么？一时觉得很奇怪。而且发生这样感觉的，我想决不止我一个人。

但是，孔夫子在本国的不遇，也并不是始于二十世纪的。孟子批评他为“圣之时者也”，倘翻成现代语，除了“摩登圣人”实在也没有别的法。为他自己计，这固然是没有危险的尊号，但也不是十分值得欢迎的头衔。不过在实际上，却也许并不这样子。孔夫子的做定了“摩登圣人”是死了以后的事。活着的时候却是颇吃苦头的。跑来跑去，虽然曾经贵为鲁国的警视总监，而又立刻下野，失业了；并且为权臣所轻蔑，为野人所嘲弄，甚至于为暴民所包围，饿扁了肚子。弟子虽然收三千名，中用的却只有七十二，然而真可以相信的又只有一个人。有一天，孔夫子愤慨道：“道不行，乘桴浮于海，从我者，其由与?”从这消极的打算，就可以窥见那消息。然而连这一位由，后来也因为和敌人战斗，被击断了冠缨，但真不愧为由呀，到这时候也还不忘记从夫子听来的教训，说道“君子死，冠不免”，一面系着冠缨，一面被人砍成肉酱了。连唯一可信的弟子也已经失掉，孔子自然是非常悲痛的，据说他一听到这信息，就吩咐去倒掉厨房里的肉酱云。

孔夫子到死了以后，我以为可以说是运气比较的好一点。因为他不会噜苏了，种种的权势者便用种种的白粉给他来化妆，一直抬到吓人的高度。但比起后来输入的释迦牟尼来，却实在可怜得很。诚然，每一县固然都有圣庙即文庙，可是一副寂寞的冷落的样子，一般的庶民，是决不去参拜的，要去，则是佛寺，或者是神庙。若向老百姓们问孔夫子是什么人，他们自然回答是圣人，然而这不过是权势者的留声机。他们也敬惜字纸，然而这是因为倘不敬惜字纸，会遭雷殛的迷信的缘故；南京的夫子庙固然是热闹的地方，然而这是因为另有各种玩耍和茶店的缘故。虽说孔子作《春秋》而乱臣贼子惧，然而现在的人们，却几乎谁也不知道一个笔伐了的乱臣贼子的名字。说到乱臣贼子，大概以为是曹操，但那并非圣人所教，却是写了小说和剧本的无名作家所教的。

总而言之，孔夫子之在中国，是权势者们捧起来的，是那些权势者或想做权势者们的圣人，和一般的民众并无什么关系。然而对于圣庙，那些权势者也不过一时的热心。因为尊孔的时候已经怀着别样的目的，所以目的一达，这器具就无用，如果不达呢，那可更加无用了。在三四十年以前，凡有企图获得权势的人，就是希望做官的人，都是读“四书”和“五经”，做“八股”，别一些人就将这些书籍和文章，统名之为“敲门砖”。这就是说，文官考试一及第，这些东西也就同时被忘却，恰如敲门时所用的砖头一样，门一开，这砖头也就被抛掉了。孔子这人，其实是自从死了以后，也总是当着“敲门砖”的差使的。

一看最近的例子，就更加明白。从二十世纪的开始以来，孔夫子的运气是很坏的，但到袁世凯时代，却又被重新记得，不但恢复了祭典，还新做了古怪的祭服，使奉祀的人们穿起来。跟着这事而出现的便是帝制。然而那一道门终于没有敲开，袁氏在门外死掉了。余剩的是北洋军阀，当觉得渐近末路时，也用它来敲过另外的幸福之门。盘踞着江苏和浙江，在路上随便砍杀百姓的孙传芳将军，一面复兴了投壶之礼；钻进山东，连自己也数不清金钱和兵丁和姨太太的数目了的张宗昌将军，则重刻了《十三经》，而且把圣道看作可以由肉体关系来传染的花柳病一样的东西，拿一个孔子后裔的谁来做了自己的女婿。然而幸福之门，却仍然对谁也没有开。

这三个，都把孔夫子当作砖头用，但是时代不同了，所以都明明白白的失败了。岂但自己失败而已呢，还带累孔子也更加陷入了悲境。他们都是连字也不大认识的人物，然而偏要大谈什么《十三经》之类，所以使人们觉得滑稽；言行也太不一致了，就更加令人讨厌。既已厌恶和尚，恨及袈裟，而孔夫子之被利用为一目的的器具，也重新看得格外清楚起来，于是要打倒他的欲望，也就越加旺盛。所以把孔子装饰得十分尊严时，就一定有找他缺点的论文和作品出现。即使是孔夫子，缺点总也有的，在平时谁也不理会，因为圣人也是人，本是可以原谅。然而如果圣人之徒出来胡说一通，以为圣人是这样，是那样，所以你也非这样不可的话，人们可就禁不住要笑起来了。五六年前，曾经因为公演了《子见南子》这剧本，引起过问题，在那个剧本里，有孔夫子登场，以圣人而论，固然不免略有欠稳重和呆头呆脑的地方，然而作为一个人，倒是可爱的好人物。但是圣裔们非常愤慨，把问题一直闹到官厅里去了。因为公演的地点，恰巧是孔夫子的故乡。在那地方，圣裔们繁殖得非常多，成着使释迦牟尼和苏格拉第都自愧弗如的特权阶级。然而，那也许又正是使那里的非圣裔的青年们，不禁特地要演《子见南子》的原因罢。

中国的一般的民众，尤其是所谓愚民，虽称孔子为圣人，却不觉得他是圣人；对于他，是恭谨的，却不亲密。但我想，能像中国的愚民那样，懂得孔夫子的，恐怕世界上是再也没有的了。不错，孔夫子曾经计划过出色的治国的方法，但那都是为了治民众者，即权势者设想的方法，为民众本身的，却一点也没有。 这就是“礼不下庶人”。 成为权势者们的圣人，终于变了“敲门砖”，实在也叫不得冤枉。 和民众并无关系，是不能说的，但倘说毫无亲密之处，我以为怕要算是非常客气的说法了。 不去亲近那毫不亲密的圣人，正是当然的事，什么时候都可以，试去穿了破衣，赤着脚，走上大成殿去看看罢，恐怕会像误进上海的上等影戏院或者头等电车一样，立刻要受斥逐的。 谁都知道这是大人老爷们的物事，虽是“愚民”，却还没有愚到这步田地的。

# 争面子

许寿裳①

面子何尝是好东西？无非虚荣的别名，乏人的至宝，面子而出于争，则更是乏不可言了。万事不从实力上做功夫，营营然只求外表过得去，虚名争得来，就从此心满意足，这便是堕落民族的特征。庄周的寓言说得好："狙公赋芧，曰'朝三而暮四'，众狙皆怒；曰'然则朝四而暮三'，众狙皆悦。"因为白天里众目昭彰，有关体面，果子却只给三个，还不及夜里四个之多，所以猴子们都不高兴了；后来次序一变，总数还是一样，面子好看些了，所以猴了们都喜欢。这的确是一个争面子的好例。现在有人以为对英应战是替老大的中国争一点面子，真可谓异想天开。难道月余以来，全国学生们的奔走呼号，为的是仅仅要面子，争面子吗？

这里我忽然记起"佶屈聱牙"的爱罗先珂了。去年报上载留德某君的一篇大作，据说这位诗人曾经在柏林公言"中国无文化；辫子，小脚，大烟，强盗便是中国之文化"。又云："中国人喜夸其

---

① 许寿裳(1883—1948)，浙江绍兴人。1902 年去日本留学，回国后任北京大学、北京高等师范学校教授，北京女师大校长。抗战后任西南联大教授。1946 年赴台湾，任编译馆长、台湾大学国文系主任。由于不满国民党的反动统治，1948 年被特务杀害。著作有《亡友鲁迅印象记》《我所认识的鲁迅》等。

中国文化；吾甚不知所可能夸者是甚东西?”于是某君听了，愤愤不平，便提笔作文，寄其“遗恨”，既说“爱氏本身固已是日本化”，又推原于同住者都是“醉心日本文化者”，甚至把人家的眷属也硬改国籍。某君为什么如此率断，如此迁怒呢？大概由于他们不为中国做点面子罢了。

所谓“中国人爱平和”，所谓“中国精神文明的高超”，面子固然很好看，我总觉得是令人聊以自慰的话。中国民族一面有几千年饱经同族异族的残杀的历史，一面又有李耳、孔丘等等自文卑怯的学说，说什么“兵者不祥”啊，“柔胜刚，弱胜强”呀，“好勇疾贫乱也”哪，谈虎色变，已经深入人心；一切以退婴为主，还自以为“既明且哲”。这种民族如何能够有自卫的力量？内乱的至今不绝，无足怪也。

至于精神文明云云，令人们也自知物质文明，百不如人，姑且作此说以自解。殊不知物质与精神二者有平行的关系：物质主义不彻底，精神生活一定是空虚浅薄的；精神生活不广大，物质文明又决不会发达到底的。日本人也有自夸精神文明胜过西洋的，谷本富却回答他说：“物质文明已经比西洋迟二百年，精神文明则简直迟五百年呢。”言虽稍激，实在有独到之见，我现在还要转一句：不有强力敢死之风，进取有为之习，事事效法西洋，则虽相差二百年之物质文明，也就没法赶到，更不必说精神文明。争面子是永远不中用的。

# 碰　伤

周作人①

我从前曾有一种计画，想做一身钢甲，甲上都是尖刺，刺的长短依照猛兽最长的牙更加长二寸。穿了这甲，便可以到深山大泽里自在游行，不怕野兽的侵害。他们如来攻击，只消同毛栗或刺猬般的缩着不动，他们就无可奈何，我不必动手，使他们自己都负伤而去。

佛经里说蛇有几种毒，最利害的是见毒，看见了他的人便被毒死。清初周安士先生注《阴骘文》，说孙叔敖打杀的两头蛇，大约即是一种见毒的蛇，因为孙叔敖说见了两头蛇所以要死了。（其实两头蛇或者同猫头鹰一样，只是凶兆的动物罢了。）但是他后来又说，现在湖南还有这种蛇，不过已经完全不毒了。

我小的时候，看《唐代丛书》里的《剑侠传》，觉得很是害

---

① 周作人(1885—1967)，浙江绍兴人，鲁迅胞弟。原名周櫆寿，字启明，号知堂，现代著名作家、翻译家。1906 年赴日本留学，归国后到北京大学任教。新文学运动初期，主张“平民文学”“思想革命”，影响巨大，是新文学运动的骨干之一。主要著作有散文集《自己的园地》《谈龙集》《谈虎集》《雨天的书》《泽泻集》《知堂文集》等，另有专著和译著多种。现有《周作人散文》(四集)行世。

怕。剑侠都是修炼得道的人，但脾气很是不好，动不动便以飞剑取人头于百步之外。还有剑仙，那更利害了，他的剑飞在空中，只如一道白光，能追赶几十里路，必须见血方才罢休。我当时心里祈求不要遇见剑侠，生恐一不小心得罪他们。

近日报上说有教职员学生在新华门外碰伤，大家都称咄咄怪事，但从我这浪漫派的人看来，一点都不足为奇。在现今的世界上，什么事都能有。我因此连带的想起上边所记的三件事，觉得碰伤实在是情理中所能有的事。对于不相信我的浪漫说的人，我别有事实上的例证举出来给他们看。

三四年前，浦口下关间渡客的一只小轮，碰在停泊江心的中国军舰的头上，立刻沉没，据说旅客一个都不失少。（大约上船的时候曾经点名报数，有账可查的。）过了一两年后，一只招商局的轮船，又在长江中碰在当时国务总理所坐的军舰的头上，随即沉没，死了若干没有价值的人，年月与两方面的船名，死者的人数，我都不记得了，只记得上海开追悼会的时候。有一副挽联道："未必同舟皆敌国，不图吾辈亦清流。"

因此可以知道，碰伤在中国实是常有的事。至于完全责任，当然由被碰的去负担。譬如我穿著有刺钢甲，或是见毒的蛇，或是剑仙，有人来触，或看，或得罪了我，那时他们负了伤，岂能说是我的不好呢？又譬如火可以照暗，可以煮饮食，但有时如不吹熄，又能烧屋伤人，小孩们不知道这些方便，伸手到火边去，烫了一下，这当然是小孩之过了。

听说，这次碰伤的缘故由于请愿。我不忍再责备被碰的诸君，但我总觉得这办法是错的。请愿的事，只有在现今的立宪国里，还暂时勉强应用，其余的地方都不通用的了。例如俄国，在一千九百零几年，曾因此而有军警在冬宫前开炮之举，碰的更利害了。但他们也就从此不再请愿了……我希望中国请愿也从此停止，各自去努力吧。

# 哑巴礼赞

周作人

俗语云，哑巴吃黄连，谓有苦说不出也。但又云，黄连树下弹琴，则苦中作乐，亦是常有的事，哑巴虽苦于说不出话，盖亦自有其乐，或者且在吾辈有嘴巴人之上，未可知也。

普通把哑巴当作残废之一，与一足或无目等视，这是很不公平的事。哑巴的嘴既没有残，也没有废，他只是不说话罢了。《说文》云："喑，不能言病也。"就是照许君所说，不能言是一种病，但这并不是一种要紧的病，于嘴的大体用处没有多大损伤。查嘴的用处大约是这几种：(一)吃饭，(二)接吻，(三)说话。哑巴的嘴原是好好的，既不是缺少舌尖，也并不是上下唇连成一片，那么他如要吃喝，无论番菜或是"华餐"，都可以尽量受用，决没有半点不便，所以哑巴于个人的荣卫上毫无障碍，这是可以断言的。至于接吻呢？既如上述可以自由饮啖的嘴，在这件工作当然也无问题，因为如荷兰威耳德(Van de Velde)医生在《圆满的结婚》第八章所说，接吻的种种大都以香味触三者为限，于声别无关系，可见哑巴不说话之绝不妨事了。归根结底，哑巴的所谓病还只是在"不能言"这一点上。据我看来，这实在也不关紧要。人类能言本来是多此一举，试看两间林林总总，一切有情，莫不自遂其生，各尽其性，何曾说一句话。古人云：“猩猩能言，不离禽兽，鹦鹉能言，不离飞鸟。”可怜这些畜生，辛辛苦苦，学了几句人家的口头语，结果还是本来的鸟兽，多被圣人奚落一番，真是何苦来。从前四只眼睛的仓颉先生无中生有地造文字，害得好心的鬼哭了一夜，我怕最初类猿人里那一匹直著喉咙学说话的时候，说不定还著实引起了原始天尊的长叹了呢。人生营营所为何事，“饮食男女，人之大欲存焉”，既于大欲无亏，别的事岂不是就可以随便了么？中国处世哲学里很重要的一条是，多一事不如少一事，如哑巴者，可以说是能够少一事的了。

语云：“病从口入，祸从口出。”说话不但于人无益，反而有害，即此可见。一说话，话中即含有臧否，即是危险，这个年头儿，人不能老说“我爱你”等甜美的话，——况且仔细检查，我爱你既含有我不爱他或不许他爱你等意思，也可以成为祸根，哲人见客寒暄，但云“今天天气……哈哈哈!”不再加说明，良有以也。盖天气虽无知，唯说其好坏终不甚妥，故以一笑了之。往读杨恽《报孙会宗书》，但记其“种一顷豆，落而为萁”等语，心窃好之，却不知杨公竟因此而腰斩，犹如湖南十五六岁的女学生们以读《落叶》(系郭沫若的，非徐志摩的《落叶》)而被枪决，同样地不可思议。然而这个世界就是这样不可思议的世界，其奈之何哉。几千年来受过这种经验的先民留下遗训曰，“明哲保身”。几十年来看惯这种情形的茶馆贴上标语曰，“莫谈国事”。吾家金人三缄其口，二千五百年来为世楷模，声闻弗替。若哑巴者岂非今之金人欤?

常人以能言为能，但亦有因装哑巴而得名者，并且上下古今这样的人并不很多，即此可知哑巴之难能可贵了。第一个就是那鼎鼎大名的息夫人。她以倾国倾城的容貌，做了两任王后，她替楚王生了两个儿子，可是没有对楚王说一句话。喜欢和死了的古代美人吊膀子的中国文人于是大做特做其诗，有的说她好，有的说她坏，各自发挥他们的臭美，然而息夫人的名声也就因此大起来了。老实说，这实是妇女生活的一场悲剧，不但是一时一地一人的事情，差不多就可以说是妇女全体的运命的象征。易卜生所作《玩偶之家》一剧中女主人公娜拉说，她想不到自己竟替陌不相识的男子生了两个子女，这正是息夫人的运命，其实也何尝不就是资本主义下的一切妇女的运命呢。还有一位不说话的，是汉末隐士姓焦名先的便是。吾乡金古良作《无双谱》，把这位隐士收在里面，还有一首赞题得好：

> 孝然独处，绝口不语，默隐以终，笑杀狐鼠。

并且据说“以此终身，至百余岁”，则是装了哑巴，即成高士之名，又享长寿之福，哑巴之可赞美盖彰彰然明矣。

世道衰微，人心不古，现今哑巴也居然装手势说起话来了。不过这在黑暗中还是不能用，不能说话。孔子曰：“邦无道，危行言逊。”哑巴其犹行古之道也欤。

# 并存和折中

夏丏尊①

从小读过《中庸》的中国人，有一种传统的思想和习惯，凡遇正反对的东西，都把他并存起来，或折中起来，意味的有无是不管的。 这种怪异的情形，无论何时何地，都可随在发见。

已经有警察了，敲更的更夫依旧在城市存在，地保也仍在各乡镇存在。 已经装了电灯了，厅堂中同时还挂着锡制的“满堂红”。 剧场已用布景，排着布景的桌椅了，演剧的还坐布景的椅子以外的椅子。 已经用白话文了，有的学校同时还教着古文。 已经改了阳历了，阴历还在那里被人沿用。 已经国体共和了，皇帝还依然坐在北京……这就是所谓并存。

如果能“并行而不悖”原也不妨。 但上面这样的并存，其实都是悖的。 中国人在这里有一个很好的方法来掩饰其悖，使人看了好

① 夏丏尊(1886—1946)，浙江上虞人。 早年留学日本，回国后在浙江省两级师范学堂任教。 1919 年与刘大白、陈望道等倡导新语文教育，支持新文化运动。 1921 年加入文学研究会，1925 年发起成立立达学会，1930 年创办《中学生》杂志。 与叶圣陶合著的《文心》在语文教学史上影响巨大。 著有杂文集《平屋杂文》，有《夏丏尊文集》行世。 其散文风格平淡朴素，行文简当明畅，有“一粒沙里见世界，半瓣花上说人情”之妙。

像是不悖的。这方法是什么？就是“巧立名目”。

有了警察以后，地保就改名“乡警”了；行了阳历以后，阴历就名叫“夏正”了；改编新军以后旧式的防营叫做“警备队”了；明明是一妻一妾，也可以用什么叫做“两头大”的名目来并存；这种事例举不胜举，实在滑稽万分。现在的督军制度，不就是以前的驻防吗？总统不就是以前的皇帝吗？都不是在那里借了巧立的名目，来与“民国”并存的吗？以彼例此，我们实在不能不怀疑了！

至于折中的现象，也到处都是。医生用一味冷药，必须再用一味热药来防止太冷；发辫剪去了，有许多人还把辫子底根盘留着，以为全体剪去也不好；除少数的都会的妇女外，乡间做母亲的有许多还用“太小不好，太大也不好”的态度，替女儿缠成不大不小的中脚。“某人的话是对的，不过太新了”，“不新不旧”也和“不丰不俭”“不亢不卑”……一样，是一般人们底理想！“于自由之中，仍寓限制之意”，“法无可恕，情有可原”……这是中国式的公文格调！“不可太信，不可太不信”，这是中国人底信仰态度！

这折中的办法是中国人的长技，凡是外来的东西，一到中国人底手里就都要受一番折中的处分。折中了外来的佛教思想和中国固有的思想，出了许多的“禅儒”；几次被他族征服了，却几次都能用折中的方法，把他族和自己的种族弄成一样。这都是历史上中国人的奇迹！

“中西”两个字触目皆是：有“中西药房”，有“中西旅馆”，有“中西大菜”，有“中西医士”，还有中西合璧的家屋，不中不西的曼陀派的仕女画！讨价一千，还价五百，不成的时候，就再用七百五十的中数来折中。不但买卖上如此，到处都可用为公式。什么“妥协”，什么“调停”，都是这折中的别名。中国真不愧为“中”国哩！

在这并存和折中主义跋扈的中国，是难有彻底的改革，长足的进步的希望的。变法几十年了，成效在哪里？革命以前与革命以后，除一部分的男子剪去发辫，把一面黄龙旗换了五色旗以外，有什么大分别？迁就复迁就，调停复调停，新的不成，旧的不成，即使再经过多少年月，恐怕也不能显著地改易这老大国家的面目吧！

我们不能不诅咒古来“不为已甚”的教训了！我们要劝国民吃一服“极端”的毒药，来振起这祖先传下来的宿疾！我们要拜托国内军阀：“你们如果是要作孽的，务须快作，务须作得再厉害一点！你们如果是卑怯的，务须再卑怯一点！”我们要恳求国内的政客：“你们底‘政治’应该极端才好！要制宪吗？索性制宪！要联省自治吗？索性联省自治！要复辟吗？复辟也可以！要卖国吗？爽爽快快地卖国就是了！”我们希望我国军阀中，有拿破仑那样的人；我们希望我国“政治家”中，有梅特涅那样的人。辛亥式的革命，袁世凯式的帝制，张勋式的复辟，南北式的战争，忽而国民大会，忽而人民制宪，忽而联省自治等类不死不活不痛不痒的方子，愈使中华民国的毛病陷入慢性，我们对于最近的奉直战争，原希望有一面倒灭的，不料结果仍是一个并存的局面，仍是一个折中的覆辙！

社会一般人的心里都认执拗不化的人为痴呆，以模棱两可、不为已甚的人为聪明。中国人实在比一切别国的人来得聪明！同是圣人，中国的孔子比印度弃国出家的释迦聪明得多，比犹太的为门徒所卖身受磔刑的耶稣也聪明得多哩！至于现在，国民比聪明的孔子更聪明了！

我希望中国有痴呆的人出现！没有释迦、耶稣等类的大痴呆也可以，至少像托尔斯泰、易卜生等类的小痴呆是要几个的！现在把痴呆的易卜生底呆话，来介绍给聪明的同胞们吧：

“不完全，则宁无！”

# 幽默的叫卖声

夏丏尊

住在都市里，从早到晚，从晚到早，不知要听到多少种类多少次数的叫卖声。深巷的卖花声是曾经入过诗的，当然富于诗趣，可惜我们现在实际上已不大听到。寒夜的“茶叶蛋”“细沙粽子”“莲心粥”等等，声音发沙，十之七八似乎是“老枪”的喉咙，困在床上听去颇有些凄清。每种叫卖声，差不多都有着特殊的情调。

我在这许多叫卖者中，发见了两种幽默家。

一种是卖臭豆腐干的。每日下午五六点钟，弄堂口常有臭豆腐干担歇着或是走着叫卖，担子的一头是油锅，油锅里现炸着臭豆腐干，气味臭得难闻。卖的人大叫“臭豆腐干！”“臭豆腐干！”态度自若。

我以为这很有意思。“说真方，卖假药”，“挂羊头，卖狗肉”，是世间一般的毛病，以香相号召的东西，实际往往是臭的。卖臭豆腐干的居然不欺骗大众，自叫“臭豆腐干”，把“臭”作为口号标语，实际的货色真是臭的。言行一致，名副其实，如此不欺骗别人的事情，怕世间再也找不出了吧！我想。

“臭豆腐干!”这呼声在欺诈横行的现世，俨然是一种愤世嫉俗的激越的讽刺!

还有一种是五云日升楼卖报者的叫卖声。那里的卖报的和别处不同，没有十多岁的孩子，都是些三四十岁的老枪瘪三，身子瘦得像腊鸭，深深的乱头发，青屑屑的烟脸，看去活像个鬼。早晨是不看见他们的，他们卖的总是夜报。傍晚坐电车打那儿经过，就会听到一片发沙的卖报声。

他们所卖的似乎都是两个铜板的东西，如《新夜报》《时报号外》之类。叫卖的方法很特别，他们不叫"刚刚出版××报"，却把价目和重要新闻标题联在一起，叫起来的时候，老是用"两个铜板"打头，下面接着"要看到"三个字，再下去是当日的重要的国家大事的题目，再下去是一个"哪"字。"两个铜板要看到十九路军反抗中央哪！"在福建事变起来的时候，他们就这样叫。"两个铜板要看到日本副领事在南京失踪哪!"藏本事件开始的时候，他们就这样叫。

在他们的叫声里任何国家大事都只要花两个铜板就可以看到，似乎任何国家大事都只值两个铜板的样子。我每次听到，总深深地感到冷酷的滑稽情味。

"臭豆腐干！""两个铜板要看到××××哪!"这两种叫卖者颇有幽默家的风格。前者似乎富于热情，像个矫世的君子，后者似乎鄙夷一切，像个玩世的隐士。

汶”的，十年前散布“《孙文》小史”的，六七年前称他为“国贼孙文”的，半年前还是称他为“孙大炮”的，“近数月来”，都亲亲热热地叫起“中山先生”来了，甚而至于叫起“元勋”“伟人”这一类的字样来了！最奇妙者，竟有一位姓“清”名“室”的人，居然也送花圈到社稷坛去，居然对于十三年前他想拿来处以极刑的“孙汶”称起“孙中山先生”来!!!（岂独令人“肌肤起粟”，简直要“毛骨悚然”！）这是什么缘故？老实说吧，全是为了“段执政”近来和孙先生有了往还哪（虽然……）。要是……他们马上就……谓予不信，请到毗骞国王那儿去查民国元年孙先生来京时和二年二次革命失败后底流水账簿。

我写到这里，没有勇气再想下去了，且引一段话来结束此文：

“孙文来了，怎么好！听说这回是段执政约他来的，他许不至于捣乱吧！”

（这话是去年年底孙先生扶病到京之日，我在一个饭馆子里吃饭，一位伙计低声向我说的。）

（声明）文中所说的国民，是指国民全体中底最大部分而言，并非指国民全体。如有人自己觉得不像此文中所说的国民那样，则我所说的就不是足下，请足下不必脸红。为免除“超老实人”误解计，特此郑重声明。

# 我的儿童教育观

柳亚子①

我对于儿童教育，是主张自由放任的。孟子舆说的好：“父子之间不责善，责善则离，离则不祥莫大焉，故古人易子而教之。”(手头无书，大旨如此。)这“责善则离”四字，我觉得是非常有意义的。不独父子之间，就是父女之间，母子之间，母女之间，又何尝不如此呢?

近世对于儿童教育最伟大的人物，我第一个推崇鲁迅先生。不但他喊出“救救孩子”的口号，要给中华民族下一代奠定不拔的基础。就是他对于他的爱子海婴先生的态度，也是值得敬佩的。听说有一次，鲁迅先生在家里请朋友吃饭，有一碗菜，海婴先生挟了一筷，尝尝味道，觉得不对，就嚷道这道菜坏了。但同时吃过这菜的，却并不觉得坏，大家以为是小孩子乱讲罢了，不去理他。不

---

① 柳亚子(1887—1958)，江苏吴江人。早年就读于爱国学社，树立反清革命思想，后加入同盟会和光复会，创办南社，以文学鼓吹革命。1926 年为国民党中央监察委员，始终信奉孙中山的新三民主义政策，和右派开展斗争。“四·一二”政变后，亡命日本。1949 年进入解放区，参加新政协会议，曾任中央文史馆副馆长、人大常务委员。著作有《磨剑室诗词集》《柳亚子诗选》《柳亚子先生书信选集》等。

过，鲁迅先生认为小孩子的意见，是不应该抹杀的。他自己把海婴先生吃剩丢下的那一些，挟起来尝了一尝，果然味道变了。你想，除了鲁迅先生，谁还能有这种尊崇儿童，爱护儿童的伟大呢？

海婴先生也是一个了不起的人物，他常常对人家讲："我的父亲还不够伟大，要是我做了父亲，一定比他还要好。"这句话，在没有头脑的人听起来，总以为是海婴先生的孩子话罢了。不过，我以为这便是海婴先生伟大的地方。按照进化论讲起来，子女的一代，无论如何，应该比父母的一代高明些。亡友高天梅有诗道："我言为子者，慎勿肖其父；我言为孙者，慎勿肖其祖。"他是提倡"不肖主义"的；但所谓"不肖主义"者，是要子女比父母更高明，更能适合时代。中国人老话说："士习高曾之典籍，工执父祖之矩矱"。（原文已忘，大意如此。）这句话，实在是大错而特错的，因为世界上事事物物，都是不进则退，决无中立的余地。中国人喜欢崇拜祖先，追怀古昔，而不想做一个跨灶的儿孙。倘然照这种人的办法搅下去，一定非先由人类退化为猿猴，而由猿猴退化为下等动物不止（这才是复古呢）。那么，真是魏武帝所谓"刘景升儿子豚犬耳"，陶学士所谓"一蟹不如一蟹"，中华民族也几几乎有亡国灭种的趋势了。所以，我觉得海婴先生的观点是很正确的。并且，因为海婴先生的伟大，更显出鲁迅先生的伟大来，海婴先生才不愧真正是鲁迅先生的继承人呢。

我自己是一个典型的士大夫，但我很反对儒家的学说，在吴又陵先生只手打孔家店的时候，我是举起双手来摇旗呐喊的。我以为儒家学说是代表封建时代的统治阶级说话的，那中间无论如何，不免有些毒素。在现时代去提倡它，当然是开倒车，更要做青年的绊脚石了。我们要做青年的垫脚石，而不要做青年的绊脚石；这好像也是鲁迅先生的伟论，我是非常钦佩。何况，章太炎先生批评儒家，还说它“宗旨多在是非之间，议论止于函胡之地”；那么，就在当时，儒家也并不能算做顶高明的学说吧。不过，它的单词只义，却有时有可取之处；我在上面所引孟子舆的几句话，就是一个例子。还有，他所讲的“如欲平治天下，当今之世，舍我其谁哉”的一段话；以及孔二先生所谓“天生德于予，桓魋其如予何”云云，我都很喜欢它，觉得可以拿来做我自己安身立命的座右格言呢。辛亥革命以来，读经废经的问题，有好几次的循环起伏；现在，好像又在甚嚣尘上吧，我倒并不主张把线装书一起丢在毛坑里去，觉得这议论太不合理了。并且，我以为凡是年在五六十岁左右的党国要人，他们倒是应该多读一下中国底旧书的；不但经应该读，而且史也应该读。我主张应由当道采用卑礼厚币的方法，蒲轮安车，招致海内广闻博学之士，待以师礼，每天教授一二小时。那么，柔日读经，刚日读史，开班上课，恰是挺好的办法，不比出重资叫人翻译圣经高明到一百倍吗？但倘然照妄人的议论，要在小学校中提倡读经，以妨害中华民族下一代国民的知想，那我又要效法鲁迅先生，大喊“救救孩子”了。

# “今”

李大钊[①]

我以为世间最可宝贵的就是“今”，最易丧失的也是“今”，因为他最容易丧失，所以更觉得他可以宝贵。

为甚么“今”最可宝贵呢？最好借哲人耶曼孙所说的话答这个疑问：“尔若爱千古，尔当爱现在。昨日不能唤回来，明天还不确实，尔能确有把握的就是今日。今日一天，当明日两天。”

为甚么“今”最易丧失呢？因为宇宙大化，刻刻流转，绝不停留。时间这个东西，也不因为吾人贵他爱他稍稍在人间留恋。试问吾人说“今”说“现在”，茫茫百千万劫，究竟那一刹那是吾人的“今”，是吾人的“现在”呢？刚刚说他是“今”是“现在”，他早已风驰电掣的一般，已成“过去”了。吾人若要糊糊涂涂把他丢掉，岂不可惜？

有的哲学家说，时间但有“过去”与“未来”，并无“现

---

① 李大钊(1889—1927)，河北乐亭人。字守常。早年入天津法政专门学校。1913 年考入日本早稻田大学。回国后任北京《晨报》主笔。1918 年任北京大学经济系教授兼图书馆主任，积极宣传马克思主义，是中国共产党的创始人之一。对第一次国共合作的促成作过重大贡献。1927 年被军阀张作霖杀害。有《守常文集》《李大钊文集》行世。

在”。有的又说，“过去”“未来”皆是“现在”。我以为“过去未来皆是现在”的话倒有些道理。因为“现在”就是所有“过去”流入的世界，换句话说，所有“过去”都埋没于“现在”的里边。故一时代的思潮，不是单纯在这个时代所能凭空成立的，不晓得有几多“过去”时代的思潮，差不多可以说是由所有“过去”时代的思潮，一凑合而成的。

吾人投一石子于时代潮流里面，所激起的波澜声响，都向永远流动传播，不能消灭。屈原的《离骚》，永远使人感泣。打击林肯头颅的枪声，呼应于永远的时间与空间。一时代的变动，绝不消失，仍遗留于次一时代，这样传演，至于无穷，在世界中有一贯相联的永远性。昨日的事件，与今日的事件，合构成数个复杂事件。此数个复杂事件，与明日的数个复杂事件，更合构成数个复杂事件。势力结合势力，问题牵起问题。无限的“过去”，都以“现在”为归宿。无限的“未来”，都以“现在”为渊源。“过去”“未来”的中间，全仗有“现在”以成其连续，以成其永远，以成其无始无终的大实在。一掣现在的铃，无限的过去未来皆遥相呼应。这就是过去未来皆是现在的道理，这就是“今”最可宝贵的道理。

现时有两种不知爱“今”的人：一种是厌“今”的人，一种是乐“今”的人。

厌“今”的人也有两派。一派是对于“现在”一切现象都不满足，因起一种回顾“过去”的感想。他们觉得“今”的总是不好，古的都是好。政治、法律、道德、风俗，全是“今”不如古。此派人唯一的希望在复古。他们的心力全施于复古的运动。一派是对于“现在”一切现象都不满足，与复古的厌“今”派全同。但是他们不想“过去”，但盼“将来”。盼“将来”的结果，往往流于梦想，把许多“现在”可以努力的事业都放弃不做，单是耽溺于虚无飘渺的空玄境界。这两派人都是不能助益进化，并且很是阻滞进化的。

乐“今”的人大概是些无志趣无意识的人，是些对于“现在”一切满足的人。他们觉得所处境遇可以安乐优游，不必再商进取，再为创造。这种人丧失“今”的好处，阻滞进化的潮流，同厌“今”派毫无区别。

原来厌“今”为人类的通性。大凡一境尚未实现以前，觉得此境有无限的佳趣，有无疆的福利；一旦身陷其境，却觉不过尔尔，随即起一种失望的念，厌“今”的心。又如吾人方处一境，觉得无甚可乐；而一旦其境变易，却又觉得其境可恋，其情可思。前者为企望“将来”的动机；后者为反顾“过去”的动机。但是回想“过去”，毫无效用，且空耗努力的时间。若以企望“将来”的动机，而尽“现在”的努力，则厌“今”思想，却大足为进化的原动。乐“今”是一种惰性，须再进一步，了解“今”所以可爱的道理。全在凭他可以为创造“将来”的努力，决不在得他可以安乐无为。

热心复古的人，开口闭口都是说“现在”的境象若何黑暗，若何卑污，罪恶若何深重，祸患若何剧烈。要晓得“现在”的境象倘若真是这样黑暗，这样卑污，罪恶这样深重，祸患这样剧烈，也都是“过去”所遗留的宿孽，断断不是“现在”造的；全归咎于“现在”，是断断不能受的。要想改变他，但当努力以回复“过去”。

照这个道理讲起来，大实在的瀑流，永远由无始的实在向无终的实在奔流。吾人的“我”，吾人的生命，也永远合所有生活上的潮流，随着大实在的奔流，以为扩大，以为继续，以为进转，以为发展。故实在即动力，生命即流转。

忆独秀先生曾于《一九一六年》文中说过，青年欲达民族更新的希望，“必自杀其一九一五年之青年，而自重其一九一六年之青年。”我尝推广其意，也说过人生唯一的蕲向，青年唯一的责任，在“从现在青春之我，扑杀过去青春之我；促今日青春之我，禅让明日青春之我。”“不仅以今日青春之我，追杀今日白首之我，并宜以今日青春之我，豫杀来日白首之我。”实则历史的现象，时时流转，时时变易，同时还遗留永远不灭的现象和生命于宇宙之间，如何能杀得？所谓杀者，不过使今日的“我”不仍旧沉滞于昨天的“我”。而在今日之“我”中，固明明有昨天的“我”存在。不止有昨天的“我”，昨天以前的“我”，乃至十年二十年百千万亿年的“我”，都俨然存在于“今我”的身上。然则“今”之“我”，“我”之“今”，岂可不珍重自将，为世间造些功德。稍一失脚，必致遗留层层罪恶种子于“未来”无量的人，即未来无量的“我”。永不能消除，永不能忏悔。

我请以最简明的一句话写出这篇的意思来：

> 吾人在世，不可厌“今”而徒回思“过去”，梦想“将来”，以耗误“现在”的努力；又不可以“今”境自足，毫不拿出“现在”的努力，谋“将来”的发展。宜善用“今”，以努力为“将来”之创造。由“今”所造的功德罪孽，永久不灭。故人生本务，在随实在之进行，为后人造大功德，供永远的“我”享受，扩张，传袭，至无穷极，以达“宇宙即我，我即宇宙”之究竟。

# 作揖主义

刘半农[①]

沈二先生与我们谈天，常说生平服膺红老之学。红，就是《红楼梦》，老，就是《老子》。这红老之学的主旨，简便些说，就是无论什么事，都听其自然。听其自然又是怎么样呢？沈先生说："譬如有人骂我，我们不必还骂：他一面在那里大声疾呼的骂人，一面就是他打他自己。我们在旁边看看，也很好，何必费着气力去还骂？又如有一只狗，要咬我们，我们不必打它，只是避开了就算；将来有两只狗碰了头，自然会互咬起来。所以我们做事，只须抬起了头，向前直进，不必在这抬头直进四个字以外，再管什么闲事；这就叫作听其自然，也就是红老之学的精神。"我想这一番话，很有些同托尔司太的不抵抗主义相像，不过沈先生换了个红老之学的游戏名词罢了。

不抵抗主义我向来很赞成，不过因为有些偏于消极，不敢实行。现在一想，这个见解实在是大谬。为什么？因为不抵抗主义

① 刘半农(1891—1934)，江苏江阴人。原名刘复。诗人、散文家、语言学家。1917年到北京大学任预科教授，并参加《新青年》杂志的编辑工作，积极投身文学革命，反对文言文，提倡白话文。著作有《半农杂文》、诗集《扬鞭集》《瓦釜集》以及专著《中国文法通论》等。

面子上是消极，骨底里是最经济的积极。我们要办事有成效，假使不实行这主义，就不免消费精神于无用之地。我们要保存精神，在正当的地方用，就不得不在可以不必的地方节省些。这就是以消极为积极：不有消极，就没有积极。既如此，我也要用些游戏笔墨，造出一个“作揖主义”的新名词来。

“作揖主义”是什么呢？请听我说：——

譬如早晨起来，来的第一客，是位前清遗老。他拖了辫子，弯腰曲背走进来，见了我，把眼镜一摘，拱拱手说：“你看！现在是世界不像世界了：乱臣贼子，遍于国中，欲求天下太平，非请宣统爷正位不可。”我急忙向他作了个揖，说：“老先生说的话，很对很对。领教了，再会罢。”

第二客，是个孔教会会长。他穿了白洋布做的“深衣”，古颜道貌的走进来，向我说：“孔子之道，如日月经天，江河行地。现在我们中国，正是四维不张，国将灭亡的时候；倘不提倡孔教，昌明孔道，就不免为印度波兰之续。”我急忙向他作了个揖，说：“老先生说的话，很对很对，领教了，再会罢。”

第三客，是位京官老爷。他衣裳楚楚，一摆一踱的走进来，向我说：“人的根，就是丹田。要讲卫生，就要讲丹田的卫生。要讲丹田的卫生，就要讲静坐。你要晓得，这种内功，常做了可以成仙的呢！”我急忙向他作了个揖，说：“老先生说的话，很对很对，领教了，再会罢。”

第四五客，是一位北京的评剧家，和一位上海的评剧家，手携着手同来的。没有见面，便听见一阵“梅郎”“老谭”的声音。见了面，北京的评剧家说：“打把子有古代战术的遗意，脸谱是画在脸孔上的图案；所以旧戏是中国文学美术的结晶体。”上海的评剧家说：“这话说得不错呀！我们中国人，何必要看外国戏；中国戏自有好处，何必去学什么外国戏？你看这篇文章，就是这一位方家所赏识的；外国戏里，也有这样的好处么？”他说到“方家”二字，翘了一个大拇指，指着北京的评剧家，随手拿出一张《公言报》递给我看。我一看那篇文章，题目是《佳哉剧也》四个字，我急忙向两人各各作了一个揖，说：“两位老先生说的话，很对很对。领教了，再会罢。”

第六客是个玄之又玄的鬼学家。他未进门，便觉阴风惨惨，阴气逼人，见了面，他说：“鬼之存在，至今日已无丝毫疑义。为什么呢？因为人所居者为‘显界’，鬼所居者，尚别有一界，名‘幽界’。我们从理论上去证明他，是鬼之存在，已无疑义；从实质上去证明他，是搜集种种事实，助以精密之器械，继以正确之试验，可知除显界外，尚有一幽界。”我急忙向他作了个揖，说：“老先生说的话，很对很对，领教了，再会罢。”

末了一位客，是王敬轩先生。他的说话最多，洋洋洒洒，一连谈了一点多钟。把“中学为体，西学为用”八个字，发挥得详尽无遗，异常透彻。我屏息静气听完了，也是照例向他作了个揖，说：“老先生的话，很对很对。领教了，再会罢。”

如此东也一个揖，西也一个揖，把这一班老伯，大叔，仁兄大人之类送完了，我仍旧做我的我：要办事，还是办我的事；要有主张，还仍旧是我的主张。这不过忙了两只手，比用尽了心思脑力唇焦舌敝的同他们辩驳，不省事得许多么？

何以我要如此呢？

因为我想到前清末年的官与革命党两方面，官要尊王，革命党要排满；官说革命党是“匪”，革命党说官是“奴”。这样牛头不对马嘴，若是双方辩论起来，便到地老天荒，恐怕大家还都是个“缠夹二先生”，断断不能有什么谁是谁非的分晓。所以为官计，不如少说闲话，切切实实想些方法去捉革命党。为革命党计，也不如少说闲话，切切实实想些方法去革命，这不是一刀两断，最经济最爽快的办法么？

我们对于我们的主张，在实行一方面，尚未能有相当的成效，自己想想，颇觉惭愧。不料一般社会的神经过敏，竟把我们看得像洪水猛兽一般。既是如此，我们感激之余，何妨自贬声价，处于“匪”的地位：却把一般社会的声价抬高——这是一般社会心目中之所谓高——请他处于“官”的地位？自此以后，你做你的官，我做我的匪。要是做官的做了文章，说什么“有一班乱骂派读书人，其狂妄乃出人意表。所垂训于后学者，曰不虚心，曰乱说，曰轻薄，曰破坏。凡此恶德，有一于此，即足为研究学问之障，而况兼备之耶？”我们看了，非但不还骂，不与他辩，而且还要像我们江阴人所说的“乡下人看告示”，奉送他“一篇大道理”五个字。为什么？因为他们本来是官，这些话说，本来是“出示晓谕”以下，“右仰通知”以上应有的文章。

到将来，不幸而竟有一天，做官的诸位老爷们额手相庆曰：“谢天谢地，现在是好了，洪水猛兽，已一律肃清，再没有什么后生小子，要用夷变夏，蔑污我神州四千年古国的文明了。”那时候，我们自然无话可说，只得像北京刮大风时坐在胶皮车上一样，一壁叹气，一壁把无限的痛苦尽量咽到肚子里去；或者竟带了这种痛苦，埋入黄土，做蝼蚁们的食料。

万一的万一竟有一天变作了我们的“一千九百十一年十月十日”了，那么，我一定是个最灵验的预言家。我说：那时的官老爷，断断不再说今天的官话，却要说：“我是几十年前就提倡新文明的，从前陈独秀、胡适之、陶孟和、周启明、唐元期、钱玄同、刘半农诸先生办《新青年》时，自以为得风气之先，其时我的新思想，还远比他们发生得早咧。”到了那个时候，我又怎么样呢？我想，一千九百十一年以后，自称老同盟的很多，真正的老同盟也没有方法拒绝这班新牌老同盟。所以我到那时，还是实行“作揖主义”，他们来一个，我就作一个揖，说：“欢迎！欢迎！欢迎新文明的先知先觉！”

半农发明这个“作揖主义”，玄同绝对的赞成；以后见了他们诸公，也要实行这个主义。因为照此办法，在我们一方面，可以把宝贵的气力和时间不浪费于无益的争辩，专门来提倡除旧布新的主义；在他们诸公一方面，少听几句逆耳之言，庶几宁神静虑，克享遐龄，可以受褒扬条例第九款的优待：这实在是两利的办法。至于到了“万一的万一”那一天，他们诸公自称为新文明的先觉，是一定的；我们开会欢迎新文明的先觉，是对于老前辈应尽的敬礼，那更是应该的。

玄同附记

# 中国的人命

陶行知①

我在太平洋会议的许多废话中听到了一句警语。劳耳说："中国没有废掉的东西，如果有，只是人的生命！"

人的生命！你在中国是耗废得太多了。垃圾堆里的破布烂棉花有老太婆去追求，路边饿得半死的孩子没有人过问。花十来个铜板坐上人力车要人家拼命跑，跑得吐血倒地，望也怕望，便换了一部车儿走了。太太生孩子，得雇一个奶妈。自己的孩子白而胖，奶妈的孩子瘦且死。童养媳偷了一块糖吃要被婆婆逼得上吊。做徒弟好比是做奴隶，连夜壶也要给师傅倒，倒得不干净，一烟袋打得脑袋开花。煤矿里是五个工人当中要残废一个，日本人来了，一杀是几百。大水一冲是几万。一年之中死的人要装满二十多个南京城（说得正确些，是每年死的人数等于首都人口之二十多倍）。当我写这篇短文的时候，每个字出世是有三个人进棺材。

---

① 陶行知（1891—1946），安徽歙县人。1914 年毕业于金陵大学文学系，后赴美留学。回国后任南京高等师范教务长。1923 年发起组织中国平民教育促进会。1923 年创办晓庄学校，为中国现代著名教育家，先后创办社会大学、育才学校。主要著作有《行知诗歌集》《行知书信》《中国教育改造》《中国大众教育问题》等。

“中国没有废掉的东西，如果有，只是人的生命!”

您却不可作片面的观察。 一个孩子出天花，他的妈妈抱他在怀里七天七夜，毕竟因为卓绝的坚忍与慈爱，她是救了他的小生命。在这无废物而有废命的社会里，这伟大的母爱是同时存在着。 如果有一线的希望，她是愿意为她的小孩的生命而奋斗，甚而至于牺牲自己的生命，也是甘心情愿的。

这伟大的慈爱与冷酷的无情如何可以并立共存？这矛盾的社会有什么解释？他是我养的，我便爱他如同爱我，或者爱他甚于爱我自己。 若不是我养的，虽死他几十万，与我何干？这个态度解释了这奇怪的矛盾。

中国要到什么时候才能翻身？要等到人命贵于财富，人命贵于机器，人命贵于安乐，人命贵于名誉，人命贵于权位，人命贵于一切，只有等到那时，中国才站得起来!

# 差不多先生传

胡　适[1]

你知道中国最有名的人是谁?

提起此人，人人皆晓，处处闻名。他姓差，名不多，是各省各县各村人氏。你一定见过他，一定听过别人谈起他。差不多先生的名字天天挂在大家的口头，因为他是中国全国人的代表。

差不多先生的相貌和你和我都差不多。他有一双眼睛，但看的不很清楚；有两只耳朵，但听的不很分明；有鼻子和嘴，但他对于气味和口味都不很讲究。他的脑子也不小，但他的记性却不很精明，他的思想也不很细密。

他常常说："凡事只要差不多，就好了。何必太精明呢?"

他小的时候，他妈叫他去买红糖，他买了白糖回来。他妈骂他，他摇摇头道："红糖白糖不是差不多吗?"

---

① 胡适(1891—1962)，安徽绩溪人。名洪骍，字适之。早年留学美国，毕业于哥伦比亚大学哲学系。1917 年发表了他的《文学改良刍议》，次年又发表了《建设的文学革命论》，积极提倡白话文，在新文化运动中作出了杰出的贡献。1920 年他出版了中国第一部白话诗集《尝试集》。他先后任北京大学哲学系教授、校长，台湾中央研究院院长。在小说史、哲学史研究方面有不少建树。著作有《中国哲学史大纲》(上卷)、《白话文学史》《胡适文存》《胡适论学近著》等。

他在学堂的时候；先生问他：“直隶省的西边是哪一省?”他说是陕西。先生说：“错了。是山西，不是陕西。”他说：“陕西同山西不是差不多吗?”

后来他在一个钱铺里做伙计；他也会写，也会算，只是总不会精细。十字常常写成千字，千字常常写成十字。掌柜的生气了，常常骂他。他只笑嘻嘻地赔小心道：“千字比十字只多一小撇，不是差不多吗?”

有一天，他为了一件要紧的事，要搭火车到上海去。他从从容容地走到火车站，迟了两分钟，火车已开走了。他白瞪着眼，望着远远地火车上的煤烟，摇摇头道：“只好明天再走了。今天走同明天走，也还差不多。可是火车公司未免太认真了。八点三十分开，同八点三十二分开，不是差不多吗?”他一面说，一面慢慢地走回家，心里总不很明白为什么火车不肯等他两分钟。

有一天，他忽然得了急病，赶快叫家人去请东街的汪先生。那家人急急忙忙地跑去，一时寻不着东街汪大夫，却把西街的牛医王大夫请来了。差不多先生病在床上，知道寻错了人；但病急了，身上痛苦，心里焦急，等不得了，心里想道：“好在王大夫同汪大夫也差不多，让他试试看罢。”于是这位牛医王大夫走近床前，用医牛的法子给差不多先生治病。不上一点钟，差不多先生就一命呜呼了。

差不多先生差不多要死的时候，一口气断断续续地说道：“活人同死人也差……差…差不多……凡事只要……差…差…不多……就……好了……何…何……必……太……太认真呢?”他说完了这句格言，方才绝气了。

他死后，大家都很称赞差不多先生样样事情看得破，想得通；

大家都说他一生不肯认真，不肯算账，不肯计较，真是一位有德行的人；于是大家给他取个死后的法号，叫他做圆通大师。

他的名誉越传越远，越久越大。无数无数的人都学他的榜样。于是人人都成了一个差不多先生。——然而中国从此就成了一个懒人国了。

# 容忍与自由

胡　适

十七八年前，我最后一次会见了母校康耐儿大学的史学大师布尔先生(George Lincoln Burr)。我们谈到英国史学大师阿克顿(Lord Acton)一生准备要作一部“自由之史”，没有完成他就死了。布尔先生那天谈话很多，有一句话我至今没有忘记。他说：“我年纪越大，越感觉到容忍(tolerance)比自由还更重要。”

布尔先生死了十多年了，他这句话我越想越觉得是一句不可磨灭的格言。我自己也有“年纪越大，越觉得容忍比自由还更重要”的感想。有时我竟觉得容忍是一切自由的根本；没有容忍，就没有自由。

我十七岁的时候（1908年）曾在《竞业旬报》上发表几条“无鬼丛话”，其中有一条是痛骂小说《西游记》和《封神榜》的，我说：

> “王制”有之：“假于鬼神时日卜筮以疑众，杀。”吾独怪夫数千年来之掌治权者，之以济世明道自期者，乃懵然不之注意，惑世诬民之学说得以大行，遂举我神州民族投诸极黑暗之世界！……

这是一个小孩子很不容忍的“卫道”态度。我那时候已是一个无鬼论者，所以发出那样摧除迷信的狂论，要实行“王制”（《礼记》的一篇）的“假于鬼神时日卜筮以疑众，杀”的一条经典。

我在那时候当然没有梦想到说这话的小孩子在十五年后（1923年）会很热心地给《西游记》作两万字的考证！我在那时候当然更没有想到那个小孩子在二三十年后还时时留心搜求可以考证《封神榜》的作者的材料！我在那时候也完全没有想想“王制”那句话的历史意义。那一段“王制”的全文是这样的：

> “析言破律，乱名改作，执左道以乱政，杀。作淫声异服奇技异器以疑众，杀。行伪而坚，言伪而辩，学非而博，顺非而泽以疑众，杀。假于鬼神时日卜筮以疑众，杀。此四诛者，不以听。”

我在五十年前，完全没有懂得这一段说的“诛”正是中国专制体制下禁止新思想、新学术、新信仰、新艺术的经典的根据。我在那时候抱着“破除迷信”的热心，所以拥护那“四诛”之中的第四诛，“假于鬼神时日卜筮以疑众，杀”。我当时完全没有想到第四诛的“假于鬼神……以疑众”和第一诛的“执左道以乱政”的两条罪名都可以用来摧残宗教信仰的自由。我当时也完全没有注意到郑玄注里用了公输般作“奇技异器”的例子，更没有注意到孔颖达“正义”里学了“孔子为鲁司寇七日而诛少正卯”的例子来解释“行伪而坚，言伪而辩，学非而博，顾非而泽以疑众，杀”。故第二诛可以用来禁绝艺术创作的自由，也可以用来“杀”许多发明“奇技异器”的科学家。故第三诛可以用来摧残思想的自由，言论的自由，著作出版的自由。

我在五十年前引用了“王制”第四诛，要“杀”《西游记》《封神榜》的作者。那时候我当然没有梦想到十年之后我在北京大学教书时就有一些同样“卫道”的正人君子也想引用“王制”的第三诛，要“杀”我和我的朋友，当年我要“杀”人，后来人要“杀”我，动机是一样的：都是因为动了一点正义的火气，就失掉容忍的度量了。

我自己叙述五十年前主张“假于鬼神时日卜筮以疑众，杀”的故事，为的是要说明我年纪越大，越觉得“容忍”比“自由”还更重要。

我到今天还是一个无神论者，我不信有一个有意志的神，我也不信灵魂不朽的说法。

我自己总觉得，这个国家、这个社会、这个世界，绝大多数人信神的，居然能有这雅量，能容忍我的无神论，能容忍我这个不信神不信灵魂不灭的人，能容忍我在国内和国外自由发表我的无神论的思想，从没有人因此用石头掷我，把我关在监狱里，或把我捆在柴堆上用火烧死。我在这个世界里居然享受了四十多年的容忍与自由。我觉得这个国家，这个社会，这个世界对我的容忍态度是可爱的，是可以感激的。

所以我自己总觉得我应该用容忍的态度来报答社会对我的容忍。所以我自己不信神，但我能诚心的谅解一切信神的人，也能诚心的容忍并且敬重一切信仰有神的宗教。

我要用容忍的态度来报答社会对我的容忍，因为我年纪越大，我越觉得容忍的重要意义。若社会没有这点容忍的气度，我决不能享受四十多年的大胆怀疑的自由，公开主张无神论的自由了。

在宗教自由史上，在思想自由史上，在政治自由史上，我们都可以看见容忍的态度是最难得、最稀有的态度。人类的习惯是喜同而恶异的，总不喜欢和自己不同的信仰、思想、行为。这就是不容忍的根源。不容忍只是不能容忍和我自己不同的新思想和新信仰。一个宗教团体总相信自己的宗教信仰是对的，是不会错的，所以它总相信那些和自己不同的宗教信仰必定是错的，必定是异端、邪教。一个政治团体总相信自己的政治主张是对的，是不会错的，所以它总相信那些和自己不同的政治见解必定是错的，必定是敌人。

一切对异端的迫害，一切对“异己”的摧残，一切对宗教自由的禁止，一切思想言论的被压迫，都由于这一点深信自己是不会错的心理。因为深信自己是不会错的，所以不能容忍任何和自己不同的思想信仰了。

试看欧洲的宗教革新运动的历史。马丁·路德（Martin Luther）和约翰·高尔文（John Calvin）等人起来革新宗教，本来是因为他们不满意于罗马旧教的种种不容忍，种种不自由。但是新教在中欧、北欧胜利之后，新教的领袖们又都渐渐走上了不容忍的路上去，也不容许别人起来批评他们的新教条了。高尔文在日内瓦掌握了宗教大权，居然会把一个敢独立思想、敢批评高尔文的教条的学者塞维图斯（Servetus）定了“异端邪说”的罪名，把他用铁链锁在木桩上，堆起柴来，慢慢的活烧死。这是1553年10月23日的事。

这个殉道者塞维图斯的惨史，最值得人们的追念和反省。宗教革新运动原来的目标是要争取“基督教的人的自由”和“良心的自由”。何以高尔文和他的信徒们居然会把一位独立思想的新教徒用慢慢的火烧死呢？何以高尔文的门徒（后来继任高尔文为日内瓦的宗教独裁者）柏时（Beze）竟会宣言“良心的自由是魔鬼的教条”呢？

基本的原因还是那一点深信我自己是“不会错的”的心理。像高尔文那样虔诚的宗教改革家，他自己深信他的良心确是代表上帝的命令，他的口和他的笔确是代表上帝的意志，那么他的意见还会错吗？ 他还有错误的可能吗？ 在塞维图斯被烧死之后，高尔文曾受到不少人的批评。 1554 年，高尔文发表一篇文章为他自己辩护，他毫不迟疑地说："严厉惩治邪说者的权威是无可疑的，因为这就是上帝自己的说话。 ……这工作是为上帝的光荣的战斗。"

上帝自己的说话，还会错吗？ 为上帝的光荣作战，还会错吗？这一点"我不会错"的心理，就是一切不容忍的根苗。 深信我自己的信念没有错误的可能（infallible），我的意见就是"正义"，反对我的人当然都是"邪说"了。 我的意见代表上帝的意旨，反对我的人的意见当然都是"魔鬼的教条"了。

这是宗教自由史给我们的教训：容忍是一切自由的根本；没有容忍"异己"的雅量，就不会承认"异己"的宗教信仰可以享受自由。 但因为不容忍的态度是基于"我们的信念不会错"的心理习惯，所以容忍"异己"是最难得、最不容易养成的雅量。

在政治思想上，在社会问题的讨论上，我们同样的感觉到不容忍是常见的，而容忍总是很稀有的。 我试举一个死了的老朋友的故事作例子。 四十多年前，我们在《新青年》杂志上开始提倡白话文学的运动，我曾从美国寄信给陈独秀，我说：

> 此事之是非，非一朝一夕所能定，亦非一二人所能定。甚愿国中人士能平心静气与吾辈同力研究此问题。讨论既熟，是非自明。吾辈已张革命之旗，虽不容退缩，然亦决不敢以吾辈所主张为必是而不容他人之匡正也。

独秀在《新青年》上答我道：

> 鄙意容纳异议，自由讨论，固为学术发达之原则，独于改良中国文学当以白话为正宗之说，其是非甚明，必不容反对者有讨论之余地；必以吾辈所主张者为绝对之是，而不容他人之匡正也。……

我当时就觉得这是很武断的态度。现在四十多年之后，我还忘不了陈独秀这一句话，我还觉得这种“必以吾辈所主张者为绝对之是”的态度是很不容忍的态度，是最容易引起别人的恶感，是最容易引起反对的。

我曾说过，我应该用容忍的态度来报答社会对我的容忍。现在常常想，我们还得戒律自己：我们若想别人容忍谅解我们的见解，我们必须先养成能够容忍谅解别人的见解的度量。至少我们应该戒约自己决不可“以吾辈所主张者为绝对之是”。我们受过实验主义的训练的人，本来就不承认有“绝对之是”，更不可以“以吾辈所主张者为绝对之是”。

# “绿”

郭沫若[①]

京口瓜州一水间，
钟山只隔数重山。
春风又绿江南岸，
明月何时照我还？

这是王荆公《泊船瓜州》的一首七绝，“绿”这用为动词，十分新鲜而有生趣。

据宋洪迈《容斋续笔》上说，“吴中士人家藏其草，初云‘又到江南岸’，圈去‘到’字，注曰‘不好’，改为‘过’。复圈去而改为‘入’。旋改为‘满’。凡如是十许字，始定为‘绿’。”

---

① 郭沫若(1892—1978)，四川乐山人，现代杰出的诗人、作家、历史学家。早年留学日本，五四时期开始新诗写作，第一本诗集《女神》为中国新诗的奠基作品。1921 年发起组织新文学团体创造社，影响巨大。曾参加北伐和南昌起义。失败后出逃日本，从事长达十年之久的古代史和古文字学研究，成就巨大。抗战爆发，回国参加抗日救亡运动，创作了《屈原》等多部历史剧，成绩斐然。解放后，任中国科学院院长，中国文联主席等职。

为了一个字要费如许心思，足见名家为文是怎样在推敲上用苦工。 而名家手稿是怎样的可以宝贵，也就在这则随笔里表现出来。

文艺作品有时是要经过千锤百炼才能达到好处。 但锤炼也并不是要弄得极其生硬，而是要弄得极其纯粹。 纯粹则坚韧、无瑕可蹈，所谓“百炼钢化为绕指柔”也。

“看似寻常最奇崛，成如容易却艰辛”，这也是王荆公《题张司业诗》中的名句。 因为是有经历的人，所以他能够写得出别人的甘苦。

文艺是这样，其他的一切又何尝不是这样？假使一开始就抓到了“绿”，那便是着手成春。 假使不然，为求尽善尽美，又何不时常“绿”它一下呢？

看见别人“绿”而眼睛红的人，尤其应该向王荆公学习学习。

# 蒲剑·龙船·鲤帜

郭沫若

端午节相传是纪念屈原的日子，据说屈原是在这一天跳进汨罗江里自杀了，后人哀悼他，便普遍地举行种种的仪式来对他作纪念。这传说是很有诗意的。不过在古时在有些地方，也有把这个日子认为是纪念伍员的。例如曹娥的父亲便是以五月五日迎伍君，逆涛而上，为水所淹死。大约伍员的死期也是五月五日（《左传》鲁哀公十一年所载吴杀伍员与鲁伐齐事，正在五月）。但后来却为屈原所独占了。

抗战以来，因为国族临到了相当危险的关头，屈原的生世和作品又唤起了莫大的注意了。端午节的意义因而也更被重视了起来。特别在今年，有好些做诗的人竟把这个节日定名为“诗人节”。所纪念的本是诗人，纪念的仪式又富有诗意，定名“诗人节”，似乎比“天中”，“地腊”，“端阳”，“重午”……这样的旧名称要来得新鲜一点。但我希望这个民族的大众纪念节日，不要被解释为少数的“诗人”所垄断，那就好了。

端午节这个日期的确是富有诗意，觉得比中秋节更是可爱。前人有把诗与文分为阳刚和阴柔两类的，象征地说来，可比端午为阳刚的诗，中秋为阴柔的诗罢。拿楚国的两个诗人来说，屈原便合乎阳刚，宋玉便近乎阴柔。把端午定为屈原的死日，说不定会是民族的诗的直觉，对于他的一个正确的批判。

古时候曾经把这一天当为邪辟的日子，大概就是因为是伍员与屈原的死日，两人同是被一些邪辟小人所迫害而死了的，由民族的正义感竟把这个日子当为忌日。这一天认为是百邪群鬼聚会的日期。连这一天生的儿女都认为不祥，不让他存活。例如孟尝君是五月五日生的，他的父亲决意丢掉他，是他的母亲私下把他养活了。汉朝的宰相王凤也是五月五日生的，他的父亲也想不要他，是他的叔父以孟尝君的故事为例又才保存了下来。由这些故事看来，在古时为忌避端午不知道牺牲了多少儿女。这固然是当得铲除的恶习，但推原其故，实由于洁癖使然。在古时是认为邪辟的力量太大了，几乎为人所不能敌。但由这同一的观念所生出的良风美俗，却是对于邪辟的斗争。

群鬼百邪害死了忠良，损毁了民族的正义感，故而每一个人为自卫和卫人计，都须得齐心一意的来除去邪鬼，先除去自己身心的邪辟吧，要以兰汤为浴，以菖蒲泛酒（俗间在酒中对以雄黄），不仅要保持身体的清洁，还要争取内心的芬芳。更进而除去一切宇宙中的邪辟吧，以蒲为剑，以艾为犬（古时曾以艾为人或虎），岂不是象征着要民族的每一个人都成为驱魔的猎人，卫道的斗士？这诗意真真是十分葱茏，值得我们把它阐扬、保存、而且扩充——扩充为民族的日常生活，熏莸不同器，邪正不两立！

划龙船的风俗是同样值得保存而加以发扬的，这和欧美人的竞漕（boatrace）具有同样的国民保健的意义。在这健身的意义之外，尤可夸示的，是它本来所含有的培养民族精神的作用。龙船竞渡相传是为拯救沉溺了的屈原，但实质上便是拯救被沉溺了的正义！正义被邪辟所陷没了，我们要同一切的邪辟斗争，即使是在狂涛恶浪当中，我们就牺牲了自己的生命都在所不惜，一定要把那正义救起。这是含有何等崇高意义的精神教育！这个是屈原精神和诗歌的形象化，以这来纪念屈原，我觉得是民族的共感所洗练了出来的最好的诗的方法。可惜这意义，多少是失传了，仪饰仅存着化石的形式。现代的诗人们不是应该把自己的生命来加以竞渡吗？

端午节的风俗在日本也是传播去了的，蒲剑兰汤，形式上差不多没有两样。龙船虽然没有，但有“鲤帜”（Koinobori）的变异出现。在五月间，日本的乡村农家差不多每一家的空场里都竖立有一根旗杆，在上面挂着一个或一个以上由小而大的布制鲤鱼。鱼有红黑两种，小者数尺，大者丈余，肚腹都是空的，一有风，便为气流所贯，在空中飘荡起来，俨如鱼在游泳。日本人以五月为男童节（以三月为女儿节），一家有多少男童便挂多少鲤鱼。这用意不用说是中国的鲤鱼跳龙门的演化，但用以为端午的一种仪饰，在中国不知道有没有它的母家。或者也怕是出于误会的转变吧。鲤鱼所跳的龙门是河津的龙门，而楚国别有江渚的龙门，即楚国的东门，所谓“过夏首而西浮兮，顾龙门而不见”，便是这南方的龙门了。因为南方也有龙门，故而用鲤鱼来表示追慕的象征吧？不过纪念屈原的意义，在日本是完全失传了的，日本人把“鲤帜”是认为了努力争取功名利禄的表现。争取功利之极则不惜牺牲他人以肥自己，这是日本人的活生生的国民教育。

鲤鱼究竟还未化成龙啦。要使日本民众知道端午节的意义是在整饬自己乃至牺牲自己以拯救正义，在东亚才能有和平出现的一天。但是，龙说不定也可以退化而为鲤，或者确实的化而为石，那更是我们所不希望的。敢于改端午节为“诗人节”的诗人们，多多努力吧！

# 驴猪鹿马

郭沫若

> 孝武未尝见驴。
>
> 谢太傅问曰："陛下想其形，当何所似?"
>
> 孝武笑云："正当如猪。"
>
> ——见《世说新语》

这位东晋皇帝所闹的笑话，和西晋惠帝问虾蟆的叫声是为公还为私的，真真是无独有偶。

但在孝武帝公然还知道"猪"，也可以说是一件了不起的事。不过他所认识的猪或许是祭祀时远远望见陈在牲架上的猪吧。猪去了毛，平滑而净白，看来并不怎么恶心；再加上牲架的高度自然也就可以骑了。

这个笑话也证明全凭主观的想象是怎样的靠不住。这是一种主观主义。但另外还有一种主观主义，却是有意的歪曲客观。顶有名的故事，便是赵高的"指鹿为马"了。

认驴似猪是出于无智，指鹿为马是出于知识的误用。前一种的主观主义，可以用科学的方法以疗治其愚昧，后一种的主观主义愈知道得一些科学方法，愈足以增其诡诈。同一科学，人道主义者用之以增进人类的幸福，法西斯蒂用之以歼灭幸福的人类。在这儿除掉科学的方法之外，显然还须得有道德的力量或政治的力量以为后盾。

要克服主观主义，全靠个人的主观努力依然是不够的。

赵高在作怪，天下的鹿子都会成为马儿。

法西斯细菌不绝灭，一切的科学都会成为杀人的利器了。

驴乎？猪乎？尚其次焉者矣。

# 七七感言

许地山①

欧洲有些自然科学家，以为战争是大自然的镰刀，用来修削人类中的枯枝败叶的。我不知道这话的真实程度有多高，我所知的是在人类还未达到“真人类”的阶段，战争是不能避免的。这所谓“真人类”，并非古生物学的，而是文化的。文化的真人是与物无贪求，于人无争持的。因为生物的人还没进化到文化的人，所以他的行为，有时还离不开畜道。在畜道上才有战争，在人道与畜道相遇时也有战争。畜生们为争一只腐鼠，也可以互相残啮到膏滴血流，同样地，它们也可以侵犯人。它们是不可以理喻的。在人道的立脚点说，凡用非理的暴力来侵害他人，如理论道绝的期候，当以暴力去制止它，使畜道不能在光天化日之下猖獗起来。

说了一大套好像不着边际的话，作者到底是何所感而言呢！他

---

① 许地山(1894—1941)，福建龙溪人。笔名落华生。现代作家、教授。1917 年入燕京大学，先取得文学士学位，再入宗教学院得神学士学位。1923 年入美国哥伦比亚大学，第二年转入英国牛津大学。为现代著名的人类学、民俗学、宗教史学者。“五四”以后，开始小说和散文创作，是文学研究会成员。主要作品有散文集《空山灵雨》，小说集《缀网劳蛛》《春桃》等。有《许地山选集》行世。

觉得许多动物虽名为人，而具有牛头马面狼心狗肺的太多，严格说起来还不能算是人，因此连想到畜道在人间的传染。童话里的“熊人”，“虎姑”，“狐狸精”，不过是“畜人”。至于“人狼”，“人狗”，“人猫”，“人马”，这简直是“人畜”。这两周年的御日工作也许会成将来很好的童话资料。我们理会暴日虽戴着“王道”的面具，在表演时却具足了畜道的特征。我们不可不知在我们中间也有许多堕在畜道上。此中最多的是“狗”和“猫”。我们中间的“人狗”“人猫”，最可恶的有吠家狗引盗狗，饕餮猫与懒惰猫。两年间的御日工作可以说对得人住，对得祖宗天地住。但是对于打狗轰猫这种清理家内的工作却令人有点不满意。

在御×工作吃紧的期间，忽然从最神圣的中枢里发出类乎向×乞怜的狺声，或不站在自己的岗位，而去指东摘西的，是吠家狗。甘心引狼入宅，吞噬家人的是引盗狗。我们若看见海港里运来一切御×时期所不需的货物，尤其是从“××船”来的，与大批的原料运到东洋大海去，便知道那是不顾群众利益，只求个人富裕的饕餮猫的所行。用公款做投机事业，对于国家购入的品物抽取回扣，或以劣替优，以贱充贵；也是饕餮猫的行径。具有特殊才干，在国家需要他的时候，却闭着眼，抚着耳，远远地躲在安全地带，那就是懒惰猫。这些人狗，人猫，多如牛毛，我们若不把它们除掉就不能脱离畜道在家里横行，虽有英勇的国士在疆场上与狼奋斗着，也不能令人不起功微事繁的感想。所以我们要加紧做打狗轰猫的工作。

又有些人以为民众知识缺乏，所以很容易变成迷途的羔羊，而为猫狗甚至为狼所利用。可是知识是不能绝对克服意志的，我们所怕的是意志薄弱易陷于悲观的迷途的牧者。在危难期间，没有迷途的羔羊，有的是迷途的牧者。我的意思不是鼓励舍弃知识，乃是要指出意志要放在知识之上，无论成败如何，当以正义的扶持为准绳，以人道的出现为极则。人人应成为超越的男女，而非卑劣的羔羊。人人在力量上能自救，在知识上能自存，在意志上能自决，然后配称为轩辕的子孙。这样我们还得做许多积极工作。一方面要摧毁败群的猫狗，一方面要扶植有为的男女，使他们成为优越的人类。非得如此，不能自卫，也不能救人；不配自卫，也不配救人。所以此后我们一部分的精神应贯注在整理内部，使我们的威力更加充实。那么，就使那些比狼百倍厉害的野兽来侵犯我们，我们也可以应付得来。为人道努力的人们，我们应当在各方面加紧工作，才不辜负两年来为这共同理想而牺牲的将士和民众。

# 应景文学和符咒文学

傅东华①

从前的文人常有所谓“即景”“感兴”一类的东西，倘使果真够得上文艺的价值，那总不外是“物色之动，心亦摇焉”的结果。所以我们只消问作者的心果真“摇”过不曾，只要他不是无病呻吟，那么即使他所表现的不过是“身边杂事”，倒也未便一概、置之“应毋庸议”。

至于他所“即”的那个“景”，或他所“感”的那个“兴”，果能符合“文章合为时而著；诗歌合为事而作”那个原则，那他就已上了文学的正路了。

但是“即景”和“应景”不同，就犹之“押韵”和“趁韵”有别。戏园子里逢端节开演《白蛇传》，逢七夕开演《天河配》，这是“应景”，不是“即景”。从前的鸳鸯蝴蝶派文人，逢到春秋佳

① 傅东华(1893—1971)，笔名伍实、郭定一、黄约斋、约斋，浙江金华人。1912 年任中华书局编译员。1929 年至 1932 年任复旦大学中文系教授。1933 年起为《文学》月刊执行编委，并为生活书店编辑创作文库。随后担任暨南大学教授。解放后任中国文字改革委员会研究员，《辞海》编辑所编审。作品有《文艺批评 ABC》《诗歌原理 ABC》《李白与杜甫》《现代汉语的演变》等。另有译著《奥德赛》《伊利亚特》《堂·吉诃德》等。

节，也还能搬些“流觞曲水”“桂子飘香”之类的词藻到报屁股上去散散霉气，后来不知怎么的，连这一套也搬不动了，比如逢到端阳，就只能看见一些《龙舟考》《粽子考》之类，算是应个景儿。这一点点报屁股的因革史，想来大家总还记得。

现在呢，既然岁时伏腊都已无景之可应，于是这一类的“应时摆设”也不得不从报屁股上撤去了，然而聪明的才子文人究竟不同于流俗，他们随时都可发见新的景来应。例如最近的救国运动，他们眼快手快，马上就认为是值得一应的景了。当纯洁的青年们正用他们的热血来浇成一种悲壮的气氛，我们的聪明才子们就也已对准镜头，开始作他们的“应景文学”。比如说，昨天晚上还是个著名的色情文学者，今天早上起来摇身一变，居然发表出激昂慷慨的救国文学来了。我们要问他何以能“转变”得这么快，那也不难回答。因为这一类“新景”的词藻，虽属《佩文韵府》《事类统编》之所无，但是四马路上有的是新名词辞典和新描写辞典，你肯花上几毛钱，总不难采掘巨量獭祭的资料。

至于真正的即景文学，那就实在少得可怜了！五四事件的文学表现简直可说是没有，（有的也是后来追记，不是即景。）五卅文学至今传诵的就只有叶绍钧的《五月卅一日急雨中》和郑振铎的《街血洗去后》。表现九一八事件的作品不算少，但真正的“即景”却还没有见。一二八过去后，马上就出现了《右第二章》和《战地的一日》，算是比较可喜的。

于是要看这回的一二九了。本刊到现在为止，也曾接到一些关于一二九事件的诗歌（小说及速写却未见）但都不能算是一二九的“特写”。例如喊着“打倒卖国贼”，不是五四事件也可适用吗？喊着“要收复失地”，不是九一八时代同样该喊吗？大约这些作者的写法，都是把热情直喷出来的，好像并没有辨明一二九这个阶段和五四的阶段有什么不同，和五卅的阶段又有什么不同，因而并没有显出这个阶段的特点。又惟其只是热情的直喷，所以不免缺乏透视的分析，而给我们的印象，就不免像是符咒了——“打倒列强！急急如律令敕！”

在还有热情可喷而且还有勇气敢于直喷这一点上，我们当然不能不认为是一种生机的征候，然而符咒文学终究代替不了时代文学的使命。

但是我们现在还在等，等看有没有真能表现这一事件的作品投给我们。

# 从焚书到读书

叶圣陶①

人类真是奇怪的动物，生来便有所谓“智慧”。以有智慧故，从最初劳动时或惊骇时所发的呼声，进化而为互通情感的语言，由语言而造出文字，用文字记载事物，便又产生“书”这一类东西。

书，又是奇怪的东西：说它可爱呢，它确能把人类过去从奋斗中所得到的经验和理论都告诉了后来的人，做后来人努力的方向。说它可恶呢，自从它把经验理论告诉了后来人，便使阶级化了的人类社会常常感到不安。

在可恶这一点上，二千一百多年前聪明的秦始皇已经觉到了，他便取激烈手段，索性把藏在民间的书统统付之一炬。但究竟这手段太激烈，不久便有不读书的刘项，起来把妄想传之万世的秦朝打倒。后来的皇帝更加聪明，他们知道既然有了“书”这件东西，要

---

① 叶圣陶(1894—1988)，江苏苏州人。原名叶绍钧，著名作家、教育家。早年当过小学教师，后致力于文学创作。1921 年曾与茅盾等发起组织文学研究会，后曾在商务、开明当编辑，主编有影响的《小说月报》。解放后曾任出版总署署长、人民教育出版社社长、中央文史研究馆馆长。一生著述丰富，其散文、童话、小说，在我国现代文学史上都占有重要地位。通行本有《叶圣陶散文甲集》《叶圣陶散文乙集》《叶圣陶文集》(1—5 卷)等。

根本毁灭是不可能的，与其“焚”，还不如索性教人家“读”，不过“读”要有一定的范围、一定的方法，于是便找出了几种有利于当时社会的支配阶级的理论的书，定名为“圣经贤传”，其他诸子百家便是“异端邪说”，都在“罢黜”之列，更定下一个“使天下英雄入吾彀中”的科举制度。一般人读了圣经贤传，不难在科举制度下名利双收，否则读着异端邪说的书，便是“非圣无法”，可以使你身首异处。那时奖励青年们读书有四句口号道：“天子重英豪，文章教尔曹，万般皆下品，唯有读书高。”

现在科举制度早已废止了，但是科举的精神依旧存在着。政府的煌煌明令，学者名流的谆谆告诫，都是说“青年应该读书”！读什么书呢？他们没有说，大概便因为有所谓“标准”在，不用细说了。合乎标准的，有文凭可拿，有资格可得。不合乎标准的书籍，便等于从前所谓诸子百家，是异端邪说，教师不敢介绍，书店也不敢刊行，青年们更少有读到的机会了。不过社会究竟在进步，口号和以前不同了：“非圣无法”现在简称为“反动”，“……唯有读书高”现在一变而为“读书救国”了。

从“焚书”到“读书”，方法和口号尽管在变换，精神是一贯的。我们不知道教学生埋头读书的学者名流有否想到这一层。

# 暴　露

叶圣陶

暴露，我不知道为什么要不得。

通常说的暴露，该不与揭发阴私，攻击个人，同其意义。至少在文艺家的心目中，他设想的对象是整个的社会，社会若有什么毛病，经他看出来了，他就像医师发现了人体的毛病一样，不能不宣告出来。这就是暴露。在宣告出来的当儿，他也许连带提供了治疗的方案，也许只指出毛病的迹象和根源。让大家来研讨那治疗的方案；无论如何，他的暴露是存着一腔悲天悯人的心肠的。

诗序解释个“风”字说，“言之者无罪，闻之者足以戒，”我以为止好移作暴露的解释。就动机而言，或者就后果而言，暴露都不犯刑法上的罪名。这是所谓“言之者无罪”。暴露出来的那个毛病，犯着的也许是我，也许是你，也许是咱们一伙儿；不知道有毛病，当然不着急，谁听说有毛病，谁就会提起神来，想尽种种方法，务必去掉那毛病。这是所谓“闻之者足以戒”。

刚强磊落的人如果犯了什么毛病该不怕暴露，因为他惟恐自己有毛病，暴露正可以使他迁善改过。“子路人告之以有过则喜”，就是为此。民胞物与的人自己不犯什么毛病，就也不会厌恶人家的暴露，因为他有己溺己渴的胸襟，从人家的暴露中间，他可以知道那“溺”与“渴”的底细，当然只有欢迎，不会厌恶。 我们读了历代的描绘时弊的好作品，不免慨然深念，也可以算个例证，虽然我们不至于这样狂妄，便自认为民胞物与的人。

厌恶暴露的人似乎可以推阿 Q 作代表。 阿 Q 头皮上有几处癞疮疤，当然是缺点，可是没法掩盖，他就发明了个“讳”字诀，讳说“癞”以及一切近于“癞”的音。 “后来推而广之，‘光’也讳，‘亮’也讳，再后来，连‘灯’‘烛’都讳了。 一犯讳，不问有心无心，阿 Q 便全疤通红的发起怒来，估量了对手，口讷的他便骂，气力小的他便打。”一切厌恶暴露的人的手段离不了阿 Q 的方式，讳，对于犯讳的，骂或者打。

代阿 Q 设想，你嫌头皮上癞疮疤难看，就该去找美容院的技师想办法，或者换上一块头皮，或者栽上一些头发。 你不这么干，即使“讳”字诀克奏全功，可是癞疮疤依然存在，未庄的人谁不看见?

遏止了暴露，就以为天下太平，社会美满，那是愚人的想头。杨震回答纳贿的对手道，“天知，地知，我知，子知，何谓无知?”这个话最为通达，其意就是俗语说的“若要人不知，除非己莫为”。 暴露的文字和言语可以遏止，可是事实既经成立，就不容抹掉，也就无法教人不知道。 事实本身的存在就是一种最有力的暴露。

至于文艺家，他并不是新闻记者，他的责任原不在报告事实的种种迹象。 不过他看见了不如意的种种迹象，因他的理解与怀抱，不由不悲天悯人，由今思来；于是取其精华，去其糟粕，把他观察所得用文艺形式表达出来。 虽然厌恶他的人就将跳起来说“这是暴露啊！要不得!”或者更用什么力量加以遏止；他却宁可惹人家的厌恶，在遏止得最凶的时候宁可搁笔，决不肯违心的说些吉祥言语，讨人家的喜欢。 假如违心地说些吉祥言语，讨人家的喜欢，他就是清客，是帮闲，不成其文艺家了。

真正到了天下太平，社会美满的时候，表现在文艺家笔下的自将气象全异；但在从现实的种种迹象取精去粕，用文艺形式表达出来这一点上，还是没有两样。依广义而言，那也未尝不可以叫做暴露。

粗浅的打个比喻，暴露犹如镜子的现形；是美是丑，在乎事物本身，不关乎镜子。

暴露，我不知道为什么要不得。

# 久仰得很

邹韬奋①

说谎话是恶习惯，是不名誉的事；这是大家都知道的，但是在中国社交方面，有一种“当面说谎话”而犹自以为“有礼貌”！

寻常遇着一位生人，无论是由自己问起“尊姓”“大名”，或是由熟友介绍，第一次总要说一句“久仰得很”！这句话对于真有声望的人说，还说得去：但通常无论第一次遇着阿猫阿狗，总要说“久仰得很”！嘴里尽管这样说，心里到底“仰”不“仰”，似乎一点不管！

有一次我遇某校开校友会，欢迎该校新校长，开会之前，那位做主席的朋友，未曾问清那位新校长的“大名”，后来他立起来致开会辞，大说“这位新校长是我们久仰得很的”。开会辞说完之后，他要想请新校长演说，叫不出他的“大名”，只得左右顾盼，

---

① 邹韬奋（1895—1944），江西余江人。原名恩润。1921 年上海圣约翰大学毕业后担任中华职业教育社编辑，负责编辑《教育与职业》月刊。1926 年主编《生活》周刊，后致力于新闻出版事业，为我国现代著名的新闻记者、政论家、出版家。抗日战争期间，积极参加抗日救亡运动。曾主编过《大众生活》《全民抗战》等杂志，创办生活书店，影响巨大。著作以随笔杂文为主，结集有《韬奋漫笔》《大众集》《坦白集》等，新闻性作品有《萍踪寄语》《萍踪忆语》。

窃问他的“大名”，窃问了还不够，还要张着喉咙宣言：“这位新校长的大名，我还没有请教过，对不住得很！”连“大名”都没有听见过，居然“久仰得很”，不知道他到底“仰”些什么？

西俗第一次看见生人，常说“我见着你很愉快”，说这句话的人到底心里愉快不愉快，当然也很难说，但是比对于一点不知道的人大吹其“久仰得很”，似乎近情些。

# 历史上敢言者几人

张恨水[①]

古来进言的大臣，约有两种。一种是面折庭诤，有话当了君臣朝会之时拿了性命在手上去碰机会。一种是婉转规劝，在人君晏居之时，把话慢慢的去进谏。说好了，可以达到目的，说不好，无碍于主子的面子，也不会触犯忌讳。只是后者，难得到这个地步，除非汉之萧和，唐之魏征，宋之赵普，与主子有极深的关系，又得了主子的信任，方可办到。

徐达与朱元璋也和以上三人情形相同，但以明太祖度量的狭窄，徐就不能畅所欲言。关于前者那非有三分傻气的臣子是不肯干的，这种傻人，我们还只在史书上找到一个汉朝汲黯能发生一点作用，虽身事景武两个雄主保全了脑袋，还是被黜而终，此外就很难找一个直诤得法的了。作官的人，为什么来着？混到了能在主子面前发言，这须费多少心血？讲风水的人，还说是祖坟埋

---

① 张恨水(1895—1967)，安徽潜山人。原名张心远。为“鸳鸯蝴蝶派”小说之代表。抗日战争爆发后，写作以抗日为题材的小说。张恨水终生从事新闻工作，在北京、天津、上海等地的报社任编辑、记者，曾担任过不少报纸专栏的主编。1959 年后任中央文史馆研究馆员。代表作有小说《金粉世家》《京华烟云》《八十一梦》等。

葬得好呢。 只图说几句正经话，去冒那作比干第二的危险，犯得着吗？

“可怜夜半虚前席，不问苍生问鬼神”。 那已经是书生的幸运了，诗人犹有不满，抑未之思也欤？

# 听谎有瘾

张恨水

夫人不有言，言必救国，于是难为了许多作梦不曾晓得救国两字的人，绕了一百八十度的弯子，总得说声救国，卖绸缎的说是提倡国货，生产救国，卖烧饼的说是提倡粗食，节约救国，卖五淋白浊丸的说是为人民提倡健康，强种救国。 大家都这样歪曲事实来说话，就举目皆救国之人充耳皆救国之言了。

念书的人，最会撒谎。 念过洋书的人，学了一些洋鬼子的法门，更会撒谎。 许多小刊物，分明为升官发财，或者为了好开报馆出版的，而他们七拉八扯，也是篇篇皆救国之文。 有时露出了狐狸尾巴捧捧伙伴，或者攻击异己，却没有一个字与救国有关。 社会上无人说话，他们也就这样一直把国救下去。

撒谎的不足怪，偏有人拿着老百姓的脂膏，养活一班撒谎专家，真有那种爱听谎话的瘾！

# 奉旨不哭不笑

林语堂[①]

本年九一八，政府严禁纪念国耻，集会游行，双十，又下令停止国庆。于是两大节日，都平静无事过去了。这可以说是政府叫人民"哭不得，笑不得"的两大政策，其目的在维持目前表面上之治安。论理，人之不能无哭笑，犹身之不能无饮食排泄。依心理学讲，哭和笑的作用，是在使胸中不平之气得以发泄，而恢复精神上之均衡。所以如中国妇女，平日生活太苦闷，到了清明哭墓，必让她们淋漓痛快哭了一场，身子一舒服，回来治家，自然加倍起劲了。又如店里学徒，大半年头到年底，规规矩矩，辛苦营业，一点娱乐也没有，到了元旦，也应该痛痛快快豪赌痛饮五天。新年做事，才会安心，生意才会发达。此为节日在心理上之用处，治国者所不可不知。革命以来，诸节俱废，虽然中秋看月，尚未取缔，而

---

① 林语堂(1895—1976)，福建龙溪人。原名林和乐，又名林玉堂。1912 年入上海圣约翰大学，毕业后任教于清华大学。1919 年赴美进哈佛大学文学系，1922 年转赴德国莱比锡大学研究语言学，次年获博士学位后回国在北京大学任教。为《语丝》的主要撰稿人，后主编《人间世》《宇宙风》，提倡"以自我为中心，以闲适为格调"的小品文，注重"幽默"和"性灵"。1936 年去美国教书和写作。主要作品有《剪拂集》《大荒集》《无所不谈》《啼笑皆非》《生活的艺术》《吾国与吾民》等。通行本有《林语堂文选》(上下册)。

端阳竞渡，元旦爆竹，已被指为迷信，不许举行。终年奉旨不哭不笑，人心惶惶，举国不安，这也有一点关系吧？况且仲尼与於蜡宾，始能发“天下为公”的一段大议论，然后党部始有四字匾额可挂，难说迷信是一定有害无利的。蜡，固然是迷信，竞渡爆竹，说他迷信也可以，甚至中秋看月也可派他迷信，或是老朽反革命。然果使国人相约中秋不看月，国便会兴起来吗？

还有一层，我们不看见天安门游行示威的雄壮景象，已有五六年了，思之能无慨然？并不是说一定要有怎样游行的目的，但是我们总喜欢看示威，如女人喜欢看出殡一样，谁死都没关系。我们觉得无目的的游行示威，乱嚷乱喊一阵，总比全无游行可看福气。今年国庆，不应庆祝，我们是赞成的。但是总希望政府诸公，能替我们想出一种不损威信的题目，使我们乱喊乱嚷一阵，以后缴纳苛捐杂税或是唱国歌，也可以踊跃一点。

# 祝土匪

林语堂

莽原社诸朋友来要稿，论理莽原社诸先生既非正人君子又不是当代名流，当然有与我合作之可能，所以也就慨然允了他们。写几字凑数，补白。

然而又实在没有工夫，文士们(假如我们也可以冒充文士)欠稿债，就同穷教员欠房租一样，期一到就焦急。所以没工夫也得挤，所要者挤出来的是我们自己的东西，不是挪用，借光，贩卖的货物，便不至于成文妖。

于短短的时间，要做长长的文章，在文思迟滞的我是不行的。无已，姑就我要说的话有条理的或无条理的说出来。

近来我对于言论界的职任及性质渐渐清楚。也许我一时所见是错误的，然而我实还未老，不必装起老成的架子，将来升官或入研究系时再来更正我的主张不迟。

言论界，依中国今日此刻此地情形，非有些土匪傻子来说话不可。这也是祝莽原恭维莽原的话，因为莽原即非太平世界莽原之主稿诸位先生当然很愿意揭竿作乱，以土匪自居。至少总不愿意以“绅士”“学者”自居，因为学者所记得的是他的脸孔，而我们似乎没有时间顾到这一层。

现在的学者最要紧的就是他们的脸孔，倘是他们自三层楼滚到楼底下，翻起来时，头一样想到是拿起手镜照一照看他的假胡须还在乎？金牙齿没掉么？雪花膏未涂污乎？至于骨头折断与否，似在其次。

学者只知道尊严，因为要尊严，所以有时骨头不能不折断，而不自知，且自告人曰，我固完肤也，呜呼学者！呜呼所谓学者！

因为真理有时要与学者的脸孔冲突，不敢为真理而忘记其脸孔者则终必为脸孔而忘记真理，于是乎学者之骨头折断矣。骨头既断，无以自立，于是“架子”，木脚，木腿来了。就是一副银腿银脚也要觉得讨厌，何况还是木头做的呢？

托尔斯泰曾经说过极好的话，论真理与上帝孰重。他说以上帝为重于真理者，继必以教会为重于上帝，其结果必以其特别教门为重于教会，而终必以自身为重于其特别教门。

就是学者斤斤于其所谓学者态度，所以失其所谓学者，而去真理一万八千里之遥。说不定将来学者反得让我们土匪做。

学者虽讲道德，士风，而每每说到自己脸孔上去；所以道德，士风将来也非由土匪来讲不可。

一人不敢说我们要说的话，不敢维持我们良心上要维持的主张，这边告诉人家我是学者，那边告诉人家我是学者，自己无贯彻强毅主张，倚门卖笑，双方讨好，不必说真理招呼不来，真理有知，亦早已因一见学者脸孔而退避三舍矣。

惟有土匪，既没有脸孔可讲，所以比较可以少作揖让，少对大人物叩头。他们既没有金牙齿，又没有假胡须，所以自三层楼上滚下来，比较少顾虑，完肤或者未必完肤，但是骨头可以不折，而且手足嘴脸，即使受伤，好起来时，还是真皮真肉。

真理是妒忌的女神，归奉她的人就不能不守独身主义，学者却家里还有许多老婆，姨太太，上炕老妈，通房丫头。然而真理并非靠学者供养的，虽然是妒忌，却不肯说话，所以学者所真怕的还是家里的老婆，不是真理。

惟其有许多要说的话学者不敢说，惟其有许多良心上应维持的主张学者不敢维持，所以今日的言论界还得有土匪傻子来说话。土匪傻子是顾不到脸孔的，并且也不想将真理贩卖给大人物。

土匪傻子可以自慰的地方就是有史以来大思想家都被当代学者称为“土匪”“傻子”过。并且他们的仇敌也都是当代的学者，绅士，君子，士大夫……。自有史以来，学者，绅士，君子，士大夫都是中和稳健；他们的家里老婆不一，但是他们的一副面团团的尊容，则无古今中外东西南北皆同。

然而土匪有时也想做学者，等到当代学者夭灭殇亡之时。到那时候，却要请真理出来登极。但是我们没有这种狂想，这个时候还远着呢，我们生于草莽，死于草莽，遥遥在野外莽原，为真理喝彩，祝真理万岁，于愿足矣。

只不要投降！

# 论政治病

林语堂

曲斋老人解“父母惟其疾之忧”，说要人常患政治病，病就是下台，所以做父母的每引为忧。 我想政治病，虽不可常有，亦不可全无。 姑把我的意见，写下来如左。

我近来常常感觉，平均而论，在任何时代，中国的政府里头的血亏，胃滞，精神衰弱，骨节酸软多愁善病者，总比任何其他人类团体多，病院，疗养院除外。 自袁世凯之脚气，至孙中山之肝癌，以及较小的人物所有外内骨皮花柳等科的毛病合起来，几乎可充塞任何新式医院，科科住满，门门齐备了。 在要人下野电文中比较常见的，我们可以指出：脑部软化，血管硬化，胃弱，脾亏，肝胆生石，尿道不通，牙蛀，口臭，眼红，鼻流，耳鸣，心悸，脉跳，背瘫，胸痛，盲肠炎，副睾丸炎，糖尿，便闭，痔漏，肺痨，肾亏，喇叭管炎，……还有更文雅的，如厌世，信佛，思反初服，增进学问，出洋念书，想妈妈等(毛病就在古文的不是，“养疴”二字若不是那样风雅，就很少人要生病了)……总之，人间世上可有之病，五官脏腑可反之常，应有尽有了。 只有妇科不大有，其理由是中国女子上台下台者尚少，不然一定子宫下坠，卵巢左倾等等，也都不至无人过问了。 同时一人可以兼有数病，而精神衰弱必与焉。

我已说过，政治病虽不可常有，亦不可全无。 各人支配一二种，时到自有用处。 凡上台的人，都得先自打算一下：我是要选哪一种呢？病有了，上台后，就有恃无恐，说话声音可以放响亮些。比方你是海军总长，而想提出一扩充海军增加预算的议案在阁议上通过，你若没有膀胱发炎或是失眠症，那个预算便十九没有通过的希望。 假定你膀胱不能发炎，而财政部长却能血管硬化，（血压太高）他便占优势，而你立下风了。 财政部长要对你说："在这国帑空虚民穷财尽之时，你若坚执增加预算，我只好血压增高而辞职了。"那时你有什么办法？但假使你有膀胱发炎，你便有法宝在身了。 你说："你真不给我钱，我膀胱就得发炎了。"这样旗鼓相当，财政部长遂亦无话可说。 此时行政院长若有点机智，他必拉你在旁附耳说："老兄，你也不必这样坚持，财某的脾气是你所晓得的。 我上回风湿都压不住他。 他说要血压高，就一定血压高起来，在这外攻内患之时，大家应当精诚团结才好。 所以兄弟说，你也不必坚执膀胱发炎了。 改为失眠何如？你到汤山静养几天，而我也劝劝财某血压不要一定高，改为感冒，和衷共济，大事化为小事，小事化为无事，不就得了吗？"不一会，你已经驱车直出和平门在汤山的路上了，而那海军预算提案也正在作宰予的昼寝。

我并非说我们的要人的病都是假的。 患痔漏的要人，委实痔漏，怔忡症的政客也委实怔忡。 我知道阎锡山真正患过长期痢疾，那是阿米巴作祟。 社会已经默认痢疾是阎先生的专门了，而我并不反对。 同样的，冯玉祥上泰山时，也真正有咳嗽。 我们所要指出的是，凡要人都应该有相当的病菌蕴伏着，可为不时之需，下野时才有货真价实的病症及医生的证书可以昭示记者。 假定我做官，我不想发糖尿，尿而可糖，未免太笑话，西医的话本来就靠不住。 大概肠胃中任何症都使得。 我打算要有一个完全暴弃的脾胃及颓唐萎靡的神经。

我所以取消化病者，有以下的理由。 做了官，这种病必定会发的，而且也合乎“吾从众”的古训。 自然，我此刻有十分健全的脾胃，除了橡皮鞋以外，咽得下去的保管消化得来。 但是无论你先天赋予的脾胃怎样好，也经不起官场酬应中的糟蹋。 我知道，做了官就不吃早饭，却有两顿中饭，及三四顿夜饭的饭局。 平均起来，大约每星期有十四顿中饭，及廿四顿夜饭的酒席。 知道此，就明白官场中肝病胃病肾病何以会这样风行一时。 所以，政客食量减少消化欠佳绝不稀奇。 我相信凡官僚都贪食无厌；他们应该用来处理国事的精血，都挪起消化燕窝鱼翅肥鸭焖鸡了。 据我看，除非有人肯步黄伯樵冯玉祥的后尘，减少碗菜，中国政客永不会有精神对付国事的。 我总不相信，一位饮食积滞消化欠良的官僚会怎样热心办公救国救民的。 他们过那种生活，肝胃若不起了变化，不是奇事。 我意思不过劝劝他们懂一点卫生常识，并提醒他们，肾部操劳过甚，是不利于清爽的头脑的。 有人说谭延闿满腹经纶，我却说他满腹燕窝鱼翅。 谭公为什么死啊?

闲话不提，总而言之，我们政府中比世界任何政府中较多闭结，脚气，肺痨，痔漏，神经衰弱，肚肠传染，膀胱发炎，肾部过劳，脾胃亏损，肝部生癌，血管硬化，脑汁糊涂的人物，人人在鞠躬尽瘁为国捐躯带病办公，人人皮包里公文中夹杂一张医生验症书，等待相当时机，人人将此病症书昭示记者赶夜车来沪进沪西上海疗养院“养疴”去。 疗养院的外国医生哪里知道，那早经传染的脏腑及富于微菌的尿道，是他们政治上斗争的武器及失败后撒娇的仙方。

# 中国人之聪明

林语堂

聪明系与糊涂相对而言。郑板桥曰“难得糊涂”，“聪明难，由聪明转入糊涂为尤难”，此绝对聪明语，有中国人之精微处世哲学在焉。俗语曰“聪明反为聪明误”，亦同此意。陈眉公曰“惟有知足人，鼾鼾睡到晓，惟有偷闲人，憨憨直到老”，亦绝顶聪明语也。故在中国，聪明与糊涂复合为一，而聪明之用处，除装糊涂外，别无足取。

中国人为世界最聪明之一民族，似不必多方引证。能发明麻将牌戏及九龙圈者？大概可称为聪明的民族。中国留学生每在欧美大学考试，名列前茅，是一明证。或谓此系由于天择，实非确论，盖留学者未必皆出类拔萃之辈，出洋多由家庭关系而已。以中国农工与西方同级者相比，亦不见弱于西方民族。此尚系题外问题。

惟中国人之聪明有西方所绝不可及而最足称异者，即以聪明抹杀聪明之聪明。聪明糊涂合一之论，极聪明之论也。仅见之吾国，而未见之西方。此种崇拜糊涂主义，即道家思想，发源于老庄。老庄固古今天下第一等聪明人，道德经五千言亦世界第一等聪明哲学。然聪明至此，已近老猾巨奸之哲学，不为天下先，则永远打不倒，盖老猾巨奸之哲学无疑。盖中国人之聪明达到极顶处，转而见出聪明之害，乃退而守愚藏拙以全其身。又因聪明绝顶，看破一切，知“为”与“不为”无别，与其为而无效，何如不为以养吾生。只因此一着，中国文明乃由动转入静，主退，主守，主安分，主知足。而成为重持久不重进取，重和让不重战争之文明。

此种道理，自亦有其佳处。世上进化，诚不易言。熙熙攘攘，果何为者。何若“退一步想”知足常乐以求一心之安。此种观念贯入常人脑中时，则和让成为社会之美德。若“有福莫享尽，有势莫使尽”，亦极精微之道也。

惟吾恐中国人虽聪明，善装糊涂，而终反为此种聪明所误。中国之积弱，即系聪明太过所致。世上究系糊涂者占便宜，抑系聪明者占便宜，抑系由聪明转入糊涂者占便宜，实未易言。热河之败，败于糊涂也。惟以聪明的糊涂观法，热河之失，何足重轻？此拾得和尚所谓“且过几年，你再看他”之观法。锦州之退，聪明所误也。使糊涂的白种人处于同样境地，虽明知兵力不敌，亦必背城借一，宁为玉碎，不为瓦全，与日人一战。夫玉碎瓦全，糊涂语也。以张学良之聪明，乃不为之。然则聪明是耶，糊涂是耶，中国人聪明耶，白种人聪明耶，吾诚不敢言。

吾所知者，中国人既发明以聪明装糊涂之聪明的用处，乃亦常受此种绝顶聪明之亏。凡事过善于计算个人利害而自保，却难得一糊涂人肯勇敢任事，而国事乃不可为。吾读朱文公《政训》，见一节云：

> 今世士大夫，惟以苟且逐旋挨事过去为事。挨得过时且过。上下相咻以勿生事，不要理会事。且任鹘突，才理会得分明，便做官不得。有人少负能声，及少经挫抑，则自悔其太惺惺了了，一切刻方为圆，随俗苟且，自道是年高见识长进……风俗

如此，可畏可畏！

可见宋人已有此种毛病，不但“今世士大夫”然也。夫“刻方为圆”，不伤人感情，不辨是非，与世浮沉，而成一老猾巨奸，为个人计，固莫善于此，而为社会国家计，聪明乎？糊涂乎？则未易言。在中国多一见识长进人时，便是世上少一做事人时；多一聪明同胞时，便是国事走入一步黑甜乡时，举国皆鼾鼾睡到晓，憨憨直到老。举国皆认三十六计走为上计之圣贤，而独无一失计之糊涂汉子。举国皆不吃眼前亏之好汉，而独无一肯吃亏之弱者，是国家之幸乎？是国家之幸乎？

然则中国人虽绝顶聪明，归根结蒂，仍是聪明反为聪明误。呜呼，吾焉得一位糊涂大汉而崇拜之。

# 自暴其丑

郑逸梅①

美和丑是绝对相反的两回事，人们无不自炫其美，绝没有自暴其丑的，有之，就是我——郑逸梅。

我今年九十三岁，两鬓早斑，顶发全白，所谓“皓首匹夫”这个名目，是无可否认的。加之齿牙脱落，没有镶装，深恐镶装了不舒服，未免多此一举，索性任其自然，好在我食欲并不旺盛，能吃的吃一些，不能吃的也就算了，这岂不是成为“无耻（齿）之徒”吗？老伴周寿梅，逝世已越十多年，鳏居惯了、反觉得不闻勃谿交谪之声，一室寂静，悠然自得。但《书经》有那么一句话：“独夫，纣”，指无道之君而言。我是无妇之夫，单独生活，那“独夫”之名，也不得不接受。我患有冠心病，时发时愈，总之心脏有问题，无法根治，所谓“坏良心”，我是自打供招的。且老年人，骨中减少了钙的成分，当然体重较轻一些，那又属于“轻骨头”了。我每晨早餐，进粥一碗，佐餐的是玫瑰腐乳，所谓“生活腐

① 郑逸梅（1895—1992），原名鞠愿宗，学名际云，笔名冷香。江苏吴县人。他的创作甚丰，品种多样。写有剧本，人物传记，及不少随笔小品。结集出版的有《灯味漫笔》，《清娱漫笔》，《郑逸梅文稿》等。他的文章庄谐兼备，言之有物，以其别具一格的小品文体和雅俗共赏的风格，受到大家的喜爱。

化”，我是实行的了。又老年人的进食，以多进蔬菜为宜，可是我适得其反，午饭喜啖红烧肉，古人说“食肉者鄙”，我又是一个“鄙夫”。我执教鞭一辈子，中学、大学、女学，教过数十所，但一方面教书，一方面参加社会的文艺活动，兼为各刊物写稿，一些朋友，和我开玩笑，说我“不务正业”。我除写作外，什么都是低能，家中机械化的新颖用具，我都不解如何施用，必须儿媳为我启闭，因自号“拙鸠”，“拙鸠”也就是“笨伯”的别称。性情带些迂执，大有“迂夫子”之概，复自取一号“大迂居士”。“老而不死是为贼”，我年届耄耋、当然是十足道地的老了，“贼”的名目又是推卸不掉的。又提倡新文化的，对于民初崇沿辞藻、写那哀感顽艳的小说，经常在字里行间出现：“卅六鸳鸯同命鸟，一双蝴蝶可怜虫”的成名，为“鸳鸯蝴蝶派”，甚至左倾偏激的，扩大范畴，即使不写这类小说，凡是民国初至五四运动，在旧报刊上有所撰述的，一股脑儿斥之为“鸳鸯蝴蝶派”，更詈之为“文丐”“文妖”“文娼”，竭泼妇骂街之能事。那么我在这时已东涂西抹，也就未幸免带进这个圈子，“丐”“妖”“娼”多少有些份了。

在史无前例的文化大革命中，我也是“牛鬼蛇神”之一。那些暴徒，把我的公费治疗卡填着“反动文人”，病了无从就医，因为各医院照例不为“地富反坏右分子”诊治。逢到国庆节及春节，放出牛棚，交里弄干部管制，不许有所活动，在通知里弄干部的单子上，标着“郑犯逸梅”，我竟列为“罪犯”了。这时所谓“工宣队”，助纣为虐，批斗了我，他们知道我经常写作的，直指到我鼻子上，说是：“狗屁不通。”我只得忍受着。又一再骂我为“臭知识”的代表。这个印象给我深了，便请名印家为我刻“秋芷室”的斋名。“秋芷室”即“臭知识”三字的谐声。又刻了“扫叶老残”的印章，原来我被罚任体力劳动，扫了两年的校园，扫得我右腕患关节炎，迄今写字仍是受到影响，春蚓秋蛇，甚为笨拙。

一举粉碎“四人帮”，拨云见天，重行著述，接连出版单行本，自《南社丛谈》起，直至新近问世的《清末民初文坛轶事》止，共计十三种，那些开玩笑的朋友，又戏呼我为“十三点”。苏、沪一带，常称痴痴呆呆的为“十三点”。我在这儿不妨考证一下“十三点”的取义，“痴”字十三笔，“十三点”也就是指称你是个“痴呆”之流。我年迈体衰，精力不济，不好好地养息，还在晨抄暝写，寒暑不辍，如此行径，目我为“十三点”，确实是名实相符的。

# 说食色与欲

郁达夫①

食色性也，这是千真万确的事情。“朱门酒肉朽，野有饿死骨”，所以要有阶级斗争。一边是“后宫佳丽三千人”，“尽日君王看不足”，一边是“石壕村里夫妻别”，“夫戍萧关妾在吴”，所以要革命。然而食色两欲，因为是基本的欲望，满足满足是非常容易的。任你是一个怎样的大食家，只教有斗酒只鸡，三碗白饭，一个大饼，总也可以打得倒了。吃饱之后，就是何曾请客，再也吃不下去的。至于色字，我想无论怎样的精力家，最多十个女人也就可以对付了罢，经历过十个女人之后，就是西施太真，再也挑不起性欲来了。所以原始的基本欲望，是容易对付的；最难对付的，却是超出乎必要之外，有长无已，终而至于非变成病态不可的那一个抽象的欲字。哲学家或名之曰欲念，中国的旧套文章里所说的欲

---

① 郁达夫(1896—1945)，浙江富阳人。原名郁文。现代著名作家。早年留学日本，毕业于九州大学经济学部。曾和郭沫若等一起组织创造社，为创造社主要成员。1921年出版第一部小说集《沉沦》，影响很大。抗战爆发后，辗转南洋，从事抗日活动。1945年在苏门答腊为日本宪兵杀害。主要著作有小说《沉沦》《银灰色的死》《春风沉醉的晚上》等；散文集《闲书》《达夫游记》《屐痕处处》等。

壑，就是这个东西。

照西洋哲学家说来，这一个欲字，是进化的主动力，因为有欲，大家才去做工，发明，贮蓄……然后才有社会，进化，文明……这原也不错，从欲念的好的方面说来，当然是如此的。可是在中国，这好的方面的欲念，反不见发达，而在作长足的进步的，却偏是这欲念所催生的坏的一方面的事实。中国人因为有欲，所以要去刮地皮，卖官爵，争地盘，×××，弄到后来，变得目的意识也完全忘了，甚而至于倒认手段就是目的。《儒林外史》里的一位吝啬者，到死时不肯断气，只在顾惜油灯里的两根灯草，决不是想象，却是中国社会里常有的事情。正唯其是如此，所以老子要劝人知足，佛家要苦说涅槃，叔本华要绝灭意欲，而罗素在说所有欲的务宜抑制，创造欲的必使增加，才是消灭战争的根本大法。哲人之教，诚然不错，但中国可惜是进化得太早了。

当欧洲产业革命未起来之先，中国在数千年前，就饱满了这些知足无为的大训，所以正应该激励欲念的生长，催发物质的进步的时代，中国倒落得个逍遥自在。及到十九世纪以后，西洋物质文明的绚烂华富，流入了中国，中国人之久苦于无为知足的干枯寂寞者，就一跃而从这极端跳到了那极端。于是江河日下，洪水滔天，我们中国人就成了一个创造由他们(西洋人)去创造，享乐且由我们来享乐的民族。斯般格拉正在愁虑到西洋文化没落的年头，中国要人恰好是穿四十两银子一双的丝袜，开五十两银子一瓶的香槟酒的日子。霹雳一声，日本和其他各帝国主义的军队，堂堂开入了中国，穷苦老百姓，非但食色都无，连一条性命都保持不了了。忧国之士，才议论纷纷，思想起何以彼之能强，我之能弱来。于是守旧者，就说物质文明害了中国，急进者就说先知先觉，先圣先贤，便是造成现代中国积弱的罪魁。两方都说得有理，可是两方似乎都还没有说得全对。

总之，第一是“时机”的问题：中国正因进化得太早，便成了落后得太迟，当应当提倡物质文明的时代，只提倡了些幽灵似的精神文明。第二是“取舍”的问题：西洋物质文明，同时候侵蚀到了东方，而日本却取了它的好的一方面，中国只取了它的坏的一方面，譬如是一个胡桃，日本人取了它的肉，而中国人却只取了它的壳。

物质文明有什么罪呢？欲念又有什么罪呢？

# “阿Q相”

茅　盾①

想来读过《阿Q正传》的人永远不能忘记阿Q的思想意识罢?《阿Q正传》的精髓就在这种“阿Q相”的有力的揭发。

“阿Q相”的要点，约可撮举如下:

事实上失败或屈伏的时候，便有“精神上的胜利”聊自安慰，于是“反败为胜”，睡觉也酣甜了。阿Q的名言，所谓“被儿子打”，所谓“我的祖宗比你强”，就是他“精神胜利”的哲学。

赵太爷或赵秀才的大棍子打将来时，照例是不敢抵抗；假洋人的小手杖打将来时，也是无抵抗；但在阿Q视为平辈或低一辈的王胡小D之类像朋友似的走近阿Q的时候，阿Q便要拿身份，甚至想建立他的威权了。虽然结果常常只有“精神的胜利”，可是阿Q的“壮志”永远不会消沉。

这便是所谓“阿Q相”，也就是数千年来身受尧舜禹汤文武周

---

① 茅盾(1896—1981)，浙江桐乡人。原名沈德鸿，字雁冰。现代杰出的语言艺术大师，左翼文艺运动的领导人之一。1920年曾发起成立文学研究会，提倡“为人生”的文学。主要作品有长篇小说《子夜》《蚀》、短篇小说《春蚕》《秋收》《残冬》，散文集有《话匣子》《速写与随笔》《见闻杂记》等，解放后任文化部长、中国作家协会主席等职。有《茅盾全集》《茅盾文集》等行世。

孔孟嫡传教育的中华大多数国民的普遍相！

《阿Q正传》出世以后，“阿Q相”很受人讥笑了；但是讥笑尽管讥笑，“阿Q相”依然流露在芸芸大千的社会现象中。特别在“九一八”国难以后，“阿Q相”的“精神胜利”和“不抵抗”总算发挥得淋漓尽致了。

那么“阿Q相”也可以说是中国民族的民族性罢？此又未必然！因为同是黄脸孔的中国人不尽是那样乏。不见东北义勇军过去一年来的浴血苦战么？这原因大概就在那些投身义勇军的东北老百姓们没有受过尧舜禹汤文武周孔嫡传的心法。

在这一点上，“阿Q相”的别名也就可以称为“圣贤相”或“大人相”。

# 文学家可为而不可为

茅　盾

有两种人要做文学家。

一种是自命风雅的人，觉得政治是龌龊的，做生意是卑鄙的，而有涯之生恰值有闲之年，于是笑傲风月，寄感遣愁，做做文学家罢，这一类的清高文人，其实很少真能“清高”者；所谓身在山林，心萦魏阙的人，古来就很多，现在是更不用说了。

又一种是相反的。他们知道你不管政治，政治却要管你；他们知道在万般商品化的社会里，文学也有商品化的危险，而且已在逐渐商品化了；他们知道文学不是个人得意时作消遣，失意时发牢骚的玩意儿，文学是表现时代，解释时代，而且推动时代的武器；他们要做文艺家，正因为关心着政治的腐败，社会的混乱，以及文学商品化的危险。

这两种人，是两种人生观，两种世界观。在现代中国，这两种人同时出现于文坛。而且在现代中国，因为政治的腐败，斗争的剧烈，所以这两种人的前者自然而然会成为保守派，成为现状维持者，成为麻醉剂，烟幕弹；而后一种人就会走上了前进的路，成为现状的反抗者，成为革命化。

全中国现在到处产生着属于后者一类的文学青年！

然而文坛的现象还不是那么简单。介于上述的两种人——两种文学观之间，还有许多脸相，许多阶段。例如推崇文化的神圣尊严独立，力斥那些把文学作为个人消遣发牢骚的观念，——所谓艺术至上主义者，就是新式的“清高”文人，他们客观上和旧式的“清高”文人就有“异曲同工”之妙。反之，戴着最最革命者的面具，对于现实的罪恶不发一弹，——或者只放几声空大炮，可是对于在文艺道上艰苦地挣扎觅路者却明枪暗箭，一齐都来，诸如此类的“战术”，也是新旧“清高”派所目逆而心许的。

“志在文学”的青年走进了这迷宫式的文坛，就不知如何是好了。是那么样盘旋曲折，到处有陷坑，滚板！于是不免要长叹一声道：文学家不可为也。

假使万幸而躲过滚板，跳过陷坑，居然摸上了到光明之路，那时候，文学家也许做成了，但是做人可就难了；小头目想收罗你为爪牙，贩子们想把你当作猪猡，于是乎你感到文学家的“不自由”了。假使你一定要维持自己的自由，一顶反动的帽子就会加到你头上，甚至会有被绑票的资格。

不过据说，立志要做文学家的青年还是很多。如果他们只知文学家可为而立此志，那实在太昧于时势，如果他们知其不可为而为之，那就可敬。这种人，在绝顶聪明者看来，就是傻瓜。绝顶聪明者看透了文学家不可为而仍可为；他们往往从左边走上了文坛就待价而沽，或者就从右边下去，把文坛当作功名利禄的垫脚板。在他们，做了文学家以后，做人就更加容易了！也就是这些绝顶聪明人使得现文坛幻出了种种眩目的花样色彩叫初进文学界的青年傻瓜莫名其妙。

可是文坛的继续开展却有赖于那些知其不可为而为之的傻瓜！

# 谈 鼠

茅 盾

闲谈的时候偶尔也谈到了老鼠。特别是看见了谁的衣服和皮鞋有啮伤的痕迹，话题便会自然而然地转到了这小小的专过“夜生活”的动物。

这小小的动物群中，大概颇有些超等的“手艺匠”：它会把西装大衣上的胶质纽子修去了一层边。四周是那么匀称，人们用工具来做，也不过如此；女太太们的梆硬的衣领也常常是它们显本领的场所，它们会巧妙地揭去了这些富于浆糊的衣领的里边的一层而不伤及那面子。但是最使我惊佩的，是它们在一位朋友的黑皮鞋上留下的“杰作”：这位朋友刚从东南沿海区域来；他那双八成新的乌亮的皮鞋，一切都很正常，只有鞋口周围一线是白的，乍一看，还以为这又是一种新型，鞋口镶了白皮的滚条，——然而不是！

对于诸如此类的小巧的“手艺”，我们也许还能“幽默”一下。——虽然有时也实在使你“啼笑皆非”。

可惜它们喜欢这样“费厄泼赖”的时候，并不太多，最通常的，倒是集恶劣之大成的作法。例子是不怕没有的，比方：因为

“短被盖”只顾到头，朋友 A 的脚指头便被看中了，这位朋友的睡劲也真好，迷迷糊糊地，想来至多不过翻个身罢了，第二天套上鞋子的时候这才觉得不是那么一回事，急忙检查，原来早已血污斑驳。朋友 B 的不满周岁的婴儿大哭不止，渴睡的年青的母亲抚拍无效，点起火一看，这可骇坏了，婴儿满面是血了，揩干血，这才看清被啮破了鼻囟了。为了剥削脚指头上和鼻孔边那一点咸咸的东西，竟至于使被剥削者流血，这是何等的霸道，然而使人听了发指的，还有下面的一件事。在 K 城，有一位少妇难产而死，遗体在太平间内停放了一夜，第二天发见缺少了两颗眼珠！

“鼠窃”这一句成语，算是把它们的善于鬼鬼祟祟，偷偷摸摸，永远不能光明正大的特性，描摹出来了。然而对于弱者，它们也是会有泼胆的。它们敢从母鸡的温暖的翅膀下强攫了她的雏儿。这一匹可怜的母鸡，抱三个卵，花了二十天功夫，她连吃也无心，肚子下的羽毛也褪光了，憔悴得要命，却只得了一只雏鸡，这小小的东西一身绒毛好像还没大干，就啾啾的叫着，在母亲的大翅膀下钻进钻出，洒几粒米在它面前，它还不知道吃，而疲惫极了的母亲咕咕地似乎在教导它。可是当天晚上，母鸡和小鸡忽然都叫得那样惨，人们急忙赶来照看，小鸡早已不见影踪，母鸡却蹲在窠外地上，——从此她死也不肯再进那窠了。

其实鸡们平时就不愿意伏在窝里睡觉，孵卵期是例外。平时它们睡觉总喜欢蹲在什么竹筐子的边上，这大概是为了防备老鼠。因此也可想到为了孵卵，母鸡们的不避危险的精神有多么伟大！江南养鸡都用有门的竹笼，这对于那些惯会放臭屁来自救的黄鼠狼，尚不失为有效的防御工事，黄鼠狼的躯干大，钻不进那竹笼的小方格。但是一位江南少妇在桂林用了同样的竹笼，却反便宜了老鼠；

鸡被囚于笼走不开，一条腿都几乎被老鼠咬断了。

但尽管是多么强横，对于“示众”也还知道惧怕。捉住了老鼠就地钉死，暴尸一二日，据说是颇有“警告”的效力的。不过这效力也有时间性，我的寓所里有一间长不过四尺宽二尺许的小房，因其太小，就用以储放什物，其中也有可吃的，都盖藏严密，老鼠其实也没法吃到，然而老鼠不肯断念，每夜都要光顾这间小房。墙是竹笆涂泥巴的墙，它们要穿一个孔，实在容易得很。最初我们还是见洞即堵，用瓦片，用泥巴，用木板，后来堵住了这里，那边又新穿了更大的洞，弄得到处千疮百孔，这才从防御而转为进攻。我们安设了老鼠夹子。第一夜，到了照例的时光，夹墙中固然照例蠢动，听声音就知道是一头相当大的家伙，从夹墙中远远地奔来，毫不踌躇，熟门熟路，直奔向它那目的地了，接着：拍叉一声，这目无一切的家伙果然种瓜得瓜。这以后，约有个把月，绝对安静，但亦只有个把月而已，不能再多。鼠夹子虽已洗过熏过，可再也无用。当然不能相信老鼠当真通灵，然而也不能不佩服它那厉害的嗅觉。我们特别要试验这些贪婪的小动物抵抗诱惑的决心有多大多久。我们找了最香最投鼠之所好的东西装在鼠夹子上，同时厉行了彻底的“清野”，使除此引诱物外，简直无可得食。一天，两天，没有效；可是第三天已经天亮的时候，我们被拍叉的声音惊醒，一头少壮的鼠子又捉住了，想来这是个耐不住馋的莽撞的家伙。

然而这第二回所得的安静时间，只有一个星期。

不但嗅觉厉害，老鼠大概又是多疑的，而且警觉心也提得相当高。鼠药因此也不能绝对有效，除非别无可食之物，鼠们未必就来上当；特别是把鼠药放在特制的食物中，什九是徒劳。扫荡老鼠似乎是个社会问题，一家两家枝枝节节为之，决不是办法。记得前些时候，报上载过一条新闻，伦敦的警察和市民合作，举行了大规模的扫荡，全市于同一日发动，计用去鼠药数万磅，粮食数吨，厨房，阴沟，一切阴暗角落，全放了药，结果得死鼠数百万头。数百万这数目，不知占全伦敦老鼠总数的几分之几，数百万的数目虽然不小，但说伦敦的老鼠全部毒死，恐怕也不近事理。自然，鼠的猖獗是会因此一举而大大减少的，不过这也恐怕只是一时而已。

似乎凡有人类居住的地方就不会没有偷偷摸摸的又狡猾贪婪的丑类。所差者，程度而已。报上又登过一条消息：重庆市卫生当局特地设计了防鼠模范建筑。我们可以相信这种模范建筑会比竹笆涂泥巴的房屋要好上几百倍；然而我们却不敢相信这样一道防线就能挡住了老鼠侵略的凶焰，当四周都是老鼠繁殖的好场所的时候，一幢好的房子也只能相当的减少鼠患而已。老鼠是一个社会问题，没有市民全体的总动员，一家两家和鼠斗争，结果是不容乐观的。但这不是说，斗争乃属多事，斗争总能杀杀它们的威；不过一劳永逸之举，还是没有。

人们的拿手好戏是妥协。和老鼠妥协，恐怕也是由来已久的。人，到底比老鼠会打算盘，权衡轻重之后，人是宁愿供养老鼠，而不愿因小失大，损坏了他们认为值钱的东西。鼠们大概会洋洋得意，自认胜利，而不知已经中了人们的计。有一家书店把这妥协方策执行得非常彻底，他们研究出老鼠们喜欢换胃口，有时要吃面，有时又要吃米，可是老鼠当然不会事前通知，结果，人们只好每晚在书栈房里放一碗饭和一碗浆糊，任凭选择。据说这办法固然可以相当减少了书籍的损坏，如果这样被供养的鼠类会减低它们的繁殖力，那问题倒还简单，否则，这妥协的办法总有一天会使人们觉得负担太重了一点。

在鼠患严重的地方，猫是照例不称职的。换过来说，也许本来是猫不像猫，这才老鼠肆无忌惮，而且又因为鼠患太可怕了，猫被当作宝贝，猫既养尊处优，借鼠以自重，当然不肯出力捕鼠了；不要看轻它们是畜生，这一点骗人混饭的诀窍似乎也很内行的呢！

# 森林中的绅士

茅　盾

据说北美洲的森林中有一种“得天独厚”的野兽，这就是豪猪，这是“森林中的绅士”！

这是在头部，背部，尾巴上，都长着钢针似的刺毛的四足兽，所谓“绅士相处，应如豪猪与豪猪，中间保持相当的距离”，就因为太靠近了彼此都没有好处。不过豪猪的刺还是有形的，绅士之刺刺无形，有形则长短有定，要保持相当的距离总比无形者好办些，而这也是摹仿豪猪的绅士们“青出于蓝”的地方。

但豪猪的“绅士风度”之可贵尚不在那一身的钢针似的刺毛。它是矮胖胖的，一张方正而持重的面孔，老是踱着方步，不慌不忙。它的潇洒悠闲，实在也到了殊堪钦佩的地步：可以在一些滋味不坏的灌木丛中玩上一个整天，很有教养似的边走边哼，逍遥自得，无所用心，宛然是一位乐天派。它不喜群的生活，但也并非完全孤独，由此可见它在“待人接物”上多么有分寸。

若非万不得已，它决不旅行，整年整季，它的活动范围不出三四里地。一连几星期，它只在三四棵树上爬来爬去；它躺在树枝间，从容自在地啃着树皮，啃得倦了，就打个瞌睡；要是睡中一个不小心倒栽下来，那也不要紧，它那件特别的长毛大衣会保护它的尊躯。

它也不怕跌落水里去，它全身的二万刺毛都是中空的，它好比穿了件救生衣，一到水里，自会浮起来的。

而这些空心针似的刺毛又是绝妙的自卫武器，别的野兽身上要是刺进了几十枚这样的空心针，当然会有性命之忧，因为这些空心针是角质的，刺进了温湿的肌肉，立刻就会发胀，而且针上又遍布了倒钩，倒钩也跟着胀大，倒钩的斜度会使得那针愈陷愈深。因此，遇到外来的攻击时，豪猪的战术是等在那里“挨打”，让敌人自己碰伤，知难而退。因为它那些刺毛，只要轻轻一碰就会掉落，而又因其尖利非凡，故一碰之下未有不刺进皮肉的。

然而具有这样头等的自卫武器的它，却有老大的弱点；肚皮底下没刺毛，这是不设防地带，小小的老鼠只要能够设法钻到豪猪的肚皮底下，就是胜利者了。但尤其脆弱者，是豪猪的鼻子。一根棍子在这鼻尖上轻轻敲一下，就是致命的。这些弱点，豪猪自己知道得很清楚；所以遇到敌人的时候，它就把脑袋塞在一根木头下面，这样先保护好它那脆弱的鼻子，然后四脚收拢，平伏地面，掩蔽它那不设防的腹部，末了，就耸起浑身的刺毛，摆好了“挨打”的姿势，当然，它还有一根不太长然而也还强壮有力的尾巴，（和它身长比较，约为五与一之比，）真是一根狼牙棒，它可以左右挥动，敌人要是挨着一下，大概受不住，可是这根尾巴的挥动因为缺乏一双眼睛来指示目标，也只是守势防御而已。

敌人也许很狡猾，并不进攻，却悄悄地守在旁边静候机会，那时候，豪猪不能不改变战术了。它从掩蔽部抽出了鼻子，拚命低着头，（还是为的保护鼻子，）倒退着走，同时猛烈挥动尾巴，这样“背进”到了最近一棵树，它就笨拙地往上爬，爬到了相当高度，自觉已无危险，便又安安逸逸躺在那里啃起嫩枝来，好像根本没有发生过什么事情似的。

这真是典型的绅士式的“镇静”。 的的确确，它的一切生活方式——连它的战术在内，都是典型的绅士式的。 但正像我们的可敬的绅士们尽管“得天独厚”，优游自在，却也常常要无病呻吟一样，豪猪也喜欢这调门。 好好地它会忽然发出了声音摇曳而凄凉的哀号，单听那声音，你以为这位“森林中的绅士”一定是碰到绝大的危险，性命就在顷刻间了；然而不然。 它这时安安逸逸坐在树梢上，方正而持重的脸部照常一点表情也没有，可是它独自在哀啼，往往持续至一小时之久，它这样无病呻吟是玩玩的。

据说向来盛产豪猪的安地郎达克山脉，现在也很少看见豪猪了，以至美国地方政府不得不用法令来保护它了。 为什么这样“得天独厚”，具有这样巧妙自卫武器的豪猪会渐有绝种之忧呢？是不是它那种太懒散而悠闲的生活方式使之然呢？还是因为它那“得天独厚”之处存在着绝大的矛盾，——几乎无敌的刺毛以及毫无抵抗力的暴露着的鼻子，——所以结果仍然于它不利呢？

我不打算在这里来下结论，可是我因此更觉得豪猪的“生活方式”叫人看了寒心。

1945 年上杂谈一则，昨日从一堆旧信件中捡了出来。看篇末所记年月日。方才想起写这一则时的心情，惘然若有所失。当时写完以后何以又搁起来的原因，可再也追忆不得了。重读一过，觉得也还可以发表一下，姑以付《新文学》。

# 谈独立思考

茅　盾

有人问：如何而能独立思考？

我想：这个答案可以很多，其中之一也许是洋洋万言，引经据典，而效果等于不着一字。

但是，也还有另一方式的答案：

不读书者不一定就不能独立思考；然而，读死书、死读书、只读一面的书而不读反面的和其他多方面的书，却往往会养成思考时的“扶杖而行”，以致最后弄到独立思考能力的萎缩。

眼睛只看上边、不看下边的人，耳朵只喜欢听好话、不喜欢听批评的人，常常只想到自己、不想到别人的人，他们面前的可能的危险是：让“独自”思考顶替了独立思考。

教条主义是独立思考的敌人，它的另一敌人便是个人崇拜。

如果广博的知识是孕育独立思考的，那么，哺养独立思考的便应是民主的精神。

井底之蛙恐怕很难有独立思考的能力。应声虫大概从没有感到有独立思考之必要。而日驰数百里的驿马虽然见多识广，也未必善于独立思考。

人类的头脑，本来是具有独立思考的能力的。如果没有，人类就不能从“蠢如鹿豕”进化到文明。但是人类的这个天赋，是在生活斗争中不断碰到矛盾而又不断解决矛盾的过程中逐渐发达起来的。前人的经验和独立思考的成果，应当是后人所借以进行独立思考的资本，而不是窒息独立思考的偶像。

儿童的知识初开，常常模仿大人。这时的模仿，就是吸收前一代的经验和知识，为后来的独立思考准备条件。做大人的，看见幼儿模仿自己，便赞一声“聪明”，可是到后来看见渐臻成熟的少年不再满足于模仿自己，却又骂他“不肖”，这真是可笑的矛盾。

从前有些“诗礼之家”，有一套教养子女的规矩：自孩提以至成长，必使“非礼勿视，非礼勿听，非礼勿言……”这是把儿童放在抽出了空气的玻璃罩内的办法。这样培养出来的，如果不是书呆子、犬儒，便是精神上失去平衡的畸形人，是经不起风霜的软体人。当然也不会是具有独立思考能力的人。

“诗礼之家”现在没有了，我盼望这样的教养方法也和它一同地永远消逝。

# 矮丑的说道者

成仿吾①

人类的最大缺陷，便是各人只生有两只眼，而且都是向着别人的。

假使一个人忽然之间生出了第三的一只眼，我想第一件他应当惊异的现象是世人欢喜倾听他人的瞎说。

假使一个人忽然之间生出了第三的一只眼，我想第二件他应当惊异的现象是世人之中越是不懂的人越是喜欢瞎说。

我带着我的小狗在街上闲游的时候，远远望见那边有一群人麇集在那里，洪亮的说话声在空中波涌着。

我的小狗在人世活了不少的年头，也沾染了人世的不少的恶习，便也像那些人一样，只顾向里边挤。我生怕我的小狗伤了，牵着绳子跟在后边，转瞬之间也被挤到了里面。

一个矮丑而戴眼镜的人站在高处说话，他常从眼角边观察他的

① 成仿吾(1897—1984)，湖南新化人。1910年留学日本，曾就读于东京帝国大学。1921年回国后，与郭沫若、郁达夫发起成立创造社，倡导文学革命运动。大革命期间任黄埔军校教官。1928年赴巴黎、柏林，主编中共刊物。回国后去根据地，曾参加二万五千里长征。建国后任华北大学、中国人民大学、山东大学校长。主要作品收入《成仿吾文集》。

听众。

“所以，听我的话，常把你们的眼睛注视别人！

“天下事，没有比攻击他人还能给你更多的快乐的。

“把莫须有的罪名先一日加给你的敌人罢，那便不论你怎样把他说得禽兽不如，世人也要一齐信你。

“不要想用证据去证实敌人的罪名，反而只要在你的言论中认为已经证实，认为一件事实，世人便也要一齐信你。

“不要为道德而踌躇，不要为正义而沮丧；因为道德只是骗人的一个法门，正义也早已不再跛行而随你。

“然而当你攻击他人的时候，莫使他人见你的真身，也莫使见你的尖锋罢！

“让你的言说如妇女们的花言巧语，让你的姿态如僧道们的端庄敬重，因为你的攻击纵然失败，世人还要为你的言说与姿态而称赏你。”

我无端听到了这样的几句话，这时候，我的小狗忽然与旁边的一个人争闹起来。我的小狗究竟弱小，只恨恨地瞅着它的敌人，回骂了不少的话，就自己离开了，虽然它装着不服，几次三番要再往碰命。

我带着我的小狗离开了那地方之后，深喜我的小狗没有贪听这一类的言语。

我想，假使对于人类的改造我有什么希求，我希望人类能加生一只慧眼，而且对向内面开着。

# 雅与俗

胡山源[①]

从前倪云林雅士，因为不肯替张士信作画，有一天在太湖里被张士信捉了起来，鞭打几死。可是他在被鞭打时，不发一言，有人问他原故，他说：一开口就俗了。

不得了，这样的雅士，连性命都不顾，真正少见。然而这样的做作，不也有一些太雅之嫌否？因为在我看来，不开口只能算作强硬不屈，是个好汉，与雅无关，如果存心要以此为雅，就未免太雅而成俗了。

太雅成俗，正如《儒林外史》中所说的“雅得太俗”一样。当时一般斗方名士，动不动就饮酒看花，吟诗作赋，自命风雅，于是给吴敬梓大大地嘲笑了一阵，至今当为话柄。

话说这种雅习，到了今天，似乎风流余韵，依然未绝，或者竟是变本加厉，有行必雅，无事肯俗。别的不必说，即以几个人的台

① 胡山源(1897—1988)，江苏江阴人。1923 年在上海创立弥洒社，主编《弥洒》杂志。曾在之江大学、开封中山大学任教。1931 年在上海世界书局当编辑。后在上海《申报》《导报》当编辑。参加过五四运动，抗战胜利后，任《新闻报》和上海《中央日报》编辑。建国后在福建师院、上海师院等校任教。著作有长篇小说《散花寺》等。

甫雅篆，别号笔名而言，早已竭尽雅之奇观，不能不使人叹为雅之极致。有一个时期，名字总用花鸟虫鱼来代表，而以哀怨愁苦的形容词来陪衬。这可以说是软派的雅。现在呢，总算变了，都用□□□□，□□□□这些字眼来取名了，这也许可以说是硬派吧。

我不是说，这些名字根本不雅。适得其反，我是承认它们的雅的。可是一人始倡，多人从风，任何雅事，都成了俗不可耐，正如宋之苏东坡是雅人，多雅事，明之唐伯虎、张孟晋之流，邯郸学步，扭捏作态，就使人要发呕了。

要一定专为雅与俗下定义，当然不是容易的。不过我说，这里面似乎也有一些范围，除了始倡者雅，从风者俗外，还有有意者俗，无心者雅。倪云林之俗，我就为了他的有意。他本来是元末明初人，正合了《肉蒲团》上所说，元人是每一个人都有一个别号的，所以他号为云林子，也就是他的俗的表征之一。至于他的故意嗜洁，无非学学朱元璋，也徒见其俗气薰人耳。党纪先生的在北京作诗，在河内作诗，正可以作如是观：俗俗俗！

莫君利哀(仿高君尔基的雅称)所写的《装腔作势》，就是为这些雅人写照的，我想要收集这项材料，恐怕古今中外，不知多少，正可以车载“之”计量，汗牛“之”充栋吧——用两个“之”字，文气便雅。

不过雅事只于文人有份，不识字的浑人是无份的；因此既有文人的太雅成俗，也就有了浑人的太俗成雅。党太尉的销金帐里，羊羔美酒，就是这个明证，而梁山黑旋风开口老子，闭口铁牛，实在妩媚可爱，端的不俗。就是鲁迅笔底下的阿 Q，几声我要……，我也认为是近代第一雅人。为什么呢？也不过为了他们一片天真，无心于雅，而所言所行，前不见古人，后不见来者，却自然地妙绝千古，俗得太雅耳。

文人中毕竟黄山谷是有点道理的：他到了宣州，有人请他写字，他来者不拒，有求必应；有人因为他给了俗人，为他可惜，他就笑着说，有不俗的人，引一个来看看。这话真正痛快极了！反过来说，谁是雅人呢？谁不是俗人呢？于此，我们也可以看出一些雅与俗的究竟来。

我时常听见人们说，文章要做得“雅俗共赏”，方为妙文。这话，我有些不相信，因为雅能赏的，俗未必能赏，俗能赏的，不一定雅能赏。因此，我想，也许“雅俗不共赏”，方是妙文吧。至于我这篇不妙文，既难追雅，又难谐俗，也就只好“雅俗不共赏”了。

# 中国人的“过多症”

谢六逸①

自古以来，中国人有一种无药医治的疾病，可以称为“过多症”，例如“财产过多”“食物过多”“女人过多”“家具过多”“麻将过多”都是。

过多的财产是从剥削贫苦人而来的，或是用其他不正当的方法得来的，正当的商人在今日实在很少。他们只知道守护私有财产。他们的脑里，国家观念、民族观念没有丝毫的存在。在他们，安乐窠是租界，唯一的保镖者是“洋大人”。

这几个月来大家闹着“航空救国”，东也在捐款，西也在捐款，但是捐款的目标，倒是些并没有多少财产的人，上海有无数的“财产过多者”，从来没有听见他们肯把收入的房租捐助若干。

因为“财产过多”的原故，“子孙过多”，“食物过多”，

---

① 谢六逸(1898—1945)，贵州贵阳人。原名光乐，字六逸。早年留学日本，攻读东洋文学史。1921年加入文学研究会。回国后主编过《立报》副刊、《言林》、《国民》周刊、《文学》旬刊。三十年代与蹇先艾等组织每周文艺社；出版《每周文艺》。曾创办文通书局编辑所，任总编辑。抗战期间，参加中华文艺界抗敌协会。主要著作有《水沫集》《茶话集》《实用新闻学》《国外新闻事业》。译著有《日本文学》《文学与性爱》《志贺直哉集》等。

"女人过多"，"麻将过多"等等疾病也同时并发了。

亚拉伯人中何以产生多数的宗教徒，就是因为他们的生活简单的缘故。生活简单才能勇往直前，无所留恋；生活复杂就不免左顾右盼，踌躇不决。从前的军阀有了祖传的数千万的遗产，再加上剥削民众的脂膏，便只晓得替自己买田造屋；在内战发生时，他要鼓励小卒进攻，就说，城打破了我们就有大洋钱和大姑娘，于是部卒用命，居然胜利。到了兵卒们把洋钱拿到口袋里，大姑娘也玩过了，鸦片也抽足了，即是军阀再催促他们上阵，他们也只得把身上几颗子弹，无目的地乱放一阵，子弹完了，理应退到后方休养。

中国对外没有把握，就是受了"过多症"之害。大将过多，兵卒过多，财产过多，女人过多，既然"过多"，所以北方的土地整块送掉也不要紧，因为还有江、浙两省或是广东、广西。到了江浙、两广真也没有的时候，走近处则有香港，喜欢走远则意大利、法兰西。无论到什么地方，享用依然无穷。所以大家在这大混乱中，不妨使"过多"的东西再"过多"一些，以便在做亡国奴的时候享用。愿意把自己的"过多"减少的是痴子，捐款不免要减少过多的财产，站在对外战争的前线不免减少过多的军队，大家左顾右盼，等候日本三岛陆沉下去，始为聪明的方法。

# 论不满现状

朱自清[1]

那一个时代事实上总有许许多多不满现状的人。现代以前，这些人怎样对付他们的“不满”呢？在老百姓是怨命，怨世道，怨年头。年头就是时代，世道由于气数，都是机械的必然；主要的还是命，自己的命不好，才生在这个世道里，这个年头上，怪谁呢！命也是机械的必然。这可以说是“怨天”，是一种定命论。命定了吃苦头，只好吃苦头，不吃也得吃。读书人固然也怨命，可是强调那“时世日非”“人心不古”的慨叹，好像“人心不古”才“时世日非”的。这可以说是“怨天”而兼“尤人”，主要的是“尤人”。人心为什么会不古呢？缘故是不行仁政，不施德教，也就是贤者不在位，统治者不好。这是一种唯心的人治论。可是贤者为什么不在位呢？人们也只会说“天实为之！”这就又归到定命论了。

---

① 朱自清(1898—1948)，江苏东海人，字佩弦。1916年入北京大学预科，1920年毕业于北京大学哲学系。是文学研究会的主要成员。1922年和俞平伯等人创办《诗》月刊。1925年执教于清华大学，后留学美国，回国后任清华大学中文系主任。抗战时期任西南联大教授。抗战胜利后，继续担任清华大学中文系主任。朱自清是现代著名诗人、散文家、学者。著有诗文集《踪迹》，散文集《背影》《你我》等。解放后，出版有《朱自清文集》和《朱自清选集》等。

可是读书人比老百姓强，他们可以做隐士，啸傲山林，让老百姓养着；固然没有富贵荣华，却不至于吃着老百姓吃的那些苦头。做隐士可以说是不和统治者合作，也可以说是扔下不管。所谓“穷则独善其身”，一般就是这个意思。既然“独善其身”，自然就管不着别人死活和天下兴亡了。于是老百姓不满现状而忍下去，读书人不满现状而避开去，结局是维持现状，让统治者稳坐江山。

但是读书人也要“达则兼善天下”。从前时代这种“达”就是“得君行道”；真能得君行道，当然要多多少少改变那自己不满别人也不满的现状。可是所谓别人，还是些读书人；改变现状要以增加他们的利益为主，老百姓只能沾些光，甚至于只担个名儿。若是太多照顾到老百姓，分了读书人的利益，读书人会得更加不满，起来阻挠改变现状；他们这时候是宁可维持现状的。宋朝王安石变法，引起了大反动，就是个显明的例子。有些读书人虽然不能得君行道，可是一辈子憧憬着有这么一天。到了既穷且老，眼看着不会有这么一天了，他们也要著书立说，希望后世还可以有那么一天，行他们的道，改变改变那不满人意的现状。但是后世太渺茫了，自然还是自己来办的好，哪怕只改变一点儿，甚至于只改变自己的地位，也是好的。况且能够著书立说的究竟不太多；著书立说诚然渺茫，还是一条出路，连这个也不能，那一腔子不满向哪儿发泄呢！于是乎有了失志之士或失意之士。这种读书人往往不择手段，只求达到目的。政府不用他们，他们就去依附权门，依附地方政权，依附割据政权，甚至于和反叛政府的人合作；极端的甚至于甘心去做汉奸！像刘豫、张邦昌那些人。这种失意的人往往只看到自己或自己的一群的富贵荣华，没有原则，只求改变，甚至于只求破坏——他们好在混水里捞鱼。这种人往往少有才，挑拨离间，诡计多端，可是得依附某种权力，才能发生作用；他们只能做俗话说的“军师”。统治者却又讨厌又怕这种人，他们是捣乱鬼！但是可能成为这种人的似乎越来越多，又杀不尽，于是只好给些闲差，给些乾薪，来绥靖他们，吊着他们的口味。这叫做“养士”，为的正是维持现状，稳坐江山。

然而老百姓的忍耐性，这里面包括韧性和惰性，虽然很大，却也有个限度。“狗急跳墙”，何况是人！到了现状坏到怎么吃苦还是活不下去的时候，人心浮动，也就是情绪高涨，老百姓本能的不顾一切地起来了，他们要打破现状。他们不知道怎样改变现状，可是一股子劲先打破了它再说，想着打破了总有希望些。这种局势，规模小的叫“民变”，大的就是“造反”。农民是主力，他们有他们自己的领导人。在历史上这种“民变”或“造反”并不少，但是大部分都给暂时的压下去了，统治阶级的史官往往只轻描淡写的带几句，甚至于削去不书，所以看来好像天下常常太平似的。然而汉明两代都是农民打出来的天下，老百姓的力量其实是不可轻视的。不过汉明两代虽然是老百姓自己打出来的，结局却依然是一家一姓稳坐江山；而这家人坐了江山，早就失掉了农民的面目，倒去跟读书人一鼻孔出气。老百姓出了一番力，所得的似乎不多。是打破了现状，可又复原了现状，改变是很少的。至于权臣用篡弑，军阀靠武力，夺了政权，换了朝代，那改变大概是更少了罢。

过去的时代以私人为中心，自己为中心，读书人如此，老百姓也如此。所以老百姓打出来的天下还是归于一家一姓，落到读书人的老套里。从前虽然也常说“众擎易举”，“众怒难犯”，也常说“爱众”，“得众”，然而主要的是“一人有庆，万众赖之”的，“天与人归”的政治局势，那“众”其实是“一盘散沙”而已。现在这时代可改变了。不论叫“群众”，“公众”，“民众”，“大众”，这个“众”的确已经表现一种力量；这种力量从前固然也潜在着，但是非常微弱，现在却强大起来，渐渐足以和统治阶级对抗了，而且还要一天比一天强大。大家在内忧外患里增加了知识和经验，知道了“团结就是力量”，他们渐渐在扬弃那机械的定命论，也渐渐在扬弃那唯心的人治论。一方面读书人也渐渐和统治阶级拆伙，变质为知识阶级。他们已经不能够找到一个角落去不闻理乱的隐居避世，又不屑做也幸而已经没有地方去做“军师”。他们又不甘心做那被人“养着”的“士”，而知识分子又已经太多，事实上也无法“养”着这么大量的“士”。他们只有凭自己的技能和工作来“养”着自己。早些年他们还可以暂时躲在所谓象牙塔里。到了现在这年头，象牙塔下已经变成了十字街，而且这塔已经开始在拆缺了。于是乎他们恐怕只有走出来，走到人群里，大家一同苦闷在这活不下去的现状之中。如果这不满人意的现状老不改变，大家恐怕忍不住要联合起来动手打破它的。重要的是打破之后改变成什么样子？这真是个空前的危疑震撼的局势，我们得提高警觉来应付的。

# 论老实话

朱自清

美国前国务卿贝尔纳斯，退职后写了一本书，是为《老实话》。这本书中国已经有了不止一个译名，或作《美苏外交秘录》，或作《美苏外交内幕》，或作《美苏外交纪实》，《秘录》《内幕》和《纪实》都是《老实话》的意译。前不久笔者参加了一个宴会，大家谈起贝尔纳斯的书，谈起这个书名。一个美国客人笑着说，“贝尔纳斯最不会说老实话！”大家也都一笑。贝尔纳斯的这本书是否说的全是“老实话”，暂时不论，他自题为《老实话》，以及中国的种种译名都含有“老实话”的意思，却可见无论中外，大家都在要求着“老实话”。贝尔纳斯自题这样一个书名，想来是表示他在做国务卿办外交的时候有许多话不便“老实说”，现在是自由了，无官一身轻了，不妨“老实说”了——原名直译该是“老实说”，还不是“老实话”。但是他现在真能自由的“老实说”，真肯那么的“老实说”吗？——那位美国客人的话是有他的理由的。

无论中外，也无论古今，大家都要求“老实话”，可见“老实话”是不容易听到见到的。大家在知识上要求真实，他们要知道事实，寻求真理。但是抽象的真理，打破沙缸问到底，有的说可知，有的说不可知，至今纷无定论，具体的事实却似乎或多或少总是可知的。况且照常识上看来，总是先有事后才有理，而在日常生活里所要应付的也都是些事，理就包含在其中，在应付事的时候，理往往是不自觉的。因此强调就落到了事实上。常听人说“我们要明白事实的真相”，既说“事实”，又说“真相”，叠床架屋，正是强调的表现。说出事实的真相，就是“实话”。买东西叫卖的人说“实价”，问口供叫犯人“从实招来”，都是要求“实话”。人与人如此，国与国也如此。有些时事评论家常说美苏两强若是能够，肯老实说出两国的要求是些什么东西，再来商量，世界的局面也许能够明朗化。可是又有些评论家认为两强的话，特别是苏联方面的，说的已经够老实了，够明朗化了。的确，自从去年维辛斯基在联合国大会上指名提出了“战争贩子”以后，美苏两强的话是越来越老实了，但是明朗化似乎还未见其然。

人们为什么不能不肯说实话呢？归根结蒂，关键是在利害的冲突上。自己说出实话，让别人知道自己的虚实，容易制自己。就是不然，让别人知道底细，也容易比自己抢先一着。在这个分配不公平的世界上，生活好像战争，往往是有你无我；因此各人都得藏着点儿自己，让人莫名其妙。于是乎钩心斗角，捉迷藏，大家在不安中猜疑着。向来有句老话，“知人知面不知心”，还有“逢人只说三分话，未可全抛一片心”，这种处世的格言正是教人别说实话，少说实话，也正是暗示那利害的冲突。我有人无，我多人少，我强人弱，说实话恐怕人来占我的便宜；强的要越强，多的要越多，有的要越有。我无人有，我少人多，我弱人强，说实话也恐怕人欺我不中用；弱的想变强，少的想变多，无的想变有。人与人如此，国与国又何尝不如此！

说到战争，还有句老实话，“兵不厌诈！”真的交兵“不厌诈”，钩心斗角，捉迷藏，耍花样，也正是个“不厌诈”！“不厌诈”，就是越诈越好，从不说实话少说实话大大的跨进了一步；于是乎模糊事实，夸张事实，歪曲事实，甚至于捏造事实！于是乎种种谎话，应有尽有，你想我是骗子，我想你是骗子。这种情形，中外古今大同小异，因为分配老是不公平，利害也老在冲突着。这样可也就更要求实话，老实话。老实话自然是有的，人们没有相当限度的互信，社会就不成其为社会了。但是实话总还太少，谎话总还太多，社会的和谐恐怕还远得很吧。不过谎话虽然多，全然出于捏造的却也少，因为不容易使人信。麻烦的是谎话里掺实话，实话里掺谎话——巧妙可也在这儿。日常的话多多少少是两掺的，人们的互信就建立在这种两掺的话上，人们的猜疑可也发生在这两掺的话上。即如贝尔纳斯自己标榜的“老实话”，他的同国的那位客人就怀疑他在用好名字骗人。我们这些常人谁能知道他的话老实或不老实到什么程度呢？

人们在情感上要求真诚，要求真心真意，要求开诚相见或诚恳的态度。他们要听“真话”，“真心话”，心坎儿上的，不是嘴边儿上的话。这也可以说是“老实话”。但是“心口如一”向来是难得的，“口是心非”恐怕大家有时都不免，读了奥尼尔的《奇异的插曲》就可恍然。“口蜜腹剑”却真成了小人了。真话不一定关于事实，主要的是态度。可是，如前面引过的，“知人知面不知心”，不看什么人就掏出自己的心肝来，人家也许还嫌血腥气呢！所以交浅不能言深，大家一见面儿只谈天气，就是这个道理。所谓“推心置腹”，所谓“肺腑之谈”，总得是二三知己才成；若是泛泛之交，只能敷敷衍衍，客客气气，说一些不相干的门面话。这可也未必就是假的，虚伪的。他至少眼中有你。有些人一见面冷冰冰的，拉长了面孔，爱理人不理人的，可以算是“真”透了顶，可是那份儿过了火的“真”，有几个人受得住！本来彼此既不相知，或不深知，相干的话也无从说起，说了反容易出岔儿，乐得远远儿的，淡淡儿的，慢慢儿的，不过就是彼此深知，像夫妇之间，也未必处处可以说真话。“人心不同，各如其面”，一个人总有些不愿意教别人知道的秘密，若是不顾忌着些个，怎样亲爱的也会碰钉子的。真话之难，就在这里。

真话虽然不一定关于事实，但是谎话一定不会是真话。假话却不一定就是谎话，有些甜言蜜语或客气话，说得过火，我们就认为假话，其实说话的人也许倒并不缺少爱慕与尊敬。存心骗人，别有作用，所谓“口蜜腹剑”的，自然当作别论。真话又是认真的话，玩话不能当作真话，将玩话当真话，往往闹别扭，即使在熟人甚至亲人之间。所以幽默感是可贵的。真话未必是好听的话，所谓“苦口良言”“药石之言”，“忠言”，“直言”，往往是逆耳的，一片好心往往倒得罪了人。可是人们又要求“直言”，专制时代“直言极谏”是选用人才的一个科目，甚至现在算命看相的，也还在标榜“铁嘴”。表示直说，说的是真话，老实话。但是这种“直言”“直说”大概是不至于刺耳至少也不至于太刺耳的。又是“直言”，又不太刺耳，岂不两全其美吗！不过刺耳也许还可忍耐，刺心却最难宽恕；直说遭怨，直言遭忌，就如刺了别人的心——小之被人骂为“臭嘴”，大之可以杀身。所以不折不扣的“直言极谏”之臣，到底是寥寥可数的。直言刺耳，进而刺心，简直等于相骂，自然会叫人生气，甚至于翻脸。反过来，生了气或翻了脸，骂起人来，冲口而出，自然也多直言，真话，老实话。

人与人是如此，国与国在这里却不一样。国与国虽然也讲友谊，和人与人的友谊却不相当，亲谊更简直是没有。这中间没有爱，说不上“真心”，也说不上“真话”，“真心话”。倒是不缺少客气话，所谓外交辞令；那只是礼尚往来，彼此表示尊敬而已。还有，就是条约的语言，以利害为主，有些是互惠，更多是偏惠，自然是弱小吃亏。这种条约倒是“实话”，所以有时得有秘密条款，有时更全然是密约。条约总是说双方同意的，即使只有一方是“欣然同意”。不经双方同意而对一方有所直言，或彼此相对直言，那就往往是谴责，这就等于相骂。像去年联合国大会以后的美苏两强，就是如此。话越说得老实，也就越尖锐化，当然，翻脸倒是还不至于的。这种老实话一方面也是宣传。照一般的意见，宣传决不会是老实话。然而美苏两强互相谴责，其中的确有许多老实话，也的确有许多人信这一方或那一方，两大阵营对垒的形势因此也越见分明，世界也越见动荡。这正可见出宣传的力量。宣传也有各等各样。毫无事实的空头宣传，不用说没人信；有事实可也掺点儿谎，就有信的人。因为有事实就有自信，有自信就能多多少少说出些真话，所以教人信。自然，事实越多越分明，信的人也就越多。但是有宣传，也就有反宣传，反宣传意在打消宣传。判断当然还得凭事实。不过正反错综，一般人眼花缭乱，不胜其麻烦，就索性一句话抹杀，就一切宣传都是谎！可是宣传果然都是谎，宣传也就不会存在了，所以还当分别而论。即如贝尔纳斯将他的书自题为《老实说》，或《老实话》，那位美国客人就怀疑他在自我宣传；但是那本书总不能够全是谎吧？一个人也决不能够全靠撒谎而活下去，因为那么着他就掉在虚无里，就没了。

# 正　义

朱自清

人间的正义是在哪里呢？

正义是在我们的心里！ 从明哲的教训和见闻的意义中，我们不是得着大批的正义么？但白白的搁在心里，谁也不去取用，却至少是可惜的事。 两石白米堆在屋里，总要吃它干净，两箱衣服堆在屋里，总要轮流穿换，一大堆正义却扔在一旁，满不理会，我们真大方，真舍得！看来正义这东西也真贱，竟抵不上白米的一个尖儿，衣服的一个扣儿。 ——爽性用它不着，倒也罢了，谁都又装出一副发急的样子，张张皇皇的寻觅着。 这个葫芦里卖的什么药？我的聪明的同伴呀，我真想不通了！

我不曾见过正义的面，只见过它的弯曲的影儿——在“自我”的唇边，在“威权”的面前，在“他人”的背后。

正义可以做幌子，一个漂亮的幌子，所以谁都愿意念着它的名字。 “我是正经人，我要做正经事”，谁都向他的同伴这样隐隐的自诩着。 但是除了用以“自诩”之外，正义对于他还有什么作用呢？他独自一个时，在生人中间时，早忘了它的名字，而去创造“自己的正义”了！ 他所给予正义的，只是让它的影儿在他的唇边闪烁一番而已。 但是，这毕竟不算十分辜负正义，比那凭着正义的名字以行罪恶的，还胜一筹。可怕的正是这种假名行恶的人。他嘴里唱着正义的名字，手里却满满的握着罪恶；他将这些罪恶送给社会，粘上金碧辉煌的正义的签条送了去。社会凭着他所唱的名字和所粘的签条，欣然受了这份礼；就是明知道是罪恶，也还是欣然受了这份礼！易卜生“社会栋梁”一出戏，就是这种情形。这种人的唇边，虽更频繁的闪烁着正义的弯曲的影儿，但是深藏在他们心底的正义，只怕早已霉了，烂了，且将毁灭了。在这些人里，我见不着正义！

在亲子之间，师傅学徒之间，军官兵士之间，上司属僚之间，似乎有正义可见了，但是也不然。卑幼大抵顺从他们长上的，长上要施行正义于他们，他们诚然是不“能”违抗的——甚至“父教子死，子不得不死”一类话也说出来了。他们发见有形的扑鞭和无形的赏罚在长上们的背后，怎敢去违抗呢？长上们凭着威权的名字施行正义，他们怎敢不遵呢？但是你私下问他们，“信么？服么？”他们必摇摇他们的头，甚至还奋起他们的双拳呢！这正是因为长上们不凭着正义的名字而施行正义的缘故了。这种正义只能由长上行于卑幼，卑幼是不能行于长上的，所以是偏颇的；这种正义只能施于卑幼，而不能施于他人，所以是破碎的；这种正义受着威权的鼓弄，有时不免要扩大到它的应有的轮廓之外，那时它又是肥大的。这些仍旧只是正义的弯曲的影儿。不凭着正义的名字而施行正义，我在这等人里，仍旧见不着它！

在没有威权的地方，正义的影儿更弯曲了。名位与金钱的面前，正义只剩淡如水的微痕了。你瞧现在一班大人先生见了所谓督军等人的劲儿！他们未必愿意如此的，但是一当了面，估量着对手的名位，就不免心里一软，自然要给他一些面子——于是不知不觉地就敷衍起来了。至于平常的人，偶然见了所谓名流，也不免要吃一惊，那时就是心里有一百二十个不以为然，也只好姑且放下，另做出一番“足恭”的样子，以表倾慕之诚。所以一班达官通人，差不多是正义的化外之民，他们所做的都是合于正义的，乃至他们所做的就是正义了！——在他们实在无所谓正义与否了。呀！这样，正义岂不已经沦亡了？却又不然。须知我只说“面前”是无正义的，“背后”的正义却幸而还保留着。社会的维持，大部分或者就靠着这背后的正义罢。但是背后的正义，力量究竟是有限的，因为隔开一层，不由的就单弱了。一个为富不仁的人，背后虽然免不了人们的指摘，面前却只有恭敬。一个华服翩翩的人，犯了违警律，就是警察也要让他五分。这就是我们的正义了！我们的正义百分之九十九是在背后的，而在极亲近的人间，有时连这个背后的正义也没有！因为太亲近了，什么也可以原谅了，什么也可以马虎了，正义就任怎么弯曲也可以了。背后的正义只有存生疏的人们间。生疏的人们间，没有什么密切的关系，自然可以用上正义这个幌子。至于一定要到背后才叫出正义来，那全是为了情面的缘故。情面的根柢大概也是一种同情，一种廉价的同情。现在的人们只喜欢廉价的东西，在正义与情面两者中，就尽先取了情面，而将正义放在背后。在极亲近的人间，情面的优先权到了最大限度，正义就几乎等于零，就是在背后也没有了。背后的正义虽也有相当的力量，但是比起面前的正义就大大的不同，启发与戒惧的功能都如掺了水的薄薄的牛乳似的——于是仍旧只算是一个弯曲的影儿。在这些人里，我更见不着正义！

人间的正义究竟是在哪里呢？满藏在我们心里！为什么不取出来呢？它没有优先权！在我们心里，第一个尖儿是自私，其余就是威权，势力，亲疏，情面等等；等到这些角色一一演毕，才轮得到我们可怜的正义。你想，时候已经晚了，它还有出台的机会么？没有！所以你要正义出台，你就得排除一切，让它做第一个尖儿。你得凭着它自己的名字叫它出台。你还得抖擞精神，准备一副好身手，因为它是初出台的角儿，捣乱的人必多，你得准备着打——不打不成相识呀！打得站住了脚携住了手，那时我们就能从容的瞻仰正义的面目了。

# 绅士和流氓

郑振铎[①]

因了“海派”的一个名辞，曾引起了很大的一场误会的笔墨的官司。在上海的几家报纸上，且有了很激烈的不满的文章。险些儿惹动南北文士们的对垒。但这都不过是误会。

地理上的界限，实在是不足以范围作家们。江南多才士，不过是一句话罢了；最伟大的两部小说，《金瓶梅》和《红楼梦》，都不是江以南的人士写的。而张夙翼，沈璟之流的剧曲，虽是出于道地的吴人之手，也未见得便如何的高明。

与其说是“地理”的区分对于作家们有很大的影响，不如说是“时代”的压力，所给予文士的为尤大。

在这个大时代里，我们有了许多可尊敬的作家们：这些作家们

① 郑振铎(1898—1958)，祖籍福建长乐，生于浙江永嘉。1917年考入北京铁路管理传习所。1920年底和茅盾等人发起成立文学研究会，主编《文学旬刊》和《小说月报》，提倡为人生的文学，出版了《文学研究会丛书》。1928年后在商务印书馆工作，后在燕京大学、清华大学任教。抗战期间，参与发起上海文化界救亡协会，创办《救亡日报》。建国后任国家文物局长，考古研究所所长，文化部副部长等职。1958年因飞机失事遇难。为现代著名的作家、学者、文学史家和藏书家。著有《插图本中国文学史》《中国俗文学史》《西谛书话》等。有《郑振铎文集》和《郑振铎选集》行世。

的所在地是并不限定在一个区域的。 譬如说吧，在上海的所谓“海派”的中心的地方，有许多作家们正在那里努力的写作，而其写作的成就，却是那样的伟大，值得我们的赞叹与崇敬。 但，在北平，却也未尝没有我们所敬仰的作家们在着。 即在南京以至于其他地方，也时见到我们的可尊敬的文士们的踪迹。

那条被号为“天堑”的长江，是不能够隔断了那些被这大时代所唤醒的具有伟大的心胸与灵魂的文人们的联络的。 他们在无形里，曾形成了个共同的倾向，一个向前努力的共同的目标，虽然他们不一定真的有什么“同盟”，什么“组织”。

和这些具有伟大的心胸与灵魂的作家们相对峙的，也不仅是所谓“海派”者的一个支派。 还有一个更可怕的戴着正人君子的面具的绅士们，也在那里钩心斗角的想陷害、毁坏文坛的前途。 如果“海派”的文丐们是可入所谓“流氓”者的一群的话，那么绅士派的“士大夫”们也正是他们的一流；不过心计更阴险，而面目却比较的严峻，冷刻些而已。

说来，绅士和流氓，仿佛是相对峙的两种人物。 其实在今日看起来，他们是各相反而实相成的；其坑害，烧坏文坛的程度，也正相类似。 举一个有趣的近例：有所谓“艺术流氓”和“艺术绅士”的，曾互相攻讦过一时；而不久，却都得到他们所欲的什么，心满意足而去！虽然所使用的手段有点小小的不同。

但所谓“海派”的文氓者，为志小。 为心似辣而实疏。 从五四运动以来，便久成了新人们的攻击的目标。 其活动的领域，也一天天的缩小；虽然不时的有一批批的新的分子加入，然而颓势却终于是不可挽救的。 怪可怜的，他们的卑鄙的伎俩：至多只是放冷箭，浮夸，讽刺与冷笑，其秘密容易被拆穿，而谣言，也终于不过是谣言罢了，不会有什么重大的影响的。 因为站在传统的被轻视的不利的地位上，根本上便不会有什么听者严重的在听受他们的；而他们，那冷笑与揭发，也便在怪可怜，怪狼狈的情态之下，而红了脸收场。

可怕的却是绅士的一派。那才是道地的“京朝派”。“长安居大不易”而住久了长安的，却表现出“象杀有介事”那样的一副清华高贵的气象出来！假如说文氓们是扮了丑角，向一部分的观众，打自己的嘴巴，而博得戋戋的养生之资的话，则文绅们的觅食之方，确是冠冕堂皇得多了。尽管是“暮夜乞怜”，在白昼，却终是那副骄人的相儿。因了某某种的机缘，他们是爬登上了被包买，被豢养的无形的金丝织就的笼里。也许他们本来是文氓之流，从此，却也不再放刁，反而装出正人君子的样子，道貌俨然的在给人以“师模”。刻薄话，都换上了宽厚的教训的衣衫。其可恶之处就在此。

他们是在教训，是在说正经话，是在示范于人，老实头的听众们便上了当，以为他们也是热情的，有心肝的，是要领导着人们向前走的，是和他们更尊敬的作家们走上一条路的，虽然说话的口音有些不同——所要走的路也有些两样的。但狡猾的文绅们，却早已声明过，那条路也是可以通到大道上去的。

孔子要诛少正卯，正是此故。如果是优施，优孟之流，便也不必劳动斧钺了。

他们在文坛上所做的破坏的工作，实在是大，一世纪，半世纪所打下的根基，可以破毁于一旦。

故，肃清文坛上的败类，是个紧要的事。

我们不忍看见年轻的有希望的人们，走上了小丑式的文氓的一道，天天以造谣，说谎，自己打嘴巴为职业。同时，更不忍看见一大群的有良心的人们，竟被说服，竟昧了心肝，弃了自己的前途，而群趋于卖身投靠的一途，而更领导别人去投入这火坑！

我说，做一个小工，做一个没齿无闻的田夫或小市民，也比读了几句书，便扮小丑，以打自己的嘴巴为业，或装绅士，烂掉自己的良心，以坑或扫有前途的文坛为能事的要强些。

该明白自己的作用；那支笔实在可怕；从笔尖沙沙的划着白纸的所写出的什么，其影响有非自己所知道的。

昔人有一首题“笔冢”的诗道：

髡友退锋郎，功成鬓发霜。
冢头封马鬣，不敢负恩光。

把笔锋写秃了的，曾想到自己使“笔”成就的是什么“功”么？曾想到不曾使那支无罪过的忠心的笔，受到了什么无可控诉的冤抑与不幸么？

抬起头来，看看今日的时代与中国！

# 渐

丰子恺①

使人生圆滑进行的微妙的要素，莫如“渐”；造物主骗人的手段，也莫如“渐”。在不知不觉之中，天真烂漫的孩子“渐渐”变成野心勃勃的青年；慷慨豪侠的青年“渐渐”变成冷酷的成人，血气旺盛的成人“渐渐”变成顽固的老头子。因为其变更是渐进的，一年一年地、一月一月地、一日一日地、一时一时地、一分一分地、一秒一秒地渐进，犹如从斜度极缓的长远的山坡上走下来，使人不察其递降的痕迹，不见其各阶段的境界，而似乎觉得常在同样的地位，恒久不变，又无时不有生的意趣与价值，于是人生就被确实肯定，而圆滑进行了。假使人生的进行不像山坡而像风琴的键板，由 do 忽然移到 re，即如昨夜的孩子今朝忽然变成青年；或者像旋律的“接离进行”地由 do 忽然跳到 mi，即如朝为青年而夕暮忽成老人，人一定要惊讶、感慨、悲伤，或痛感人生的无常，而不乐为人了。故可知人生是由“渐”维持的。这在女人恐怕尤为必要：

---

① 丰子恺(1898—1975)，浙江桐乡人。早年师从李叔同学习绘画、音乐。1921 年春去日本游学。回国后在浙江、上海等地任教。抗战爆发后，辗转内地，以教书、卖画为生。解放后曾任上海美术家协会主席、上海中国画院院长。代表作有《缘缘堂随笔》《车厢社会》《率真集》等。

歌剧中，舞台上的如花的少女，就是将来火炉旁边的老婆子，这句话，骤听使人不能相信，少女也不肯承认，实则现在的老婆子都是由如花的少女“渐渐”变成的。

人之能堪受境遇的变衰，也全靠这“渐”的助力。巨富的纨绔子弟因屡次破产而“渐渐”荡尽其家产，变为贫者；贫者只得做佣工，佣工往往变成奴隶，奴隶容易变为无赖，无赖与乞丐相去甚近，乞丐不妨做偷儿……这样的例，在小说中，在实际上，均多得很。因为其变衰是延长为十年二十年而一步一步地“渐渐”地达到的，在本人不感到什么强烈的刺激。故虽到了饥寒病苦刑笞交迫的地步，仍是熙熙然贪恋着目前的生的欢喜；假如一位千金之子忽然变了乞丐或偷儿，这人一定愤不欲生了。

这真是大自然的神秘的原则，造物主的微妙的功夫！阴阳潜移，春秋代序，以及物类的衰荣生杀，无不暗合于这法则。由萌芽的春“渐渐”变成绿阴的夏；由凋零的秋“渐渐”变成枯寂的冬。我们虽已经历数十寒暑，但在围炉拥衾的冬夜仍是难于想象饮冰挥扇的夏日的心情；反之亦然。然而由冬一天一天地、一时一时地、一分一分地、一秒一秒地移向夏，由夏一天一天地、一时一时地、一分一分地、一秒一秒地移向冬，其间实在没有显著的痕迹可寻。昼夜也是如此：傍晚坐在窗下看书，书页上“渐渐”的黑起来，倘不断地看下去(目力能因了光的渐弱而渐渐加强)，几乎永远可以认识书页上的字迹，即不觉昼之已变为夜。黎明凭窗，不瞬目地注视东天，也不辨自夜向昼的推移的痕迹。儿子渐渐长大起来，在朝夕相见的父母全不觉得，难得见面的远亲就相见不相识了。往年除夕，我们曾在红蜡烛底下守候水仙花的开放，真是痴态！倘水仙花果真当面开放给我们看，便是大自然的原则的破坏，宇宙的根本的摇动，世界人类的末日临到了！

“渐”的作用，就是用每步相差极微极缓的方法来隐蔽时间的过去与事物的变迁的痕迹，使人误认其为恒久不变。这真是造物主骗人的一大诡计！这有一件比喻的故事：某农夫每天朝晨抱了犊而跳过一沟，到田里去工作，夕暮又抱了它跳过沟回家。每日如此，未尝间断。过了一年，犊已渐大，渐重，差不多变成大牛，但农夫全不觉得，仍是抱了它跳沟。有一天他因事停止工作，次日再就不能抱了这牛而跳沟了。造物的骗人，使人留连于其每日每时的生的欢喜而不觉其变迁与辛苦，就是用这个方法的。人们每日在抱了日重一日的牛而跳沟，不准停止。自己误以为是不变的，其实每日在增加其苦劳！

我觉得时辰钟是人生的最好的象征了。时辰钟的针，平常一看总觉得是“不动”的；其实人造物中最常动的无过于时辰钟的针了。日常生活中的人生也如此，刻刻觉得我是我，似乎这“我”永远不变，实则与时辰钟的针千样的无常！一息尚存，总觉得我仍是我，我没有变，还是留连着我的生，可怜受尽“渐”的欺骗！

“渐”的本质是“时间”。时间我觉得比空间更为不可思议，犹之时间艺术的音乐比空间艺术的绘画更为神秘。因为空间姑且不追究它如何广大或无限，我们总可以把握其一端，认定其一点。时间则全然无从把握，不可挽留，只有过去与未来在渺茫之中不绝地相追逐而已。性质上既已渺茫不可思议，分量上在人生也似乎太多。因为一般人对于时间的悟性，似乎只够支配搭船乘车的短时间；对于百年的长期间的寿命，他们不能胜任，往往迷于局部而不能顾及全体。试看乘火车的旅客中，常有明达的人，有的宁牺牲暂时的安乐而让其座位于老弱者，以求心的太平(或博暂时的美誉)；有的见众人争先下车，而退在后面，或高呼“勿要轧，总有得下去的！”“大家都要下去的!”然而在乘“社会”或“世界”的大火车的“人生”的长期的旅客中，就少有这样的明达之人。所以我觉得百年的寿命，定得太长。像现在的世界上的人，倘定他们搭船乘车的期间的寿命，也许在人类社会上可减少许多凶险残惨的争斗，而与火车中一样的谦让，和平，也未可知。

然人类中也有几个能胜任百年的或千古的寿命的人。那是“大人格”，“大人生”。他们能不为“渐”所迷，不为造物所欺，而收缩无限的时间并空间于方寸的心中。故佛家能纳须弥于芥子。中国古诗人(白居易)说：“蜗牛角上争何事？石火光中寄此身。”英国诗人(Blake)也说：“一粒沙里见世界，一朵花里见天国；手掌里盛住无限，一刹那便是永劫。”

# 吃瓜子

丰子恺

从前听人说：中国人人人具有三种博士的资格：拿筷子博士、吹煤头纸博士、吃瓜子博士。

拿筷子，吹煤头纸，吃瓜子，的确是中国人独得的技术。其纯熟深造，想起了可以使人吃惊。这里精通拿筷子法的人，有了一双筷，可抵刀锯叉瓢的一切器具之用，爬罗剔抉，无所不精。这两根毛竹仿佛是身体上的一部分，手指的延长，或者一对取食的触手。用时好像变戏法者的一种演技，熟能生巧，巧极通神。不必说西洋了，就是我们自己看了，也可惊叹。至于精通吹煤头纸法的人，首推几位一天到晚捧水烟筒的老先生和老太太。他们的“要有火”比上帝还容易，只消向煤头纸上轻轻一吹，火便来了。他们不必出数元乃至数十元的代价去买打火机，只要有一张纸，便可临时在膝上卷起煤头纸来，向铜火炉盖的小孔内一插，拔出来一吹，火便来了。我小时候看见我们染坊店里的管账先生，有种种吹煤头纸的特技。我把煤头纸高举在他的额旁边了，他会把下唇伸出来，使风向上吹；我把煤头纸放在他的胸前了，他会把上唇伸出来，使风向下吹；我把煤头纸放在他的耳旁了，他会把嘴歪转来，使风向左右吹；我用手按住了他的嘴，他会用鼻孔吹，都是吹一两下就着火的。中国人对于吹煤头纸技术造诣之深，于此可以窥见。所可惜者，自从卷烟和火柴输入中国而盛行之后，水烟这种“国烟”竟被冷落，吹煤头纸这种“国技”也很不发达了。生长在都会里的小孩子，有的竟不会吹，或者连煤头纸这东西也不曾见过。在努力保存国粹的人看来，这也是一种可虑的现象。近来国内有不少人努力于国粹保存。国医、国药、国术、国乐，都有人在那里提倡。也许水烟和煤头纸这种国粹，将来也有人起来提倡，使之复兴。

但我以为这三种技术中最进步最发达的，要算吃瓜子。近来瓜子大王的畅销，便是其老大的证据。据关心此事的人说，瓜子大王一类的装纸袋的瓜子，最近市上流行的有许多牌子。最初是某大药房“用科学方法”创制的，后来有什么“好吃来公司”“顶好吃公司”……等种种出品陆续产出。到现在差不多无论哪个穷乡僻处的糖食摊上，都有纸袋装的瓜子陈列而倾销着了。现代中国人的精通吃瓜子术，由此盖可想见。我对于此道，一向非常短拙，说出来有伤于中国人的体面，但对自家人不妨谈谈。我从来不曾自动地找求或买瓜子来吃。但到人家作客，受人劝诱时；或者在酒席上、杭州的茶楼上，看见桌上现成放着瓜子盆时，也便拿起来咬。我必须注意选择，选那较大、较厚、而形状平整的瓜子，放进口里，用臼齿“格”地一咬；再吐出来，用手指去剥。幸而咬得恰好，两瓣瓜子壳各向两旁扩张而破裂，瓜仁没有咬碎，剥起来就较为省力。若用力不得其法，两瓣瓜子壳和瓜仁叠在一起而折断了。吐出来的时候我就担忧。那瓜子已纵断为两半，两半瓣的瓜仁紧紧地装塞在两半瓣的瓜子壳中，好像日本版的洋装书，套在很紧的厚纸函中，不容易取它出来。这种洋装书的取出法，现在都已从日本人那里学得，不要把指头塞进厚纸函中去力挖，只要使函口向下，两手扶着函，上下振动数次，洋装书自会脱壳而出。然而半瓣瓜子的形状：太小了，不能应用这个方法，我只得用指爪细细的剥取。有时因为练习弹琴，两手的指爪都剪平，和尚头一般的手指对它简直毫无办法。我只得乘人不见把它抛弃了。在痛感困难的时候，我本拟不再吃瓜子了。但抛弃了之后，觉得口中有一种非甜非咸的香味，会引逗我再吃。我便不由地伸起手来，另选一粒，再送交臼齿去咬。不幸而这瓜子太燥，我的用力又太猛，“格”地一响，玉石不分，咬成了无数的碎块，事体就更糟了；我只得把粘着唾液的碎块尽行吐出在手心里，用心挑选，剔出壳的碎块，然后用舌尖舐食瓜仁的碎块。然而这挑选颇不容易，因为壳的碎块的一面也是白色的，与瓜仁无异。我误认为全是瓜仁而舐进口中去嚼，其味虽非嚼蜡，却等于嚼砂。壳的碎片紧紧地嵌进牙齿缝里，找不到牙签就无法取出。碰到这种钉子的时候，我就下个决心，从此戒绝瓜子。戒绝之法，大抵是喝一口茶来漱一漱口，点起一支香烟，或者把瓜子盆推开些。把身体换个方向坐了，以示不再对它发生关系。然而过了几分钟，与别人谈了几句话，不知不觉之间，会跟了别人而伸手向盆中摸瓜子来咬。等到自己觉察破戒的时候，往往是已经咬过好几粒了。这样，吃了非戒不可，戒了非吃不可；吃而复戒，戒而复吃，我为它受尽苦痛。这使我现在想起了瓜子觉得害怕。

但我看别人，精通此技的很多。我以为中国人的三种博士才能中，咬瓜子的才能最可叹佩。常见闲散的少爷们，一只手指间夹着一支香烟，一只手握着一把瓜子，且吸且咬，且咬且吃，且吃且谈，且谈且笑。从容自由，真是“交关写意!”他们不须拣选瓜子，也不须用手指去剥。一粒瓜子塞进了口里，只消“格”地一咬，“呸”地一吐，早已把所有的壳吐出，而在那里嚼食瓜子的肉了。那嘴巴真像一具精巧灵敏的机器，不绝地塞进瓜子去，不绝地“格”，“呸”，“格”，“呸”，……全不费力，可以永无罢休。女人们、小姐们的咬瓜子，态度尤加来得美妙；她们用兰花似的手指摘住瓜子的圆端，把瓜子垂直地塞在门牙中间，而用门牙去咬它的尖端。“的，的”两响，两瓣壳的尖头便向左右绽裂。然后那手敏捷地转个方面，同时头也帮着了微微地一侧，使瓜子水平地放在门牙口，用上下两门牙把两瓣壳分别拨开，咬住了瓜子肉的尖端而抽它出来吃。这吃法不但“的，的”的声音清脆可听，那手和头的转侧的姿势窈窕得很，有些儿妩媚动人。连丢去的瓜子壳也模样姣好，有如朵朵兰花。由此看来，咬瓜子是中国少爷们的专长，而尤其是中国小姐、太太们的拿手戏。

在酒席上、茶楼上，我看见过无数咬瓜子的圣手。近来瓜子大王畅销，我国的小孩子们也都学会了咬瓜子的绝技。我的技术，在国内不如小孩子们远甚，只能在外国人面前占胜。记得从前我在赴横滨的轮船中，与一个日本人同舱。偶检行箧，发见亲友所赠的一罐瓜子。旅途寂寥，我就打开来和日本人共吃。这是他平生没有吃过的东西，他觉得非常珍奇。在这时候，我便老实不客气地装出内行的模样，把吃法教导他，并且示范地吃给他看。托祖国的福，这示范没有失败。但看那日本人的练习，真是可怜的很！他如法将瓜子塞进口中，“格”地一咬，然而咬时不得其法，将唾液把瓜子的外壳全部浸湿，拿在手里剥的时候，滑来滑去，无从下手，终于滑落在地上，无处寻找了。他空咽一口唾液，再选一粒来咬。这回他剥时非常小心，把咬碎了的瓜子陈列在舱中的食桌上，俯伏了头，细细地剥，好像修理钟表的样子。约莫一二分钟之后，好容易剥得了些瓜仁的碎片，郑重地塞进口里去吃。我问他滋味如何，他点点头连称 umai，umai！(好吃，好吃！)我不禁笑了出来。我看他那阔大的嘴里放进一些瓜仁的碎屑，犹如沧海中投以一粟，亏他辨出 umai 的滋味来。但我的笑不仅为这点滑稽，本由于骄矜自夸的心理。我想，这毕竟是中国人独得的技术，像我这样对于此道最拙劣的人，也能在外国人面前占胜，何况国内无数精通此道的少爷、小姐们呢？

发明吃瓜子的人，真是一个了不起的天才！这是一种最有效的“消闲”法。要“消磨岁月”，除了抽鸦片以外，没有比吃瓜子更好的方法了。其所以最有效者，为了它具备三个条件：一、吃不厌；二、吃不饱；三、要剥壳。

俗语形容瓜子吃不厌，叫做“勿完勿歇”。为了它有一种非甜非咸的香味，能引逗人不断地要吃。想再吃一粒不吃了，但是嚼完吞下之后，口中余香不绝，不由你不再伸手向盆中或纸包里去摸。我们吃东西，凡一味甜的，或一味咸的，往往易于吃厌。只有非甜非咸的，可以久吃不厌。瓜子的百吃不厌，便是为此。有一位老于应酬的朋友告诉我一段吃瓜子的趣话：说他已养成了见瓜子就吃的习惯，有一次同了朋友到戏馆里看戏，坐定之后，看见茶壶的旁边放着一包打开的瓜子，便随手向包里掏取几粒，一面咬着，一面看戏。咬完了再取，取了再咬。如是数次，发见邻席的不相识的观剧者也来掏取，方才想起了这包瓜子的所有权。低声问他的朋友：“这包瓜子是你买来的么？”那朋友说“不”，他才知道刚才是擅吃了人家的东西，便向邻座的人道歉。邻座的人很漂亮付之一笑，索性正式地把瓜子请客了。由此可知瓜子这样东西，对中国人有非常的吸引力，不管三七二十一，见了瓜子就吃。

俗语形容瓜子吃不饱，叫做“吃三日三夜，长个屎尖头”。因为这东西分量微小，无论如何也吃不饱，连吃三日三夜，也不过多排泄一粒屎尖头。为消闲计，这是很重要的一个条件。倘分量大了，一吃就饱，时间就无法消磨。这与赈饥的粮食目的完全相反。赈饥的粮食求其吃得饱，消闲的粮食求其吃不饱。最好只尝滋味而不吞物质。最好越吃越饿，像罗马亡国之前所流行的“吐剂”一样，则开筵大嚼，醉饱之后，咬一下瓜子可以再来开筵大嚼。一直把时间消磨下去。

要剥壳也是消闲食品的一个必要条件。倘没有壳，吃起来太便当，容易饱，时间就不能多多消磨了。一定要剥，而且剥的技术要有声有色，使它不像一种苦工，而像一种游戏，方才适合于有闲阶级的生活，可让他们愉快地把时间消磨下去。

具足以上三个利于消磨时间的条件的，在世间一切食物之中想来想去，只有瓜子。所以我说发明吃瓜子的人是了不起的天才。而能尽量地享用瓜子的中国人，在消闲一道上，真是了不起的积极的实行家！试看糖食店、南货店里的瓜子的畅销，试看茶楼、酒店、家庭中满地的瓜子壳，便可想见中国人在“格，呸”“的，的”的声音中消磨去的时间，每年统计起来为数一定可惊。将来此道发展起来，恐怕是全中国也可消灭在“格，呸”“的、的”的声音中呢。

我本来见瓜子害怕，写到这里，觉得更加害怕了。

# 男人和女人

庐　隐①

一个男人，正阴谋着要去会他的情人。于是满脸柔情地走到太太的面前，坐在太太所坐的沙发椅背上，开始他的忏悔："琼，在这个世界上只有你能谅解我——第一你知道我是一个天才，琼多幸福呀，作了天才者的妻！这不是你时常对我的赞扬吗？"

太太受催眠了，在她那感情多于意志的情怀中，漾起爱情至高的浪涛，男人早已抓住这个机会，接着说道："天才的丈夫，虽然可爱，但有时也很讨厌，因为他不平凡，所以平凡的家庭生活，绝不能充实他深奥的心灵，因此必须另有几个情人；但是琼你要放心，我是一天都离不得你的，我也永不会同你离婚，总之你是我永远的太太，你明白了吗？我只为要完成伟大的作品，我不能不恋爱，这一点你一定能谅解我，放心我的，将来我有所成就，就是你的赐予，琼，你够多伟大呀！尤其是在我的生命中。"

太太简直为这技巧的情感所屈服了，含笑地送他出门——送他

① 庐隐(1898—1934)，福建闽侯人，原名黄英。早年考入北京高等女子师范学校。1921年参加文学研究会，为五四以后最早涌现的女作家之一。一生坎坷，创作以小说为主，带有自传色彩。有小说集《海滨故人》《曼丽》《女人的心》《象牙戒指》《庐隐自传》等。

去同情人幽会，她站在门口，看着那天才的丈夫，神采奕奕的走向前去，她觉得伟大，骄傲，幸福，真是哪世修来这样一个天才的丈夫！

太太回到房里，独自坐着，渐渐感觉得自己的周围，空虚冷寂，再一想到天才的丈夫，现在正抱在另一个女人的怀里："这简直是侮辱，不对，这样子妥协下去，总是不对的。"太太陡然如是觉悟了，于是"娜拉"那个新典型的女人，逼真地出现在她心头："娜拉的见解不错，抛弃这傀儡家庭，另找出路是真理！"太太急步跑上楼，从床底下拖出一只小提箱来，把一些换洗的衣服装进去。 正在这个时候，门砰的一声响，那个天才的丈夫回来了，看见太太的气色不大对，连忙跑过来搂着太太认罪道："琼！ 恕我，为了我们两个天真的孩子您宽恕我吧！"

太太看了这天才的丈夫，柔驯得像一只绵羊，什么心肠都软了，于是自解道："娜拉究竟只是易卜生的理想人物呀！"跟着箱子恢复了它原有的地位，一切又都安然了！

男人就这样永远获得成功，女人也就这样万劫不复地沉沦了！

# 吹牛的妙用

庐　隐

吹牛是一种夸大狂，在道德家看来，也许认为是缺点，可是在处事接物上却有一种刮刮叫的妙用。假使你这一生缺少了吹牛的本领，别说好饭碗找不到，便连黄包车夫也不放你在眼里的。

西洋人究竟近乎白痴，什么事都只讲究脚踏实地去做，这样费力气的勾当，我们聪明的中国人，简直连牙齿都要笑掉了。西洋人什么事都讲究按部就班的慢慢来，从来没有平地登天的捷径，而我们中国人专门走捷径，而走捷径的第一个法门，就是善吹牛。

吹牛是一件不可轻看的艺术，就如《修辞学》上不可缺少“张喻”一类的东西一样，像李白什么“黄河之水天上来”又是什么“白发三千丈”，这在《修辞学》上就叫作“张喻”，而在不懂《修辞学》的人看来，就觉得李太白在吹牛了。

而且实际上说来，吹牛对于一个人的确有极大的妙用。人类这个东西，就有这么奇怪，无论什么事，你若老老实实的把实话告诉他，不但不能激起他共鸣的情绪，而且还要轻蔑你冷笑你，假使你见了那摸不清你根底的人，你不管你家里早饭的米是当了被褥换来的，你只要大言不惭的说“某部长是我父亲的好朋友，某政客是我拜把子的叔公，我认得某某某巨商，我的太太同某军阀的第五位太太是干姊妹。”吹起这一套法螺来，那摸不清你的人，便帖帖服服的向你合十顶礼，说不定碰得巧还恭而且敬的请你大吃一顿燕菜席呢！

吹牛有了如许的好处，于是无论哪一类的人，都各尽其力的大吹其牛了。但是且慢！吹牛也要认清对方的，不然的话，必难打动他或她的心弦，那么就失掉吹牛的功效了。比如说你见了一个仰慕文人的无名作家或学生时，而你自己要自充老前辈时，你不用说别的，只要说胡适是我极熟的朋友，郁达夫是我最好的知己，最好你再转弯抹角的去探听一些关于胡适、郁达夫琐碎的轶事，比如说胡适最喜听什么，郁达夫最讨厌什么，于是便可以亲亲切切的叫着“适之怎样怎样，达夫怎样怎样”，这样一来，你便也就成了胡适、郁达夫同等的人物，而被人所尊敬了。

如果你遇见一个好虚荣的女子呢，你就可以说你周游过列国，到过土耳其、南非洲！并且还是自费去的，这样一来就可以证明你不但学识、阅历丰富，而且还是个资产阶级。于是乎你的恋爱便立刻成功了。

你如遇见商贾、官僚、政客、军阀，都不妨察言观色，投其所好，大吹而特吹之。总而言之，好色者以色吹之，好利者以利吹之，好名者以名吹之，好权势者以权势吹之，此所谓以毒攻毒之法，无往而不利。

或曰吹牛妙用虽大，但也要善吹，否则揭穿西洋镜，便没有戏可唱了。

这当然是实话，并且吹牛也要有相当的训练，第一要不红脸，你虽从来没有著过一本半本的书，但不妨咬紧牙根说：“我的著作等身，只可恨被一把野火烧掉了！”你家里因为要请几个漂亮的客人吃饭，现买了一副碗碟，你便可以说“这些东西十年前就有了”，以表示你并不因为请客受窘。 假如你荷包里只剩下一块大洋，朋友要邀你坐下来八圈，你就可以说：“我的钱都放在银行里，今天竟匀不出工夫去取！”假如哪天你的太太感觉你没多大出息时，你就可以说张家大小姐说我的诗作的好，王家少奶奶说我脸子漂亮而有丈夫气，这样一来太太便立刻加倍的爱你了。

这一些吹牛经，说不胜说，但神而明之，存乎其人！

# 关于儒·道·土匪

闻一多①

医生临症，常常有个观望期间，不到病势相当沉重，病象充分发作时，正式与有效的诊断似乎是不可能的；而且，在病人方面，往往愈是痼疾，愈要讳疾忌医，因此恐怕非等到病势沉重，病象发作，使他讳无可讳，忌无可忌时，他也不肯接受诊断。

事到如今，我想即使是最冥顽的讳疾忌医派，如钱穆教授之流，也不能不承认中国是生着病，而且病势的严重，病象的昭著，也许赛过了任何历史记录。唯其如此，为医生们下诊断，今天才是最成熟的时机。

向来是“旁观者清”，无怪乎这回最卓越的断案来自一位英国人。这是韦尔斯先生观察所得：

① 闻一多(1899—1946)，湖北浠水人。原名闻家骅。1912 年考入清华学校。在五四运动中，积极参加爱国学生运动。1921 年与梁实秋等发起成立清华文学社。1922 年赴美留学。1923 年发表第一部新诗集《红烛》，回国后任北京艺术专科学校校长。1928 年任武汉大学文学院院长兼中文系主任，致力于中国古典文学研究，在《楚辞》研究和神话研究方面均有较高造诣。曾在青岛大学，清华大学，西南联大等校任教。1946 年为国民党特务杀害。

“大部分中国人的灵魂里，斗争着一个儒家。一个道家。一个土匪。”（《人类的命运》）

为了他的诊断的正确性，我们不但钦佩这位将近八十高龄的医生，而且感激他，感激他给我们查出了病源，也给我们至少保证了半个得救的希望，因为有了正确的诊断，才谈得到适当的治疗。

但我们对韦尔斯先生的拥护，不是完全没有保留的，我认为假如将“儒家，道家，土匪”，改为“儒家，道家，墨家”，或“偷儿，骗子，土匪”，这不但没有损害韦氏的原意，而且也许加强了它，因为这样说话，可以使那些比韦氏更熟悉中国历史和文化的人，感着更顺理成章点，因此也更乐于接受点。

先讲偷儿和土匪，这两种人作风的不同，只在前者是巧取，后者是豪夺罢了，“巧取豪夺”这成语，不正好用韩非的名言“儒以文乱法，侠以武犯禁”来说明吗？而所谓侠者不又是堕落了的墨家吗？至于以“骗子”代表道家，起初我颇怀疑那徽号的适当性，但终于还是用了它。“无为而无不为”也就等于说：无所不取，无所不夺。而看去又像是一无所取，一无所夺，这不是骗子是什么？偷儿，骗子，土匪是代表三种不同行为的人物，儒家，道家，墨家是代表三种不同的行为的理论的人物，尽管行为产生了理论，理论又产生了行为，如同鸡生蛋，蛋生鸡一样，但你既不能说鸡就是蛋，你也就不能将理论与行为混为一谈。所以韦尔斯先生叫儒家，道家和土匪站作一排，究竟是犯了混淆范畴的逻辑错误。这一点表过以后，韦尔斯先生的观察，在基本意义上，仍不失为真知灼见。

就历史发展的次序说，是儒、墨、道。要明白儒墨道之所以成为中国文化的病，我们得从三派思想如何产生讲起。

由于封建社会是人类物质文明成熟到某种阶段的结果，而它自身又确乎能维持相当安定的秩序，我们的文化便靠那种安定而得到迅速的进步，而思想也便开始产生了。但封建社会的组织本是家庭的扩大。而封建社会的秩序是那家庭中父权式的以上临下的强制性的秩序。它的基本原则至多也只是强权第一，公理第二，当然秩序是生活必要的条件，即便是强权的秩序，也比没有秩序好。尤其对于把握强权，制定秩序的上层阶级，那种秩序更是绝对的可贵。儒家思想便是以上层阶级的立场给予那种秩序的理论的根据。然而父权下的强制性的秩序，毕竟有几分不自然，不自然的便不免虚伪，虚伪的秩序终久必会露出破绽来，墨家有见于此，想以慈母精神代替严父精神来维持秩序，无奈秩序已经动摇后，严父若不能维持，慈母更不能维持。儿子大了，父亲管不了，母亲更管不了，所以墨家之归于失败，是势所必然的。

墨家失败了，一气愤，自由行动起来，产生所谓游侠了，于是秩序便愈加解体了。秩序解体以后，有的分子根本怀疑家庭存在的必要，甚至咒家庭组织的本身，于是独自逃掉了，这种分子便是道家。

一个家庭的黄金时代，是在夫妇结婚不久以后，有了数目不太多的子女，而子女又都在未成年的期间。这时父亲如果能够保持着相当丰裕的收入，家中当然充满一片天伦之乐，即令不然，儿女人数不多，只要分配得平均，也还可以过得相当快乐，万一分配不大平均，反正儿女还小，也不至闹出大乱子来。但事实是一个庞大的家庭，儿女太多，又都成年了，利害互相冲突，加之分配本来就不平均，父亲年老力衰，甚至已经死了，家务由不很持平的大哥主持，其结果不会好，是可想而知了，儒家劝大哥一面用父亲在天之灵的大帽子实行高压政策，一面叫大家以黄金时代的回忆来策励各人的良心，说是那样，当年的秩序和秩序中的天伦之乐，自然会恢复。他不晓得当年的秩序，本就是一个暂时的假秩序，当时的相安无事，是沾了当时那特殊情形的光，于今情形变了，自然会露出马脚来，墨家的母性的慈爱精神不足以解决问题，原因也只在儿女大了，实际的利害冲突，不能专凭感情来解决，这一层前面已经提到。在这一点上，墨家犯的错误，和儒家一样，不过墨家确乎感觉到了那秩序中分配不平均的基本症结；这一点就是他后来走向自由行动的路的心理基础。墨家本意是要实现一个以平均为原则的秩序，结果走向自由行动的路，是破坏秩序。只看见破坏旧秩序，而没有看见建设新秩序的具体办法，这是人们所痛恶的，因为正如前面所说的，秩序是生活的必要条件。尤其是中国人的心理，即令不公平的秩序，也比完全没有秩序强。

这里我们看出了墨家之所以失败，正是儒家之所以成功。至于道家因根本否认秩序而逃掉，这对于儒家，倒因为减少了一个掣肘的而更觉方便，所以道家的遁世实际是帮助了儒家的成功。因为道家消极的帮了儒家的忙，所以儒家之反对道家，只是口头的，表面的，不像他对于墨家那样的真心的深恶痛绝。因为儒家的得势，和他对于墨道两家态度的不同，所以在上层阶级的士大夫中，道家还能存在，而墨家却绝对不能存在。墨家不能存在于士大夫中，便一变为游侠，再变为土匪，愈沉愈下了。

捣乱分子墨家被打下去了，上面只剩了儒与道，他们本来不是绝对不相容的，现在更可以合作了。合作的方案很简单。这里恕我曲解一句古书，《易经》说“肥遁，无不利”，我们不妨读肥为本字。而把“肥遁”解为肥了之后再遁，那便是说一个儒家做了几任“官”，捞得肥肥的，然后撒开腿就跑，跑到一所别墅或山庄里，变成一个什么居士，便是道家了。——这当然是对己最利的办法了。甚至还用不着什么实际的“遁”、只要心理上念头一转，就身在宦海中也还是“遁”，所谓“身在魏阙，心在江湖”，和“大隐隐朝市”者，是儒道合作中更高一层的境界。在这种合作中，权利来了，他以儒的名分来承受，义务来了，他又以道的资格说，本来我是什么也不管的，儒道交融的妙用，真不是笔墨所能形容的，在这种情形之下，称他们为偷儿和骗子，能算冤屈吗？

“成则为王，败则为寇”，“窃钩者诛，窃国者侯”，这些古语中所谓王侯如果也包括了“不事王侯，高尚其事”的道家，便更能代表中国的文化精神。事实上成语中没有骂到道家，正表示道家手段的高妙。讲起穷凶极恶的程度来，土匪不如偷儿，偷儿不如骗子，那便是说墨不如儒，儒不如道，韦尔斯先生列举三者时，不称墨而称土匪，也许因为外国人到中国来，喜欢在穷乡僻壤跑，吃土匪的亏的机会特别多，所以对他们特别深恶痛绝。在中国人看来，三者之中，其实土匪最老实，所以也最好防备。从历史上看来，土匪的前身墨家，动机也最光明。如今不但在国内，偷儿骗子在儒道的旗帜下，天天剿匪，连国外的人士也随声附和的口诛笔伐，这实在欠公允，但我知道这不是韦尔斯先生的本意，因为知道在他们本国，韦尔斯先生的同情一向是属于那一种人的。

话说回来，土匪究竟是中国文化的病，正如偷儿骗子也是中国文化的病。我们甚至应当感谢韦尔斯先生在下诊断时，没有忘记土匪以外的那两种病源——儒家和道家。韦尔斯先生用《春秋》的笔法，将儒道和土匪并称，这是他的许多伟大贡献中的又一个贡献。

# 打倒近视

老　舍①

人类大概是退化了。尧舜禹汤俱不戴眼镜，而我则近视之中带着散光，不戴眼镜则宇宙模糊，曲线之美失其美！巴黎女子有将其真眉剃去，另画一双者，是天然之眉生得不尽合人意。我非女性，尚不敢剃眉再画，画眉问题即不细加研究。可是一提到眼镜，总不免悲观！原始之人，钻木取火，未闻错钻了手指，而现代近视之流，往往锁门连同鼻子锁上。人类大概是退化了。

近视实非微小问题。其有关于经济者，如正在没钱之时，耳插或鼻架忽然破碎。用麻绳系上则大杀风景，到公司去配则现钱交易难以履行，终日双手捧镜则别的都不能干，干脆不戴则天旋地转，如何是好？甚或引起自杀之念！

友人王君，觉有结婚的必要，乃去自相自看。有女如花，一见成功。娶到家中，原来面上麻子甚多。因恼生恨，卫君遂堕楼而

---

① 老舍(1899—1966)，北京人。满族。原名舒庆春，字舍予。1924 年去伦敦大学任中文讲师，并开始文学创作。任重庆文艺界抗敌协会主要负责人。新中国成立后，从美国归来。他热情歌颂新社会，因创作话剧《龙须沟》而获“人民艺术家”称号。“文革”中不堪凌辱而投湖自尽。代表作有《骆驼祥子》《月牙儿》。另有多卷本《老舍文集》《老舍选集》行世。

死。她？也是近视哟！

友人李君，事阔钱多，鼻托玳瑁镜架，标准美男子也。结婚之夕，摘了眼镜，两眼如死鱼，大而无当，离里离光。次日，夫人提起离婚。李君乃入山为僧。

友人张君，错吻了小姨，亦近视之害也。

诸如此类，难以尽述。总而言之，近视理当打倒，而眼镜乃现代文明之咒诅。为今之计，宜将害目之工作，如读书，如写小楷，如刻字，如刺绣，如看电影，一律禁止。庶几乎人无近视，而天下太平矣。

# 鬼与狐

老　舍

我所见过的鬼都是鼻眼俱全，带着腿儿，白天在街上蹓跶的。夜里出来活动的鬼，还未曾遇到过；不是他们的过错，而是因为我不敢走黑道儿。平均的说，我总是晚上九点后十点前睡觉，鬼们还未曾出来；一睁眼就又天亮了，据说鬼们是在鸡鸣以前回家休息的。所以我老与鬼们两不照面，向无交往。即使有时候鬼在半夜扒着窗户看看我，我向来是睡得如死狗一般，大概他们也不大好意思惊动我。据我推测，鬼的拿手戏是在吓吓人；那么，我夜间不醒，他也就没办法。就是他想一口冷气把我吹死，到底未能先使我的头发立起如刺猬的样子，他大概是不会过瘾的。

假若黑夜的鬼可以躲避，白天的鬼倒真没法儿防备。我不能白天也老睡觉。只要我一上街，总得遇上他。有时候在家中静坐，他会找上门来。夜里的鬼并不这样讨人嫌。还有呢，夜间的鬼有种种奇装异服与怪脸面，使人一见就知道鬼来了，如披散着头发，吐着舌头，走道儿没声音，和驾着阴风等等。这些特异的标帜使人先有个准备，能打呢就和他开仗，如若个子太高或样子太可怕呢，咱就给他表演个二百米或一英里竞走，虽然他也许打破我的纪录，而跑到前面去，可是到底我有个希望。白天的鬼，哼，比夜间的要厉害着多少倍，简直不知多少倍。第一，他不吐舌头，也不打旋风；他只在你不留神的时候，脚底下一绊，你准得躺下。他的样子一点也不见得比我难看，十之八九是胖胖的，一肚子鬼胎。他要能吓吓你，自然是见面就“虎”一气了；可是一般的说，他不“虎”，而是嬉皮笑脸的讨人喜欢，等你中了他的计策之后，你才觉出他比棺材板还硬还凉。他与夜鬼的分别是这样：夜鬼拿人当人待，他至多不过希望拉个替身；白日鬼根本不拿人当人，你只是他的诡计中的一个环节，你永远逃不出他的圈儿。夜鬼大概多少有点委屈，所以白脸红舌头的出出恶气，这情有可原。白日鬼什么委屈也没有，他干脆要占别人的便宜。夜鬼不讲什么道德，因为他晓得自己是鬼；白日鬼很讲道德，嘴里讲，心里是男盗女娼一应俱全。更厉害的是他比夜鬼的心眼多，他知道怎样有组织，用大家的势力摆下迷魂大阵，把他所要收拾的一一的捉进阵去。在夜鬼的历史里，很少有大头鬼、吊死鬼等等联合起来作大规模运动的。白日鬼可就两样了，他们永远有团体，有计划，使你躲开这个，躲不开那个，早晚得落在他们的手中。夜鬼因为势力孤单，他知道怎样不专凭势力，而有时也去找个清官，如包老爷之流，诉诉委屈，而从法律上雪冤报仇。白日鬼不讲这一套，世上的包老爷多数死在他们的手里，更不用说别人了。这种鬼的存在似乎专为害人，就是害不死人，也把人气死。他们什么也晓得，只是不晓得怎样不讨厌。他们的心眼很复杂，很快，很柔软——像块皮糖似的怎揉怎合适，怎方便怎去。他们没有半点火气，地道的纯阴，心凉得像块冰似的，口中叼着大吕宋烟。

这种无处无时不讨厌的鬼似乎该有个名称，我想“不知死的鬼”就很恰当。这种鬼虽具有人形，而心肺则似乎不与人心人肺的标本一样。他在顶小的利益上看出天大的甜头，在极黑暗的地方看出美，找到享乐。他吃，他唱，他交媾，他不知道死。这种玩艺们把世界弄成了鬼的世界，有地狱的黑暗，而无其严肃。

鬼之外，应当说到狐。在狐的历史里，似乎女权很高，千年白狐总是变成妖艳的小娘子——可惜就是有时候露出点小尾巴。虽然有时候狐也变成白发老翁，可是究竟是老翁，少壮的男狐精就不大听说。因此，鬼若是可怕，狐便可怕而又可喜，往往使人舍不得她。她浪漫。

因为浪漫，狐似乎有点傻气，至少比“不知死的鬼”傻多了。修炼了千年或更长的时间才能化为人形，不刻苦的继续下功夫，却偏偏为爱情而牺牲，以至被张天师的张手雷打个粉碎，其愚不可及也。况且所爱的往往不是有汽车高楼的痴胖子，而是风流年少的穷书生；这太不上算了，要按着世上女鬼的逻辑说。

狐的手段也不高明。对于得罪他们的人，只会给饭锅里扔把沙子，或把茶壶茶碗放在厕所里去。这种办法太幼稚，只能恼人而不叫人真怕他们。于是人们请来高僧或捉妖的老道，门前挂上符咒，老少狐仙便即刻搬家。在这一点上，狐远不及鬼，更不及白日的鬼。鬼会在半夜三更叫唤几声，就把人吓得藏在被窝里出白毛汗，至少得烧点纸钱安慰安慰冤魂。至于那白日鬼就更厉害了，他会不动声色的，跟你一块吃喝的工夫，把你送到阴间去，到了阴间你还不知道是怎回事呢。

我以为说鬼与狐的故事与文艺大概多数的是为造成一种恐怖，故意的供给一种人为的哆嗦，好使心中空洞的人有些一想就颤抖的东西——神经的冷水浴。在这个目的以外，也许还有时候含着点教训，如鬼狐的报恩等等。不论是怎样吧，写这样故事的人大概都是为避免着人事，因为人事中的阴险诡诈远非鬼所能及，鬼的能力与心计太有限了，所以鬼事倒比较的容易写一些。至于鬼狐报恩一类的事，也许是求之人世而不可得，乃转而求诸鬼狐吧。

# 大发议论

老　舍

过年是一种艺术。咱们的先人就懂得贴春联，点红灯，换灶王像，馒头上印红梅花点，都是为使一切艺术化。爆竹虽然是噪音，但“灯儿带炮”便给声音加上彩色，有如感觉派诗人所用的字眼儿。盖自有史以来，中国人本是最艺术的，其过年比任何民族都更复杂，热闹，美好，自是民族之光，亦理所当然。

以烹调而言，上自龙肝凤肺，下至姜蒜大葱，无所不吃，且都有奇妙的味道。拿板凳腿作冰激凌，只要是中国人做的，给欧西的化学家吃，他也得莫名其妙，而连声夸好；即使稍有缺点，亦不过使肚子微痛一阵而已。吃了老鼠而再吃猫，既不辨其为鼠为猫，且不在肚中表演猫捕鼠的游戏，是之谓巧夺天工。烹调的方法既巧夺天工，新年便没法儿不火炽，没法儿不是艺术的。一碗清汤，两片牛肉，而后来个硬凉苹果，如西洋红毛鬼子的办法，只足引起伤心，哪里还有心肠去快活。反之，酒有茵陈玫瑰和佛手露，佐以蜜饯果儿——红的是山楂糕，绿的是青梅，黄的是橘饼，紫的是金丝蜜枣，有如长虹吹落，碎在桌上，斑斑块块如灿艳群星，而到了口中都甜津津的，不亦乐乎！加以八碟八碗，或更倍之，各发异香，连冒出的气儿都婉转缓腻，不像馒头揭锅，热气立散；于是吃一看二，咽一块不能不点点头，喝一口不能不咂咂嘴；或汤与块齐尝，则顺流而下，不知所之，岂不快哉！ 脑与口与肚一体舒畅，宜乎行令猜拳，吃个七八小时也。 这是艺术。 做得艺术，吃得艺术，于是一肚子艺术，而后题诗壁上，剪烛梅前，入了象牙之塔，出了象牙之狗，美哉新年也！

这不过略提了提“吃”，已足使弱小民族垂涎三尺，而万国来朝。 至若吃饱喝足，面色微紫，或看牌，或掷骰，或顶牛，钩心斗角，各运心思，赢了微笑，输急才骂“妈的”；至若穿新衣，逛花灯，看亲戚，接姑奶奶与小外甥……只好从略，只好从略，以免六国联军又打天津。 因羡生妒，至蛮不讲理，往往有之。

到了现在，过年的艺术不但在质上，就是在量上，也正在迈进。 以次数说，新年起码有两个，增多了一倍。 活个七老八十，而能过一百好几十次新年，正是

五风十雨皆为瑞，
一岁双年总是春。

人生七十古来稀，到而今，活五十岁而过一百次年，活不到七十也没多大关系了。 这顺手儿就解决了人口过剩问题，因为活到四五十岁，已经过了一百来回年，在价值上总算过得去了；那么，五十多而仍不死，就满可以立下遗嘱，而后把自己活埋了。 不过，这是附带的话；如不愿活埋呢，也无须一定这么办，活着也好。 书归正传：

两个新年，先过国历新年，然后再过“家历”新年。 二者之间隔着那么几十天，恰好藕断丝连，顾此而不失彼，是诗意的跌宕，是艺术的沉醉，是电影的广告！前前后后三个来月，甚至于可以把

冬至的馄饨接上端阳的粽子，而后紧跟着去到青岛避暑。天哪，感谢你使我们生活在中国！

可是，人心不同，也有不这样看的。记得去年在我们镇上，铺户都在“家历”新年关上了门。小徒弟们在铺内敲锣打鼓，掌柜们把脸喝得怪红。邻家二大妈一向失于修饰，也戴上了朵小红绢石榴花。私塾中的学童们把《三字经》等放在神龛后面，暂由财神奶奶妥为照管。洋学堂的秀才们也回来凑热闹，过了灯节还舍不得走。这本是为艺术而艺术，并没有什么说不过去的地方。哪知道，镇上有位爱国志士发了议论：爱国的人应当遵守国历；再说，国历是最科学的。

我也说了话，我既也是镇上的圣人之一，自然不能增他人的锐气而减自己的威风。你看，大家听了志士的议论，虽然过年如故，可是心中有点不自在。我们镇上的人向来不提倡仇货；也不赞成妇女放脚，因为缠脚是更含有国货的意味。他们不甘于作不爱国的人，但是，他们没话反攻，而爱国志士就鼻孔朝天的得意起来。我不能不开口了！我说：过年是种艺术，谈不到科学；谁在除夕吃地质学，喝王水，外加安米尼亚？再说，国历是科学的，连洋鬼子都知道，难道堂堂的天朝选民就不晓得？二月是二十八天，正合二十八宿，中西正是一理，不过，科学是日新月异的，将来一高兴，也许二月剩八天，巧合八卦图，而十二月来上五六十来天！再说，家历月月十五有圆月，而国历月月十五有圆太阳，阳胜于阴，理当乾纲大振，大家不怕老婆。可惜，圆月之外还有新月半月等等，而太阳没有出过太阳牙。

连邻家二大妈也听出我这一套是暗含讥讽，马上给我送过来一大盘年糕；虽然我看出糕的一角似被老鼠啃去，也还很感激她。她的话比年糕的价值还大。她说：八月十五云遮月，正月十五雪打灯。假如十五没月亮，这两句古语从何应验？还有，腊月三十要是出了圆月，咱们是过年好呢，还是拜月好呢？二大妈的话实在有理。于是设法传到爱国志士耳中，省得叫他目空一切。二大妈至少比他多吃过二三十年的年糕，这不是瞎说的。

他似乎也看出八月十五云遮月的重要，可是仍然不服气。他带着讽刺的味儿说：为什么不可以把吃喝玩乐都放在国历新年？莫非是天气不够冷的？

我先回答了他这末一句。对于此点我更有话说。过去的经验不定在什么时候就会大有用处；你看，我恰巧在南洋过过一次年。在那里，元旦依然是风扇与冰激凌的天气。大家赤着脚，穿着单衫，可是拼命的放爆竹，吃年糕，贴对子，买牡丹，祭财神。天气和六月里一样，而过年还是过年。这不是冷不冷的问题。冷也得过年，热也得过年，过年是种艺术，与寒暑表的升降无关。

至于为什么不把吃喝玩乐都放在国历新年，他是只知其一，不知其二。为表示爱国，为表示科学化，我们都应当遵守国历；国历国科国学国民等等本来自成一系统。严格的说，一个国民而不欢欢喜喜的过下儿国历新年，理当斩首，号令国门。可是有一层，人当爱国，也当爱家。齐家而后能治国；试看古今多少英雄豪杰，哪个不是先把钱搂到家中，使家庭风光起来，而后再谈国事？因此，国历与家历应当两存；到爱国的时候就爱国，到爱家的时候便爱家，这才称得起是圣之时者。你真要在家历新年之际，三过其门而不入，留神尊夫人罚你跪下顶灯三小时；大冷的天，不是玩的！这不是要哪个与不要哪个的问题，也不是哪个好与哪个坏的问题，而是应当下一番功夫去研究怎样过新新年，与怎样过旧新年。二者的历史不同。性质不同，时间不同，种种不同，所以过法也得不同。把旧艺术都搬到新节令上来，不但是显得驴唇不对马嘴，而且是自己剥夺了生命的享受。反之，顺着天时地利与人和，各有各的办法，各有各的味道，才能算作生活的艺术。

以国历新年说吧。过这个年得带洋味，因为它是洋钦天监给规定的。在这个新年，见面不应说“多多发财”，而须说“害怕扭一耳”。非这么办不可，你必须带出洋味，以便别于家历新年。该新则新，该旧则旧，这一向是我们的长处。你自己穿洋服去跳舞，而叫小脚夫人在家中啃窝窝头，理当如此。过年也是这样。那么，过国历新年，应在大街上高搭彩牌，以示普天同庆。大家到大饭店去喝香槟。然后，去跳舞一番，或凑几个同志打打微高尔夫。约女朋友看看电影，或去听听西洋音乐，吃些块奶油巧克力，也不失体统。若能凑几个人演一出三幕戏，偏请女客为自己来鼓掌，那更有意思。不必去给父亲拜年，你父亲自然会看到你在报纸上登的贺年小广告。可是见着父亲的时候别忘了说“害怕扭一耳”。你应当作一身新洋服。总之，你要在这个时节充分的表现出来，你是爱国，你懂得新事，你会跳舞，你会溜冰。这个年要过得似乎是洋鬼子，又不十分像；不像吧，又像；这也是一种艺术。若以酒类作喻，这是啤酒。虽然是酒，可又像汽水。拿准这个尺寸，这个新年正大有滋味，你要是不过它一下，你便永远摸不清个人与世界的关系。说到这儿，你顶好给美国总统写个贺年片，贴足邮票寄去。他要是不回拜的话，那是他的错儿，你居心无愧。

这么过了一个年，然后再等过那一个，艺术上的对照法。一个是浪漫的，摩登的，香槟与裸体美人的；一个是写实的，遗传的，家长里短的。你身过二年，胃收百味，是沟通东西文化的活水，是香槟与陈绍的产儿，是一切的一切！

应当再说怎过旧新年。 不过，你早就知道。 只须告诉你一句：无论是在哪个新年，总不应该还债。 还有一句——只是一句了——在旧新年元旦出门，必先看好喜神是在哪一方；国历新年则不受此限制，你拿着顶出来也好。

爱国志士听了这一番高论，茅塞一顿一顿的都开了，托二大妈来约我去打几圈小麻雀，遂单刀赴会焉。

# 独白

老舍

没有打旗子的，恐怕就很不易唱出文武带打的大戏吧？所以，我永不轻看打旗子的弟兄们。假若这只是个人的私见，并非公论，那么自己就得负责检讨自己，找出说这话的原因。呕，原来自己就是个打旗子的啊！虽然自己并没有在戏台上跑来跑去，可是每日用笔在纸上乱画，始终没写出一篇惊人的东西，不也就等于打旗子吗？

票友有没有专学打旗子的？大概没有；至少是我自己还没见过。那么，打旗子的恐怕——即使有例外——多数都是职业的。凭本事挣饭吃，且不提光荣与否，实在不是件容易的事；因此，我不敢轻看戏台上的龙套，也就不便自惭无能，终日在文艺台上晃来晃去，而唱不出一句来。

天才是什么？我分析不上来。怎么能得到它？也至今还未晓得。所以，顶好暂不提它。经验，我可是知道，确是可以从努力中获得，而努力与否是全靠自己的。努力而仍不成功，也许是限于天才，石块不能变成金子，即使放在炉中依法锻炼。但是，努力必有进步，或者连天才者也难例外；那么，努力总会没错儿。于是，我就这样安慰自己，勉励自己：努力呀，打旗子的！是不是打末旗的可以升为打头旗的？我不知道戏班子里的规矩。在文艺台上，至今还没有明文规定升格的办法；假若自己肯努力，也许能往前进一步吧？即使连这在事实上也还难以办到，好，我在心理上抱定此旨，还不行吗？干脆一句话，努力就是了，管它什么！

这样，能产生伟大的作品吗？不知道！这样，不害羞自己永远庸庸碌碌吗？没关系！不偷懒、不自馁、不自满，我呀，我只求因努力而能稍稍进步！再进一万步，也许我还摸不着伟大的边儿，那有什么关系呢？努力是我所能的，所应该的；在梦中我曾变为莎士比亚，可惜那只是个梦呀！

# 愁

冯沅君[1]

在新文艺中，我们所常见的字是玫瑰，是夜莺，是接吻，是拥抱，而在旧文艺中则是“愁”。 例如，

梧桐树，三更雨，不道离愁正苦。(温庭筠《菩萨蛮》)

菡萏香消翠叶残，西风愁起绿波间。（南唐中主《山花子》)

问君能有几多愁，恰似一江春水向东流。（后主《浪淘沙》)

一种相思，两处闲愁。(李清照《一剪梅》)

闲愁如飞雪，入酒即消融。(陆游诗)

暝色赴春愁。(皇甫冉诗)

---

① 冯沅君(1900—1974)，河南唐河县人，早年就读于北京女子高等师范学校。 1922 年入北京大学研究所，次年以“淦女士”为笔名发表小说，为五四以后著名的女作家之一，随后执教于金陵大学，中法大学。 30 年代初赴巴黎大学深造，获文学博士学位。 回国后，长期在高等学校任教。 曾任山东大学副校长。作品有《冯沅君创作译文集》《冯沅君古典文学论文集》等多种。

以上所举只是就我所记忆的诗句，信笔写来而已。 若果用种统计法来研究，恐怕真要有人太息中国的旧文艺几全部是亡国之音。

前三二年的我，也曾为过中华前途担过忧，以为这些愁来愁去的文艺，是中国民气消沉的表徵，最好是将这一类的作品都拉杂而摧烧之。 现在不知怎的(也许是得了骸骨迷恋的症候)，对于这一类的作品，竟同情起来。（自然那些不能感人的作品是例外。）

我觉得旧文艺中，所用的愁所含的意义很广，凡我们心中的怀人思乡，感时伤世种种的郁闷感慨悲哀，几乎都用此字象徵。李清照的“一种相思两处闲愁”的愁是象徵相思之情的；“问君能有几多愁”的愁字是象徵亡国之恨的；而如陆游的“闲愁如飞雪”，李白的“举杯消愁愁更愁”的愁字，则指种无名的，不可捉摸的心灵深处的悲哀的；再观秦少游的名句“自在飞花轻似梦，无边丝雨细如愁”，以愁来象徵无边丝雨则愁又是何等美妙细腻的心情，要之愁在旧文艺中所象徵的心情，是以其在本文中的地位而定，若用种较明显浅近普通的名词来代替古人之所谓愁，即现在所谓无聊，所谓苦闷，有诗趣的天鹅绒般的悲哀，总而言之，生活上的不安而已。 至于这种无聊苦闷悲哀的内容，那就复杂了。

本来人生只是生命的活跃，与环境的压迫的反抗的继续，所以无论他在社会上处的地位是富贵抑贫贱，其性格是贤抑不肖，除去神经迟钝，或其他少数的例外，几无人不感到生命的活跃，与环境的压迫反抗的苦闷，因这苦闷而发出来的叹息号泣，及偶尔因胜过环境的压迫而得着安慰及喜悦，由此喜悦而发出的欢欣的呼声就是文艺的原质，将此叹息号泣及欢呼用种文字象徵出来就是文艺。 但因人生是苦闷多而喜悦少，所以文艺中所表的心灵也是偏于号泣叹息一面。 所谓“诗三百篇”大抵圣贤发愤之所作为也，诗穷而后工与诗人之爱言愁，其理是一样的，都是由于人生是苦闷的。

我并未主张诗人都要整日价忧伤憔悴，但是我以为作者对于人生的态度，是积极还是消极，是于文艺本身的价值无多大关系的，我们遇见欢乐固然应该笑，但遇见悲哀与苦闷同样的应该哭，只是别装哭装笑就得了。

# 说　话

王　力[①]

说话是最容易的事，也是最难的事。 最容易，因为三岁孩子也会说话；最难，因为擅长辞令的外交家也有说错话的时候。

会说话的人不止一种：言之有物，实为心声，一謦一欬，俱带感情，这是第一种；长江大河，源远莫寻，牛溲马勃，悉成黄金，这是第二种；科学逻辑，字字推敲，无懈可击，井井有条，这是第三种；嬉笑怒骂，旁若无人，庄谐杂出，四座皆春，这是第四种；默然端坐，以逸待劳，片言偶发，快如霜刀，这是第五种；期期艾艾，隐蕴词锋，似讷实辩，以守为攻，这是第六种。 这些人的派别虽不同，实有异曲同工之妙。 普通喜欢用“口若悬河”四个字来形容会说话的人，其实这是很不恰当的形容语。 泼妇骂街往往口若悬河，走江湖卖膏药的人，更能口若悬河，然而我们并不承认他们会说话，因为我们把这“会”字的标准定得和一般人所定的不同的

① 王力(1900—1986)，广西博白人。 字了一。 现代著名语言学家。 1925 年入上海国民大学。 1926 年入清华大学国学研究院。 1927 年留学法国，获博士学位后回国，先后在清华大学、燕京大学、西南联大等校任教。 1954 年后任北京大学教授。 一生著作等身。 主要有学术专著《汉语诗律学》《古代汉语》，杂文集有《龙虫并雕斋琐语》。

缘故。

应酬的话另有一套，有人专门擅长此术。捧人捧得有分寸，骂人骂得有含蓄，自夸夸得很像自谦，这些技巧都是可以意会，而不可以言传的。尽管有人讨厌“油嘴”的人，但是实际上有几个人能不上油嘴的当？和油嘴相反的是说话不知进退，不识眉眼高低。想要自抬身份，不知不觉地把别人的身份压低；想要恭维别人，不知不觉地使用了些得罪人的语句。这种人的毛病在于冒充会说话，终于吃了说话的亏。我有一次听见某先生恭维一位新娘子说：“人家都说新娘子长得难看，我觉得并不难看。”这种人应该研究十年心理学，再来开口恭维人！

有些人太不爱说话，大约因为怕说错了话，有时候又因为专拣有用的话来说。其实这种人虽是慎言，也未必得计。越不说话，就越不会说，于是在寥寥几句话当中，错误的地方未必比别人高谈阔论里的错误少些。至于专拣有用的话来说，这也是错误的见解。会说话的人，其妙处正在于化无用为有用，利用一些闲话去达到他的企图。会着棋的人没有闲着，会说话的人也没有闲话。

有些人却又太爱说话了，非但自己要多说，而且不许别人多说。这样，就变成了抢说。喜欢抢说的人常常叫人家让他说完，其实看他那滔滔不绝的样子，若等他说完真是待河之清！这种人似乎把说话看做一种很大的权利，硬要垄断一切，不肯让人家利益均沾。偶然遇着对话有人也喜欢抢说，就弄成了僵局。结果是谁也不让谁，大家都只管说，不肯听，于是说话的意义完全丧失了。

打岔和兜圈子都是说话的艺术。打岔子往往是变相的不理或拒绝。“王顾左右而言他”，梁惠王就这样地给孟子碰过一回钉子。兜圈子往往是使言语变为委婉，但有时候也可以兜圈子骂人。兜圈子骂人就是“挖苦”人；说挖苦话的人自以为绝顶聪明，事后还喜欢和别人说起，表示自己的说话艺术。但是，喜欢“挖苦”的人毕竟近于小人，因为既不大方，又不痛快。

说话的另一艺术是捉把柄。人家说过了什么话，就跟着他那话来做自己的论据。这叫做“以子之矛，刺子之盾”，往往能使对方闭口无言。不过，如果断章取义，或故意曲解，也就变为无聊了。

上面所说的打岔，兜圈了和捉把柄，相骂的时候都用得着。打岔是躲避，兜圈子是摆阵，捉把柄是还击。可惜的是：相骂的人大多数是怒气冲冲，不甘心打岔，不耐烦兜圈子，忘了捉把柄。由此看来，骂人决胜的条件是保持冷静的头脑。泼妇和人相骂往往得胜，并不一定因为她特别会说话，只因她把相骂当做一种娱乐，故能“好整以暇”，不至于被怒气减低了她平日说话的技能。

说话比写文章容易，因为不必查字典，不必耽心写白字；同时，说话又比写文章难，因为没有精细考虑和推敲的余暇。基于这后一个理由，像我这么一个极端不会说话的人，居然也写起一篇“说话”来了。

# 中　年

俞平伯①

什么是中年？不容易说得清楚，只说我暂时见到的罢。

当遥指青山是我们的归路，不免感到轻微的战栗。（或者不很轻微更是人情。）可是走得近了，空翠渐减，终于到了某一点，不见遥青，只见平淡无奇的道路树石，憧憬既已消释了，我们遂坦然长往。所谓某一点原是很难确定的，假如有，那就是中年。

我也是关怀生死颇切的人，直到近年方才渐渐淡漠起来，看看以前的文章，有些觉得已颇渺茫，有隔世之感。莫非就是中年到了的缘故么？仿佛真有这么一回事。

我感谢造化的主宰，他老人家是有的话。他使我们生于自然，死于自然，这是何等的气度呢！不能明言，惟有赞叹；赞叹不出，唯有欢喜。

万想不到当年穷思极想之余，认为了解不能解决的“迷”，的

---

① 俞平伯(1900—1990)，浙江德清人。原名俞铭衡。1919 年毕业于北京大学，先后在上海大学、燕京大学、清华大学、北京大学等校任教。五四时期，他积极参加新文学运动，为文学研究会成员之一。早期以诗和散文著称，同时潜心于红楼梦研究，是著名的红学家。俞平伯主要著作除红学论著，尚有散文集《杂拌儿》《燕知草》《杂拌儿之二》《燕郊集》等。

“障”，直至身临切近，早已不知不觉的走过去，什么也没有看见。今是而昨非呢？昨是而今非呢？二者之间似乎必有一个是非。无奈这个解答，还看你站的地位如何，这岂不是“白搭”。以今视昨则昨非；以昨视今，今也有何是处呢。不信么？我自己确还留得依微的忆念。再不信么？青年人也许会来麻烦您，他听不懂我讲些什么。这就是再好没有的印证了。

再以山作比。上去时兴致蓬勃，惟恐山径虽长不敌脚步之健。事实上呢，好一座大山，且有得走哩。因此凡来游的都快乐地努力地向前走。及走上山顶，四顾空阔，面前蜿蜒着一条下山的路，若论初心，那时应当感到何等的颓唐呢。但是，不。我们起先认为过健的脚力，与山径相形而见绌，兴致呢，于山尖一望之余随烟云而俱远；现在只剩得一个意念，逐渐的迫切起来，这就是想回家。下山的路去得疾啊，可是，对于归人，你得知道；却别有一般滋味的。

试问下山的幸与上山的偶然擦肩而过，他们之间有何连属？点点头，说几句话，他们之间又有何理解呢？我们大可不必抱此等期望，这原是不容易的事。至于这两种各别的情味，在一人心中是否有融会的俄顷，惭愧我不大知道。依我猜，许是在山顶上徘徊这一刹那罢。这或者也就是所谓中年了，依我猜。

“表独立兮山之上”，可曾留得几许的徘徊呢。真正的中年只是一点，而一般的说法却是一段；所以它的另一解释也就是暮年，至少可以说是倾向于暮年的。

中国文人有“叹老嗟卑”之癖，的确是很俗气，无怪青年人看不上眼，以区区之见，因怕被人说“俗”并不敢言“老”，这也未免雅得可以了。所以倚老卖老果然不好，自己嘴里永远是“年方二八”，也未见得妙。甚矣说之难也，愈检点愈闹笑话。

究竟什么是中年，姑置不论，话可又说回来了，当时的问题何以不见了呢？当真会跑吗？未必。找来找去，居然被我找着了：

原来我对于生的趣味渐渐在那边减少了。这自然不是说马上想去死，只是说万一（？）死了也不这么顶要紧而已。泛言之，渐渐觉得人生也不过如此。这“不过如此”四个字，我觉得醰醰有余味。变来变去，看来看去，总不出这几个花头。男的爱女的，女的爱小的，小的爱糖，这是一种了。吃窝窝头的直想吃大米饭洋白面，而吃饱大米饭洋白面的人偏有时非吃窝窝头不行，这又是一种了。冬天生炉子，夏天扇扇子，春天困斯梦东，秋天惨惨戚戚，这又是一种了。你用机关枪打过来，我便用机关枪还敬，没有，只该先你而呜呼。……这也尽够了。总而言之，统而言之，不新鲜。不新鲜原不是讨厌，所以这种把戏未始不可以看下去；但是在另一方面，说非看不可，或者没有得看，就要跳脚拍手，以至于投河觅井。这个，我真觉得不必。一不是幽默，二不是吹，识者鉴之。

看戏法不过如此，同时又感觉疲乏，想回家休息，这又是一要点。老是想回家大约就是没落之兆。（又是它来了，讨厌！）“劳我以生，息我以死；”我很喜欢这两句话。死的确是一种强迫的休息，不愧长眠这个雅号。人人都怕死，我也怕，其实仔细一想，果真天从人愿，谁都不死，怎么得了呢？至少争夺机变，是非口舌要多到恒河沙数。这真怎么得了！我总得保留这最后的自由才好。——既然如此说，眼前的夕阳西下，岂不是正好的韶光，绝妙的诗情画意，而又何叹惋之有。

他安排得这么妥当，咱们有得活的时候，他使咱们乐意多活；咱们不大有得活的时候，他使咱们甘心少活。生于自然里，死于自然里，咱们的生活，咱们的心情，永久是平静的。叫呀跳呀，他果然不怕，赞啊美啊，他也是不懂。“天地不仁”，“大慈大悲……”善哉善哉。

好像有一些宗教的心情了，其实并不是。我的中年之感，是不值一笑的平淡呢。——有得活不妨多活几天，还愿意好好的活着；不幸活不下去，算了。

“这用得你说吗?”

“是，是，就此不说。”

# 野 草

夏 衍①

有这样一个故事。

有人问：世界上什么东西气力最大？回答纷纭的很，有的说“象”，有的说“狮”，有人开玩笑似地说是“金刚”，金刚有多少气力，当然大家全不知道。

结果，这一切答案完全不对，世界上气力最大的，是植物的种子。一粒种子所可以显现出来的力，简直是超越一切，这儿又是一个故事。

人的头盖骨，结合得非常致密与坚固，生理学家和解剖学者用尽了一切的方法，要把它完整地分出来，都没有这种力气，后来忽然有人发明了一个方法，就是把一些植物的种子放在要剖析的头盖骨里，给它以温度与湿度，使它发芽，一发芽，这些种子便以可怕

---

① 夏衍(1900—1995)，浙江杭州人。原名沈端先。现代著名剧作家、电影艺术家。1915年入杭州公立甲种工业学校，1920年毕业。翌年入日本明治专门学校。1927年回到上海，从事革命文艺活动。1929年参与筹建中国左翼作家联盟，任“左联”执委。此后长期从事电影事业，曾主编戏剧刊物《艺术》《沙仑》。抗战爆发后，辗转各地从事抗日救亡文化工作，任《救亡日报》总编辑。新中国成立后，曾任文化部副部长、中国影协主席。杂文收入《夏衍随笔杂文集》。

的力量，将一切机构力所不能分开的骨骼，完整地分开了，植物种子力量之大，如此如此。

这，也许特殊了一点，常人不容易理解，那么，你看见笋的成长吗？你看见过被压在瓦砾和石块下面的一棵小草的生成吗？他为着向往阳光，为着达成它的生之意志，不管上面的石块如何重，石块与石块之间如何狭，它必定要曲曲折折地，但是顽强不屈地透到地面上来，它的根往土壤钻，它的芽往地面挺，这是一种不可抗的力，阻止它的石块，结果也被它掀翻，一粒种子的力量的大，如此如此。

没有一个人将小草叫做“大力士”，但是它的力量之大，的确是世界无比。这种力，是一般人看不见的生命力，只要生命存在，这种力量就要显现，上面的石块，丝毫不足以阻挡，因为它是一种“长期抗战”的力，有弹性，能屈能伸的力，有韧性，不达目的不止的力。

种子不落在肥土而落在瓦砾中，有生命力的种子决不会悲观和叹气，因为有了阻力才有磨炼。生命开始的一瞬间就带了斗争来的草，才是坚韧的草，也只有这种草，才可以傲然地对那些玻璃棚中养育着的盆花哄笑。

# 论“晚娘”作风

夏　衍

旧小说和文明戏中，常常描写晚娘（后母）的虐待前妻儿女，“晚娘的拳头”，在旧社会中被认为刻毒事情的象征。

其实，晚娘对前妻儿女的刻毒，不单单在于打骂。晚娘在暗中打骂“儿女”，而表面上对丈夫，对邻人却要特别表示得和善和爱惜，这样，才可以不伤体面，而完成她“统制”的实际。我们在台下看“晚娘戏”的时候，在她毒打儿女的时候所感到的是悲苦。可是当她一面毒打而一面反用一只手按住了孩子的嘴巴不让他哭喊的时候，感到的就会是无边的愤怒。

当然，晚娘也有她自己的想法，她一方面要弄死前妻的儿女，让她独占，他方面可仍旧要敷衍她的丈夫、邻居，而博得一点名誉。所以她主要的作风是“一面瞒，一面打”，——事实上历来晚娘惯用的方法，往往是阴性的虐待，譬如饿饭，虐使，暗毒，……等等。她不希望这些讨厌的小东西明明白白地在她手下打死，而暗暗地计划着使他们慢慢地磨折而死。磨折死的没有杀人罪，尸身上没有外伤，手干脚净，丈夫和邻人看了没有闲话，也许当死的那一瞬间，晚娘还可以挤出一点眼泪，来点缀一下升平。

中国人懂得晚娘哲学，学会了“一面瞒，一面打”的方法。这种作风一经家传，奉行不悖，右手打人，左手按住被打者的嘴巴，你假如顽劣一点，从指缝里漏出一点喊声，那就打得更凶，或者简直处死，因为这就构成了有罪，“损害了晚娘的尊严”。

晚娘作风，滔滔者皆是，而今而后，被打而又不肯不哭喊者，其将永无噍类乎？

# 精神屠杀

苏雪林[①]

昔有黄鲁直者好作淫艳小词，道人法秀呵之道：“笔墨诲淫，欲堕泥犁地狱耶?”鲁直自是不作(见《扪虱新语》)。作《西青散记》之史震林尝谓才人罪孽胜于佞臣；佞臣误国害民，数十年耳，才子制淫书传之后世，炽情欲，坏风化，不可胜计(见《冷庐杂识》)。我说文学自是文学，要教它和道德发生关系，已不免迂腐之讥，谈到什么因果报应，那更不值一笑了。但污秽书报害人的力量也确乎可惊可怕，这种书报销路愈广，害人的范围也愈大，而近所谓新文学作家，又专以刺激肉感为能事，其作品之贻害实非浅鲜，为了要骗钱，把许多有为的青年引上堕落的道路，良心上总有些说不过去吧。近有友人为读法文杂志 Voslectures，内有《杀人之笔》一篇。新颖可喜，兹撮译大意如下：

笔，可算现代兵器中最小而又最有力的一件了。谁来叙述他的

① 苏雪林(1897—1999)，安徽太平人。笔名绿漪。1919 年入北平女子高等师范。1921 年赴法国留学。回国后，在东吴大学、沪江大学、安徽省立大学任教，曾任武汉大学教授。1950 年赴巴黎研究神话。后定居台湾，任师范大学、成功大学教授。著作有散文集《绿天》《青鸟集》《屠龙集》《归鸿集》《欧游揽胜》《我的生活》《风雨鸡鸣》等。

战绩呢？这件兵器重不过三克兰姆，而其用胜过巴野和罗朗的长剑（两人均法国古代名将）。其长不过三寸，然而比贾莱伯的长箭更加锋利。笔，你是这样脆弱的，一个小孩子可以轻轻巧巧地将你毁掉，但是你也能轻轻巧巧地打倒世间最有威权最有力量的暴君。

但是，谁又来宣布你的罪恶呢？你当这生活昂贵的时代，所值也不过三分钱，而你能使成堆的黄金，从淫乱中滚滚流出。在你两金属薄片之中，含着一滴墨水，然而这一滴轻微的墨水呵，其腐蚀的工作比毒药有过之无不及。近代战术进步，开花弹炸药杀人如麻，然而在这种猛烈兵器之间，小小的笔，也可以争得一席之地。枪弹击人之身，笔则击人之心；枪弹击人不过一次，笔则可以无数次。一番大战之后，斜阳惨澹，旷野萧瑟，碧血满地，伏尸纵横，这伤心的景象是枪炮造成的，但是我们对于著作家精神屠杀的惨酷，和无数赤裸裸良心败坏的状况，曾否加以想象！

一提到强盗和暗杀者，你便会想象一个蓬头垢脸的无赖汉，黑夜里潜伏林樾，手按枪机，等机会要人家金钱或性命，后来则看见他坐在审判厅凳子上或关闭在牢狱中。但是实际上的强盗和暗杀者的形状未必个个如此。有的是举止温文，面目儒雅，口衔烟卷，穿着精美衣衫坐在橡木桌子前，桌子摆列花卉数盆裁纸刀数把，加以贵重美丽装饰品数件。这不是人们所艳称的时髦文学家吗？然而在神的眼里，他是强盗和暗杀者，他是专门戕贼人们的灵魂的坏东西，匪徒之杀人有时系激于一时之忿怒，而著作家则天天冷静地，穷思极虑地，不断干他杀人灵魂的黑暗工作，他的危险当然更大，他的可恶当然更甚。

三四十年前已有人做了统计说巴黎各学校每天平均要销售淫邪书籍三万部了。大战前更发现了许多最廉价的下等出产品，使人人有阅读的机会。这种出版品不但强夺了贫民的面包，连他们天真无玷的良心也劫夺去了。其中所述淫乱事迹，仿佛放荡的影片一般，一张一张在脑筋里表演，使人觉得津津有味，不忍释手，过了几时，那良心的警告渐失其作用，而身心受害已到不可救药的地步了。

本来人格的堕落是比什么还快的。积年辛苦养成的信仰和道德，可因一时的诱惑而丧失无余；好像大战时我们数世纪工程造成的大教堂，或庄严灿烂的建筑物被敌人炮弹的袭击，可以在数秒钟内完全崩坍。破坏的时间总是比建设的时间短。

# 亡国奴诸相

胡　风①

前些时在报纸上看到台湾人在福建的活动，贩毒，集赌，放高利贷，等等。高利贷的办法毒得出奇，借十元的人，如果没有力量如期偿还，往往弄到付了二百元左右还不能结清。被捉去幽禁吊打的事常有。这不能算是“合法”行为，但因为有“特殊背景”，官厅不敢禁止也不敢干涉云。当时看了心惊肉跳，好像听得见撕吃人肉的声音。但我们且不要只是憎恨这些台湾浪人，他们底这种兽性，被痛苦和饥饿所逼成的渴血的兽性，是帝国主义四十年来的统治结果。

于是我记起了读过的几篇台湾小说。有一篇描写农村里被强迫地廉价出卖土地，不愿卖的被打得遍身鳞斑，卖得的一点钱吃光了以后，走投无路，终于一家一家地投河淹死。又有一篇描写农夫困苦不堪，只好让做工的老婆夜里到街上去卖淫，但境况依然不能变

① 胡风(1902—1985)，湖北蕲春人。原名张光人。1929年东渡日本，就读于庆应大学。在日本和小林多喜二等交往密切，并参加了日本共产党和“左联”东京支部。回国后，从事左翼文艺运动，抗战期间任复旦大学教授。解放后，被打成反革命集团首犯，被捕入狱20余年，1981年平反。其主要著作有《文艺笔谈》《文学与生活》《逆流的日子》等。

好，无可奈何地自己去做贼，被捉进了官里。

我还记起了一件事。在东京的“猪窠”里，一天晚上的深夜，被嘤嘤的哭声吵醒了。那哭声低微，悲切。第二天早上一看，是一个二十岁左右的穿学生装的瘦弱的青年，见人作揖，要求放他出去，原来是个疯子。据看守说，是一个台湾人，在街上荡来荡去，被捉了进来的，在他身上搜出了一千多圆钱。后来晓得，这青年人底家庭败落得不堪，冤死的冤死，亡命的亡命，把仅有的一点财产交给他，希望到东京来学点“本事”去兴家立业，但他自己却疯了。这以前曾经关过一个日本疯子也是二十岁左右的青年学生，但气势凶不可当，满口大话：我将来要做海军大臣啦，我顶佩服的是日本人和满洲国人啦，马上要坐飞机到满洲国去啦……看了这个台湾疯子以后，不禁感叹了：同是疯子，帝国主义国家的疯子和亡国奴的疯子，就这样地不同！本来几天无事，又受了感触，当时信口诌了几首诗，有一首还没有忘记：

狂人弱冠自台湾，暗泣如羊夜正阑。
腰系千金名利梦，挺身血战让生蕃。

是的，我们应该记起那些常常在报纸上出现的生蕃，虽然“挺身血战”的不仅仅只有他们。

自杀、卖淫、做贼……是一条路，变成疯子，也是一条路，被压成渴血的兽，替吃掉了自己的老虎做“伥”，也是一条路；这些路正摆在我们底面前，在东北四省和华北当然更加明显，不愿走这些路的中国人赶快学学生蕃罢。生蕃，我们想象起来好像是赤身裸体的铜色人物，但希腊神话里的为人类盗取圣火的神正是这么个样子。我们要在全中国用自己的力量燃起民族革命战争的圣火来。

# 善良的单纯

冯雪峰①

这句话是从“神圣的单纯”一句话套来的。

记得在一本书上看到，在十四世纪欧洲有一个宗教改革家（我记不起叫什么名字和哪一国人了），被判罪为异端，正要被处火刑的时候，有一个信神的老太婆热诚地也取一根柴加到那积聚着的柴堆上去。看见这情形，那临死的宗教改革家便不禁呼道：“哦，神圣的单纯！”

我套这一句话，是因为我忽然想起我的祖父及从前他对我讲故事时的情形了：“从前有兄弟两个，在冷天到山上去砍柴，那个弟弟忽然想起在故事里听到过的，住在金銮殿里的皇帝了。便对哥哥说：哥哥，做皇帝真福气，他砍柴都用金的柴刀砍的呵。那哥哥听了，又好气又好笑，他骂弟弟道：你这呆鸟！做皇帝还要来砍柴么？在这样冷天里，他还有不懒在家里煨芋头吃的！”于是我的祖父就好像一切都可亲爱地哈哈地笑着，还对我解释道：“那弟弟固然想

① 冯雪峰（1903—1976），浙江义乌人。文艺理论家、作家。1927年参加中国共产党。解放后先后任人民文学出版社社长兼总编辑，《文艺报》主编。作品有散文集《乡风和市风》《有进无退》，寓言集《今寓言》《百喻经故事》《雪峰寓言》，论文集《鲁迅的文学道路》。

不到做了皇帝哪里还要砍柴；那哥哥自以为是聪明了，但也想不到皇帝哪里还会吃芋头呢——真是乌鸦笑黑猪呢。”

然而，我的善良的祖父，却也不知道他自己又是乌鸦笑什么罢。当我向他追问：“那么，皇帝吃什么呢?”不是自信地说，“皇帝整年吃白米饭，每餐有大块的猪肉，像我们过新年那样”么?你看，多么的单纯！当我后来走过远地，回到故乡时和他谈到贵人们吃一餐饭所费的巨数，贵妇们所穿的一双袜子的价钱够他两年的吃用，而且穿过一次就不要了的时候，他还说是我哄他，无论怎样也不相信的。

可是我却不能笑我的祖父及和我祖父同样的人们。他单纯，但不但单纯得善良，也单纯得勇敢，——即举一年前一个例子罢，当他一根一根积聚起来，已经积聚了六十年了的准备造房子的三四百根大木材，完全被日本人焚烧了的时候，据说像昏迷了似的睡了三天之后，就又恢复了精神，说道：“重新来过!”却完全忘记他自己说这话的时候是已经七十八岁了。

# 简论市侩主义

冯雪峰

市侩和市侩主义，可以说是现在人类社会的“阿米巴”。 市侩主义者是软体的，会变形的，善于营钻，无处不适合于他的生存。他有一个核心，包在软体里面，这就是利己主义，也就是无处不于他有利。 这核心是永远不会变，包在软滑的体子里，也永远碾不碎。 核心也是软滑的，可是坚韧。

市侩主义首先以聪明，灵活，敏感为必要。 市侩主义者不仅心机灵活，并且眼光尖锐，准确，手段高妙，敏捷：凡有机，他是无不投上的，凡有利，他无不在先。

然而一切都做得很恰当，圆滑，天衣无缝。 一切看去都是当然的，没有话可说。

但市侩主义又需以用力小而收获大为必要。 市侩主义者心思是要挖的，可是力却不肯多用。 因此他是属于吃得胖胖的一类里面。市侩主义，于是以能用“巧”为特征；因此，市侩主义者自然都是绝顶聪明的人，所以又天然属于“劳心者治人”的一类。

市侩主义者也决非完全的害人或绝端的损人主义者，他只绝端的利己主义者罢了；他决不做赤裸裸的“谋财害命”的事。 他是要绝对地利己的，然而要绝对地万无一失的。

只要你能慷慨一点，他也会适可而止罢。但是即使你明明知道太上当了，你也无可奈何，他决不会留一个隙给你，还是要你过得去的。

但市侩主义也决非完全的欺骗主义；它还是不失为一种交换主义，不过总要拿进来的比拿出的多一点。

如果说是欺骗主义，也应该说是相互的，公开的欺骗主义，两方彼此心里都明白的。如果你不明白，只怪你自己太不聪明；这样的受骗，就算是活该，市侩主义者不算对不起你。

市侩主义产生于商业社会，尤其盛行于殖民地次殖民地，然而它决非是“洋奴”主义。它有时还俨然地显现为自尊的主人主义。他决不会失其主人的身份与尊严，而且无论何时都是文明人。假如推行外国文明是适当的时候，自然也于他是有利的时候，他便是外国文明的提倡者；但他决不会否定本国的文化，倒竭力“发扬”本国文化的，所以他决不是“洋奴”。假如本国的东西应该提倡了，他就是国粹主义者，然而他又决不顽固。

中外古今的道理，文明，物事，对于市侩主义者大抵都有用，有利。凡对于他有利的，都是有理的，但他无所信仰，因为利己主义是他唯一的神。

但市侩主义者也要高尚，也要雅，也要美名。他也要辩明他不是市侩主义者。可是等你要他拿出那美名所要兑现的东西来时，他又立刻申明他是市侩了。

文化、艺术、道德、国家、民族、人类、真理……这些名义他都要。当然，你真的要他拿出这些来，他便要责备你不识时务，不明了实情；他原是生意人，原是拿这些的名在做生意；即使退一步说，“这个年头也不能不顾生意经呀”。

但这样的责备，也还算是客气的，否则，那便算你揭穿了他的高雅，伤了他的“自尊心”，于他的面子过不去，即使不揍你一顿，也要给你一个脸色看，教你知道这一点是不好触到的：你明明知道他是市侩主义者，为什么又给他当面说穿呀。

是的，市侩主义者也是不好惹的。他虽然是软休，但触到了他的利害，他也蛮硬，也可以和你拼命。市侩主义就最忌“太认真”，虽然他于利上是最认真的。他自然需要面子，名誉，自尊，你不可指说他，即使是“朋友”。何况他并不反对你也成为市侩主义者呀，你为什么要说他是市侩主义哪。

但市侩主义者所以是顽强，坚韧，还在于他对于一切都可以不固执，都可以客气，漂亮，让步；惟其如此，他对于利就能够永远地执著。他是永远都在打算的。他和“犹太人”一样顽强，坚韧；但他自然比“犹太人”大方，更漂亮，更聪明；而且他更有礼貌。

是的，市侩主义者是不好惹的，而且为了相同的利益也自然会大家联合起来战斗，所谓合伙，所谓“大家都是朋友”，所谓行帮：形成一条战线呢。但他们又决不是市侩主义的主义同盟，这是它独有的特色。这是为了个人各自的利益所必需的，是一种个人主义的集体同盟；是矛盾的，然而是统一的。为了大家的方便，互相的照应。

互相吹拍，互相帮忙。可是大家心里都互相明白；彼此都不是真心的，彼此都给对方留一个地步；无论己帮人，人帮己，都是要打一个折扣的。因此，也彼此都不至“逼人太甚”。大家都心里明白。这就是他们间的“矛盾的统一”。

他们相互间自然也会起冲突，也会有近于“火并”之类的事，但彼此都是明白人，很快就会“消除误会”，言归于好。

无论什么社会里，人互相间都要发生所谓“爱”这种关系。惟独在市侩主义社会，却没有爱。

对于圈外的人类固然没有爱，他们相互间也没有爱。

市侩主义者对于社会也很少仇恨；因为无论怎样，他都是处于有利的地位的，他永远是胜利者。即使是失败了，也马上又胜利了。

但因此，他非天生地冷酷不可；他非仇恨仇恨市侩主义者不可。

它在有适当的温度的浑池里游泳着，那么自由，那么自在，那么愉快，那么满足。你吹它一口罢，它也许翻一下身；但早已在原地游泳着，而且更活泼，更灵快，也更惊人。

它成群的游泳着，互相照应，大家嬉笑，彼此庆贺。你用石头击它一下罢，也许它要被冲散了一下，但立刻又复聚在一块了。

自然，只要你对他有些利益，至少对他没有什么不方便，还要你装一点傻，你也可以和市侩主义者相处，也可以处得很好。但你决不能和他贴得很紧，因为他的软滑的表皮原是用来保护他自己，也用来和你相隔的。你想探索他的灵魂或抓捏他的核心么？那也不可能的；软滑滑地，你不知道哪里是他的核心，只像抓捏一个软橡皮的温水袋，滑得你全身毛骨悚然了。

哦，哪里没有市侩主义呢！然而在我们这里是最多，最活跃。这就是因为我们这里有适当的温度，有适当的营养的社会液汁，这产生它，繁殖它，这适合它的生存，活动。

那么，这是不能再让它继续繁殖的时候了么？但有什么方法呢？

必须比市侩主义者更聪明才行，可是有谁比他更聪明？你不听见市侩主义者也在照着你一样的说法，“应该反对市侩主义”么？然而他胜利地说，“为了反对市侩主义，所以我们就非成为市侩主义不可呀！”

这样，简直没有办法，除了这也可算是聪明的一条：你自己不要被他的聪明所骗，也被拖下去成为和他一样了。 但这其实又不能算是办法。

# 我若为王

聂绀弩①

在电影刊物上看见一个影片的名字：《我若为王》。从这影片的名字，我想到和影片毫无关系的另外的事。我想，自己如果作了王，这世界会成为一种怎样的光景呢？这自然是一种完全可笑的幻想，我根本不想作王，也根本看不起王，王是什么东西呢？难道我脑中还有如此封建的残物么？而且真想作王的人，他将用他的手去打天下，决不会放在口里说的。但是假定又假定，我若为王，这世界会成为一种怎样的光景？

我若为王，自然我的妻就是王后了。我的妻的德性，我不怀疑，为王后只会有余的。但纵然没有任何德性，纵然不过是个娼妓，那时候，她也仍旧是王后。一个王后是如何地尊贵呀，会如何地被人们像捧着天上的星星一样捧来捧去呀，假如我能够想象，那

---

① 聂绀弩(1903—1986)，湖北京山人。1924年考入黄埔军校，参加了国共合作的第一次东征。1926年考入莫斯科中山大学。回国后任南京国民党中央通讯社副主任。九一八事变后被迫离职，在上海参加“左联”。1934年加入中国共产党。抗战期间，先后在汉口、桂林、重庆等地当报刊编辑，发表了不少犀利的杂文。解放后，曾任人民文学出版社副总编辑。1957年错划为右派。主要作品有杂文集《历史的奥秘》《蛇与塔》《早醒记》《鸦杂文》《血书》《海外奇谈》《寸磔纸老虎》等。通行本有《聂绀弩杂文集》《绀弩散文》。

一定是一件有趣的事情。我若为王，我的儿子，假如我有儿子，就是太子或王子了。我并不以为我的儿子会是一无所知，一无所能的白痴，但纵然是一无所知一无所能的白痴，也仍旧是太子或王子。一个太子或王子是如何地尊重呀，会如何地被人们像捧天上的星星一样地捧来捧去呀。假如我能够想象，倒是件不是没有趣味的事。

我若为王；我的女儿就是公主；我的亲眷都是皇亲国戚。无论他们怎样丑陋，怎样顽劣，怎样……也会被人们像捧天上的星星一样地捧来捧去，因为她们是贵人。

我若为王，我的姓名就会改作："万岁"，我的每一句话都成为："圣旨"。我的意欲，我的贪念，乃至每一个幻想，都可竭尽全体臣民的力量去实现，即使是无法实现的。我将没有任何过失，因为没有人敢说它是过失；我将没有任何罪行，因为没有人敢说它是罪行。没有人敢呵斥我，指摘我，除非把我从王位上赶下来。但是赶下来，就是我不为王了。我将看见所有的人们在我面前低头，鞠躬，匍匐，连同我的尊长，我的师友，和从前曾在我面前昂头阔步耀武扬威的人们。我将看不见一个人的脸，所看见的只是他们的头顶或帽盔。或者所能够看见的脸都是谄媚的，乞求的，快乐的时候不敢笑，不快乐的时候不敢不笑，悲戚的时候不敢哭，不悲戚的时候不敢不哭的脸。我将听不见人们的真正的声音，所能听见的都是低微的，柔婉的，畏葸和娇痴的，唱小旦的声音："万岁！万岁！万万岁！"这是他们的全部语言："有道明君！伟大的主上啊！"这就是那语言的全部内容。没有在我之上的人了，没有和我同等的人了，我甚至会感到单调，寂寞和孤独。

为什么人们要这样呢？为什么要捧我的妻，捧我的儿女和亲眷呢？因为我是王，是他们的主子，我将恍然大悟：我生活在这些奴才们中间，连我所敬畏的尊长和师友也无一不是奴才，而我自己也不过是一个奴才的首领。

我是民国国民，民国国民的思想和生活习惯使我深深地憎恶一切奴才或奴才相，连同敬畏的尊长和师友们。请科学家不要见笑，我以为世界之所以还大有待于改进者，全因为有这些奴才的缘故。生活在奴才们中间，作奴才们的首领，我将引为生平的最大耻辱，最大的悲哀。我将变成一个暴君，或者反而正是明君：我将把我的臣民一齐杀死，连同尊长和师友，不准一个奴种留在人间。我将没有一个臣民，我将不再是奴才们的君主。

我若为王，将终于不能为王，却也真地为古今中外最大的王了。“万岁，万岁！万万岁！”我将和全世界的真的人们一同三呼。

# 骂人的艺术

梁实秋①

古今中外没有一个不骂人的人。骂人就是有道德观念的意思，因为在骂人的时候，至少在骂人者自己总觉得那人有该骂的地方。何者该骂，何者不该骂，这个抉择的标准，是极道德的。所以根本不骂人，大可不必。骂人是一种发泄感情的方法，尤其是那一种怨怒的感情。想骂人的时候而不骂，时常在身体上弄出毛病，所以想骂人时，骂骂何妨？

但是，骂人是一种高深的学问，不是人人都可以随便试的。有因为骂人挨嘴巴的，有因为骂人吃官司的，有因为骂人反被人骂的，这就是不会骂人的缘故。今以研究所得，公诸同好，或可为骂人时之一助乎？

---

① 梁实秋（1903—1987），本名梁治华，字实秋。原籍浙江，生于北京。早年就读于清华学校，以新诗创作显露才华。1923 年赴美留学，回国后在东南大学任教。1928 年主编《新月》杂志，成为新月派的首领。此后又执教于青岛大学、北京大学。1949 年到台湾，曾任台湾师大文学院院长。梁实秋既写散文又写评论，兼长翻译，成就非凡。主要散文作品有《雅舍小品》《清华八年》《秋室杂忆》《槐园梦忆》。译作有《莎士比亚全集》。

## 知己知彼

骂人是和动手打架一样的，你如其敢打人一拳，你先要自己忖度一下，你吃得起别人的一拳否。这叫做知己知彼。骂人也是一样。譬如你骂他是“屈死”，你先要反省，自己和“屈死”有无分别。你骂别人荒唐，你自己想曾否吃喝嫖赌。否则别人回敬你一二句，你就受不了。所以别人若有某种短处，而足下也正有同病，那么你在骂他的时候，只得割爱。

## 无骂不如己者

要骂人须要挑比你大一点的人物，比你漂亮一点的，或者比你坏得万倍而比你得势的人物，总之，你要骂人，那人无论在好的一方面或坏的一方面都要能胜过你，你才不吃亏。你骂大人物，就怕他不理你，他一回骂，你就算骂着了。因为身份相同的人才肯对骂。在坏的一方面胜过你的，你骂他就如教训一般，他即便回骂，一般人仍然不会理会他的。假如你骂一个无关痛痒的人，你越骂他他越得意，时常可以把一个无名小卒骂出名了，你看冤与不冤?

## 适可而止

骂大人物骂到他回骂的时候，便不可再骂；再骂则一般人对你必无同情，以为你是无理取闹。骂小人物骂到他不能回骂的时候，便不可再骂；再骂下去一般人对你也必无同情，以为你是欺负弱者。

## 旁敲侧击

他偷东西，你骂他是贼；他抢东西，你骂他是盗，这是笨伯。

骂人必须先明虚实掩映之法，须要烘托旁衬，旁敲侧击，于紧要处只要一语便得，所谓杀人于咽喉处着刀。越要骂他你越要原谅他，即便说些恭维话亦不为过，这样骂法才能显得你所骂的句句是真实确凿，让旁人看起来也可见得你的度量。

## 态度镇静

骂人最忌浮躁。一语不合，面红筋跳，暴躁如雷，此灌夫骂座，泼妇骂街之术。不足以言骂人。善骂者必须态度镇静，行若无事。普通一般骂人，谁的声音高便算谁占理，谁的来势猛便算谁骂赢，惟真善骂人者，乃能避其锋而击其懈。你等他骂得疲倦的时候，你只消轻轻的回敬他一句，让他再狂吼一阵。在他暴躁不堪的时候，你不妨对他冷笑几声，包管你不费气力，把他气得死去活来，骂得他针针见血。

## 出言典雅

骂人要骂得微妙含蓄，你骂他一句要使他不甚觉得是骂，等到想过一遍才慢慢觉悟这句话不是好话，让他笑着的面孔由白而红，由红而紫，由紫而灰，这才是骂人的上乘。欲达到此种目的，深刻之用意固不可少，而典雅之言词则尤为重要。言词典雅可使听者不致刺耳。如要骂人骂得典雅，则首先要在骂时万万别提起女子身上的某一部分，万万不要涉人生理学的范围。骂人一骂到生理学范围以内，底下再有什么话都不好说了。譬如你骂某甲，千万别提起他的令堂令妹。因为那样一来，便无是非可言，并且你自己也不免有令堂令妹，他若回敬起来，岂非势均力敌，半斤八两？再者骂人的时候最好不要加入以种种难堪的名词，称呼起来总要客气，即使他是极卑鄙的小人，你也不妨称他先生，越客气，越骂得有力量。骂的时节最好引用他自己的词句，这不但可以使得他难堪，还可以减轻他对你的骂的力量，俗话少用，因为俗话一览无遗，不若典雅古文曲折含蓄。

## 以退为进

两人对骂，而自己亦有理屈之处，则于开骂伊始，特宜注意，最好是毅然将自己理屈之处完全承认下来，即使道歉认错均不妨事。先把自己理屈之处轻轻遮掩过去，然后你再重整旗鼓，着着逼人，方可无后顾之忧。即使自己没有理屈的地方，也绝不可自行夸张，务必要谦逊不遑，把自己的位置降到一个不可再降的位置，然后骂起人来，自有一种公正光明的态度。否则你骂他一两句，他便以你个人的事反唇相讥，一场对骂，会变成两人私下口角，是非曲直，无从判断。所以骂人者自己要低声下气，此所谓以退为进。

## 预设埋伏

你把这句话骂过去，你便要想想看，他将用什么话骂回来。有眼光的骂人者，便处处留神，或是先将他要骂你的话替他说出来，或是预先安设埋伏，令他骂回来的话失去效力。他骂你的话你替他说出来，这便等于缴了他的械一般。预先安设埋伏，便是在要攻击你的地方，你先轻轻的安下话根，然后他骂过来就等于枪弹打在沙包上，不能中伤。

## 小题大做

如对手方有该骂之处，而题目甚小，不值一骂，或你所知不多，不足一骂，那时节你便可用小题大做的方法，来扩大目标。先用诚恳而怀疑的态度引申对方的意思，由不紧要之点引到大题目上去，处处用严谨的逻辑逼他说出不逻辑的话来，或是逼他说出合于逻辑而不合乎理的话来，然后你再大举骂他，骂到体无完肤为止，而原来惹动你骂的小题目，轻轻一提便了。

## 远交近攻

一个时候，只能骂一个人，或一种人，或一派人，决不宜多树敌。所以骂人的时候，万勿连累旁人，即使必须牵涉多人，你也要表示好意，否则回骂之声纷至沓来，使你无从应付。

骂人的艺术，一时所能想起的有上面十条，信手拈来，并无条理。我做此文的用意，是助人骂人，同时也是想把骂人的技术揭破一点，供爱骂人者参考。挨骂的人看看，骂人的心理原来是这样的，也算是揭破一张黑幕给你瞧瞧！

# 咬菜根

朱　湘①

“咬得菜根，百事可作”，这句成语，便是我们祖先留传下来，教我们不要怕吃苦的意思。

还记得少年的时候，立志要作一个轰轰烈烈的英雄，当时不知在哪本书内发见了这句格言，于是拿起案头的笔，将它恭楷抄出，粘在书桌右方的墙上。并且在胸中下了十二分的决心，在中饭时候，一定要牺牲别样的菜不吃，而专咬菜根。上桌之后，果然战退了肉丝焦炒香干的诱惑，致全力于青菜汤的碗里搜求菜根。找到之后，一面着力的咬，一面又在心中决定，将来作了英雄的时候，一定要叫老唐妈特别为我一人炒一大盘肉丝香干摆上得胜之筵。

萝卜当然也是一种菜根。有一个新鲜的早晨，在卖菜的吆喝声中，起身披衣出房。看见桌上放着一碗雪白的热气腾腾的粥，粥碗前是一盘腌菜，有长条的青黄色的豇豆，有灯笼形的通红的辣椒，

---

① 朱湘(1904—1933)，安徽太湖人。字子沅。1919 年考入清华学校，并参加闻一多、梁实秋组织的清华文学社，1922 年加入文学研究会。曾留学美国，回国后任安徽大学教授。因生活所迫、家庭不和，于 1933 年投长江自杀。作品有《夏天》《草莽集》《石门集》等。朱湘为二十年代中国著名诗人，鲁迅曾赞誉他为“中国的济慈”。

还有萝卜，米白色而圆滑，有如一些煮熟了的鸡蛋。这与范文正的淡黄齑差得多远！我相信那个说咬得菜根百事可作的老祖宗要是看见了这样一顿早饭，决定会摇他那白发之头的。

还有一种菜根，白薯。但是白薯并不难咬，我看我们的那班能吃苦的祖先，如果由奈何桥或是望乡台在过节的时候回家，我们决不可供些什么煮得木头般硬的鸡或是浑身有刺的鱼。因为他们老人家的牙齿都掉完了，一定领略不了我们这班后人的孝心；我们不如供上一盘最容易咬的食品：煮白薯。

如果咬菜根能算得艰苦卓绝，那我简直可以算得艰苦卓绝中最艰苦卓绝的人了。因为我不单能咬白薯，并且能咬这白薯的皮。给我一个刚出笼的烤白薯，我是百事可做的；甚至教我将那金子一般黄的肉统统让给你，我都做得到。唯独有一件事，我却不肯做，那就是把烤白薯的皮也让给你；它是全个烤白薯的精华，又香又脆，正如那张红皮，是全个红烧肘子的精华一样。

山茶、慈姑，也是菜根。但是你如果拿它们来给我咬，我并不拒绝。

我并非一个主张素食的人，但是却不反对咬菜根。据西方的植物学者的调查，中国人吃的菜蔬有六百种，比他们多六倍。我宁可这六百种的菜根，种种都咬到，都不肯咬一咬那名扬四海的猪尾或是那摇来乞怜的狗尾，或是那长了疮脓血也不多的耗子尾巴。

# 我们需要杂文

丁　玲[1]

有一位理论家曾向我说过："活人很难说，以后谈谈死人吧。"我懂得这意思，因为说活人常要引起纠纷，而死人是永无对证，更不致有文人相轻，宗派观念，私人意气……之讥讽和责难。为逃避是非，以明哲保身为原则自然是很对的。

另外的地方，也有人这样说，"还是学一个好群众，什么意见都举手吧。"

甚至像这样应该成为过时的幽怨我也听到过很多了："我是什么东西，说句话还不等于放个屁嘛!"

这些意见表现了什么，表现了我们还不懂得如何使用民主，如何展开自我批评和自由论争，我们缺乏气度，缺乏耐心的倾听别的人意见，同时，也表现了我们没有勇气和毅力，我们怕麻烦，我们

---

① 丁玲(1904—1986)，湖南临澧人，原名蒋伟。中国现代著名女作家。17岁到上海，先后就读于平民女校、上海大学。1927年发表作品。1930年加入"左联"，主编左联机关刊物《北斗》。建国后，担任《文艺报》主编，中国作协副主席。曾被错划为右派，文革时又受到迫害，曾入狱五年。主要作品有小说《莎菲女士的日记》《太阳照在桑干河上》，散文集《欧行散记》《延安集》《丁玲书简》。有《丁玲散文集》《丁玲选集》《丁玲文集》(6卷)行世。

怕碰钉子，怕牺牲，只是偷懒——在背地里咕咕咕咕。

有人肯说，而且敢说了，纵使意见还不完全的正确，而一定有人神经过敏的说这是有作用，有私人的党派，长短之争。这是破坏团结，是瞎闹……决不会有人跟着他再论争下去，使他的理论更至完善。这是我们生活的耻辱。

凡是一桩事一个意见在未被许多人明了以前，假如有人去做了，首先得着的一定是非难。只有不怕非难，坚持下去的才会胜利。鲁迅先生是最好的例子。

鲁迅先生因为要从医治人类的心灵下手，所以放弃了医学而从事文学。因为看准了这一时代的病症，须要最锋锐的刀刺，所以从写小说而到杂文。他的杂文所触及的物事是包括了整个中国社会的。鲁迅先生写杂文时曾经被很多“以己之短轻人所长”的文人们轻视过，曾经被别人骂过是因为写不出小说才写杂文的。然而现在呢，鲁迅先生的杂文成为中国最伟大的思想书籍，最辉煌的文艺作品，而使人却步了。

一定要写得出像鲁迅先生那样好的杂文才肯下笔，那就可以先下决心不写。文章是要在熟练中进步的，而文章不是为着荣誉，而是为着真理。

现在这一时代仍不脱离鲁迅先生的时代，贪污腐化，黑暗，压迫屠杀进步分子，人民连保卫自己的抗战的自由都没有，而我们却只会说“中国是统一战线的时代呀！”我们不懂得在批评中建立更巩固的统一，于是我们放弃了我们的责任。

即使在进步的地方，有了初步的民主，然而这里更需要督促，监视，中国所有的几千年来的根深蒂固的封建恶习，是不容易铲除的，而所谓进步的地方，又非从天而降，它与中国的旧社会是相连结着的。而我们却只说在这里是不宜于写杂文的，这里只应反映民主的生活，伟大的建设。

陶醉于小的成功，讳疾忌医，虽也可以说是人之常情，但却只是懒惰和怯弱。

鲁迅先生死了，我们大家常说纪念他要如何如何，可是我们却缺乏学习他的不怕麻烦的勇气，今天我以为最好学习他的坚定的永远的面向着真理，为真理而敢说，不怕一切。我们这时代还需要杂文，我们不要放弃这一武器。举起它，杂文是不会死的。

# 三八节有感

丁　玲

“妇女”这两个字，将在什么时代才不被重视，不需要特别的被提出呢?

年年都有这一天。每年在这一天的时候，几乎是全世界的地方都开着会，检阅着她们的队伍。延安虽说这两年不如前年热闹，但似乎总有几个人在那里忙着。而且一定有大会，有演说的，有通电，有文章发表。

延安的妇女是比中国其他地方的妇女幸福的。甚至有很多人都在嫉羡的说：“为什么小米把女同志吃得那么红胖?”女同志在医院，在休养所，在门诊部都占着很大的比例，却似乎并没有使人惊奇，然而延安的女同志却仍不能免除那种幸运：不管在什么场合都最能作为有兴趣的问题被谈起。而且各种各样的女同志都可以得到她应得的诽议。这些责难似乎都是严重而确当的。

女同志的结婚永远使人注意，而不会使人满意的。她们不能同一个男同志比较接近，更不能同几个都接近。她们被画家们讽刺：“一个科长也嫁了么?”诗人们也说：“延安只有骑马的首长，没有艺术家的首长，艺术家在延安是找不到漂亮的情人的。”然而她们也在某种场合聆听着这样的训词：“他妈的，瞧不起我们老干部，说是土包子，要不是我们土包子，你想来延安吃小米！”但女人总是要结婚的。（不结婚更有罪恶，她将更多的被作为制造谣言的对象，永远被污蔑。）不是骑马的就是穿草鞋的，不是艺术家就是总务科长。她们都得生小孩。小孩也有各自的命运：有的被细羊毛线和花绒布包着，抱在保姆的怀里，有的被没有洗净的布片抱着，扔在床头啼哭，而妈妈和爸爸都在大嚼着孩子的津贴，（每月25元，价值二斤半猪肉）要是没有这笔津贴，也许他们根本就尝不到肉味。然而女同志究竟应该嫁谁呢，事实是这样，被逼着带孩子的一定可以得到公开的讥讽：“回到家庭了的娜拉。”而有着保姆的女同志，每一个星期可以有一天最卫生的交际舞。虽说在背地里也会有难听的诽语悄声的传播着，然而只要她走到哪里，哪里就会热闹，不管骑马的，穿草鞋的，总务科长，艺术家们的眼睛都会望着她。这同一切的理论都无关，同一切主义思想也无关，同一切开会演说也无关。然而这都是人人知道，人人不说，而且在做着的现实。

离婚的问题也是一样。大抵在结婚的时候，有三个条件是必须注意到的。一、政治上纯洁不纯洁，二、年龄相貌差不多，三、彼此有无帮助。虽说这三个条件几乎是人人具备（公开的汉奸这里是没有的。而所谓帮助也可以说到鞋袜的缝补，甚至女性的安慰），但却一定堂皇的考虑到。而离婚的口实，一定是女同志的落后。我是最以为一个女人自己不进步而还要拖住她的丈夫为可耻的，可是让我们看一看她们是如何落后的。她们在没有结婚前都抱着有凌云的志向，和刻苦的斗争生活，她们在生理的要求和“彼此帮助”的蜜语之下结婚了，于是她们被逼着做了操劳的回到家庭的娜拉。她们也唯恐有“落后”的危险，她们四方奔走，厚颜的要求托儿所收留她们的孩子，要求刮子宫，宁肯受一切处分而不得不冒着生命的危险悄悄的去吃着坠胎的药。而她们听着这样的回答：“带孩子不是工作吗？你们只贪图舒服，好高骛远，你们到底作过一些什么了不起的政治工作？既然这样怕生孩子，生了又不肯负责，谁叫你们结婚呢?”于是她们不能免除“落后”的命运。一个有了工作能力的女人，而还能牺牲自己的事业去作为一个贤妻良母的时候，未始不被人所歌颂，但在十多年之后，她必然也逃不出“落后”的悲剧。即使在今天以我一个女人去看，这些“落后”份子，也实在不是一个可爱的女人。她们的皮肤在开始有折皱，头发在稀少，生活的疲惫夺取她们最后的一点爱娇。她们处于这样的悲运，似乎是很自然的，但在旧的社会里，她们或许会被称为可怜，薄命，然而在今天，却是自作孽、活该。不是听说法律上还在争论着离婚只须一方提出，或者必须双方同意的问题么？离婚大约多半都是男子提出的，假如是女人，那一定有更不道德的事，那完全该女人受诅咒。

我自己是女人，我会比别人更懂得女人的缺点，但我却更懂得女人的痛苦。她们不会是超时代的，不会是理想的，她们不是铁打的。她们抵抗不了社会一切的诱惑，和无声的压迫，她们每人都有一部血泪史，都有过崇高的感情，（不管是升起的或沉落的，不管有幸与不幸，不管仍在孤苦奋斗或卷入庸俗，）这在对于来到延安的女同志说来更不冤枉，所以我是拿着很大的宽容来看一切被沦为女犯的人的。而且我更希望男子们尤其是有地位的男子，和女人本身都把这些女人的过错看得与社会有联系些。少发空议论，多谈实际的问题，使理论与实际不脱节，在每个共产党员的修身上都对自己负责些就好了。

然而我们也不能不对女同志们，尤其是在延安的女同志有些小小的企望。而且勉励着自己。勉励着友好。

世界上从没有无能的人，有资格去获取一切的。所以女人要取得平等，得首先强己。我不必说大家都懂的。而且，一定在今天会有人演说的，“首先取得我们的政权”的大话，我只说作为一个阵线中的一员(无产阶级也好，抗战也好，妇女也好)，每天所必须注意的事项。

第一、不要让自己生病。无节制的生活，有时会觉得浪漫，有诗意，可爱，然而对今天环境不适宜。没有一个人能比你自己还会爱你的生命些。没有什么东西比今天失去健康更不幸些。只有它同你最亲近，好好注意它，爱护它。

第二、使自己愉快。只有愉快里面才有青春，才有活力，才觉得生命饱满，才觉得能担受一切磨难，才有前途，才有享受。这种愉快不是生活的满足，而是生活的战斗和进取。所以必须每天都作点有意义的工作，都必须读点书，都能有东西给别人，游惰只使人感到生命的空白，疲软，枯萎。

第三、用脑子。最好养好成一种习惯。改正不作思索，随波逐流的毛病。每说一句话，每做一件事，最好想想这话是否正确?这事是否处理的得当，不违背自己作人的原则，是否自己可以负责。只有这样才不会有后悔。这就是叫通过理性，这，才不会上当，被一切甜蜜所蒙蔽，被小利所诱，才不会浪费热情，浪费生命，而免除烦恼。

第四、下吃苦的决心，坚持到底。生为现代的有觉悟的女人，就要有认定牺牲一切蔷薇色的温柔的梦幻。幸福是暴风雨中的搏斗，而不是在月下弹琴，花前吟诗。假如没有最大的决心，一定会在中途停歇下来，不悲苦，即堕落。而这种支持下去的力量却必须在“有恒”中来养成。没有大的抱负的人是难于有这种不贪便宜，不图舒服的坚忍的。而这种抱负只有真正为人类，而非为己的人才会有。

三八节清晨

附及：文章已经写完了，自己再重看一次，觉得关于企望的地方，还有很多意见，但为发稿时间有限，也不能整理了。不过又有这样的感觉，觉得有些话假如是一个首长在大会中说来，或许有人认为痛快。然而却写在一个女人的笔底下，是很可以取消的。但既然写了就仍旧给那些有同感的人看看吧。

# 屠夫的咒语

艾　芜[1]

在我们四川那边，小时候听见说过，屠户杀牛，总要对牛说几句超生的咒语。如“生在世间受苦辛，一时寒冷一时饥，我今送尔归阴去，脱下毛衣换人衣。”照如此说来，原来屠户并不是要吃肉要卖钱才杀它，乃是为了超度它，使它脱离牛生活，变为快乐幸福的人呀！牛如懂得屠户的咒语，岂不该感激涕零吗？

至于猪被杀的时候，可就连这种猫哭老鼠的假慈悲，也用不着了。只消白刀子戳进去，红刀子挪出来就是。真干脆得很，一点罗嗦话也没有。

为什么屠夫要向牛施一种慈悲，而猪则置之不顾呢？这就是人们之间，自然而然，流行一种意见，即是，猪原系喂来吃，而牛却是养来耕田种地，对人维持衣食饭碗，并非专门喂来杀的。但做屠夫的，并不愚蠢，却很会想法子来作借口的，所以便有了堂堂皇皇

---

① 艾芜(1904—1992)，四川新繁人。早年曾在我国西南边境和缅甸、马来亚、新加坡等地流浪漂泊。1931 年回国后定居上海，开始创作生涯。抗战爆发后，从事救亡工作。创作以小说为主。其中有《南行记》等二十多部短篇小说集、中篇小说和长篇小说。通行本有《艾芜短篇小说集》《艾芜中篇小说集》《艾芜文集》等。

的超生咒语。

屠夫杀猪，还露其本来面目，至于杀牛，则摇身一变而为救世主了，不但要使被杀者不会恨他，且要死而瞑目，对他感激道谢哩。因之，这种念咒语的屠户，就更加可恶！

在人类史上，一个国家侵略别一民族的时候，也可以依照屠户杀猪杀牛，分成两个阶段的。不用别的为例，就拿日本鬼子来说吧。他们在明朝时候，向我国沿海一带，奸淫掳掠，就并没有发过欺人的宣言，而只是饱其私欲就是。所以屠户面目，完全露出，人人认得他是倭寇强盗，也就没人向他屈膝。于今可就不同了，奸淫掳掠，更加凶狠之外，可就玩出堂而皇之的超生咒语来了。你看“重建东亚新秩序”，以及在沦陷区散发的欺骗传单，不就是等于会念咒语的屠户么？汪精卫之流，给他念的咒语迷上了，于是乎，就作揖叩头，感谢不已。这样看来咒语之为用，真是大矣哉哪。

# 保护动物

巴　金[①]

孔诞方过，动物节又来了。这是世界的节日，它的意义似乎要广大一点。中国人喜趋时髦，自然不肯放弃机会开一个宣传会来凑趣。

保护动物这意思也许不错，而且既有各文明国家倡之在先，我们如今来附骥尾，也不失文明古国的面子。这至少也是一种点缀。

但是倘使我们把眼睛放开一点，看一看中国的情形，我们就会不禁哑然地失笑了。那些提倡保护动物的人眼光似乎小了一点，他们只看得见小小的动物，却忘记了更大的人类，他们甚至连自己也忘掉了。在我们这里，再放大一点说，在世界里，人还没有得到什么安全的保障。到处都展现着人被虐待，人被宰割的事实，何曾见

---

① 巴金(1904—2005)，四川成都人。原名李尧棠，1927年到法国留学，同年写出第一部小说《灭亡》。回国后，埋头从事创作和翻译。1934年东渡日本，回国后任文化生活出版社总编辑，出版《文学丛刊》《文化生活丛刊》，抗战期间积极投入抗日救亡运动。解放后一直从事文学创作。几十年来，先后创作了《爱情三部曲》《激流三部曲》等长篇小说和大量短篇小说，是现代中国著名的语言艺术大师。文革期间受到残酷迫害。文革后，以真诚的态度，反省自己，对国家和人民的历史和命运，敢于说真话，从而达到了他一生创作的顶峰。通行本有《巴金选集》《巴金文集》《巴金散文集》《随感录》等。

有什么慈善心肠的人出来发起一个保护人的团体呢？虽然也曾有过什么人权保障协会，但也只是昙花一现，侥幸存在的也做不出事情来。

以不能够保护自己的人如今却来提倡保护动物，这岂不是很可笑的事情么？所以对于那宣传大会的工作，我认为不是舍本逐末，就是装饰门面。 此外再没有别的意义了。

# 独立思考

巴　金

读了玄珠同志的《谈独立思考》，我有点感想。

现在是不是我们就不知道怎样独立思考呢？现在是不是我们就丧失了独立思考的能力呢？

我想，绝不是。我们并没有丧失独立思考的能力。

问题在于：有些人自己不习惯“独立思考”，也不习惯别人“独立思考”。他们把自己装在套子里面，也喜欢硬把别人装在套子里面。他们拿起教条的棍子到处巡逻，要是看见有人从套子里钻出来，他们就给他一闷棍。他们听见到处都在唱他们听惯了的那种没有感情的单调的调子，他们就满意地在套子里睡着了。

他们的棍子造成了一种舆论，培养出来一批应声虫，好像声势很浩大，而且也的确发生过起哄的作用。可是这种棍子并没有打掉人们的独立思考的能力。事实上单调的调子中间一直有各种各样的声音，不过教条主义者没有听见或者不去听罢了。有些在套子里住惯了的编辑同志喜欢把别人的文章改来改去，一定要改得可以装进套子才甘心，但是写稿的人仍然要从套子里钻出来。打闷棍，头一次也许有用处，要再来，别人早已提防了。谁都知道，教条是死的，人是活的，所以教条代替不了“独立思考”。

在中国能够独立思考的人还是占大多数，他们对大小事情都有他们自己的看法。他们并不习惯别人代替他们思考，但是他们也不习惯公开发表自己的意见，却喜欢暗地里吱吱喳喳（这倒有助于教条主义者的虚张声势）。所以“百家争鸣”的号召对他们是有很大的作用的。他们需要“鸣”，也应当鼓励他们大“鸣”。要是他们真的大“鸣”起来，教条主义者的棍子就只好收起来了。

# 空洞的话

冯　至①

什么样的人说什么样的话，本来是很自然的事，可是有些人偏偏不说他所应说的，而尽说与他的为人不相称的话。小孩子说大人话，已经引人不愉快了，却还可以原谅，因为小孩子善于模仿，这模仿又多半出于无心。奴才替主子说话，属员替上司说话，虽然有时听着讨厌，也未必不可原谅，因为他们多半为了生活不得不如此。最使人恶心，最使人不能忍受的，是心里尽量盘算着怎样募款自肥的牧师用传道者的姿态说古代传道者的话，心里只盘算纵横之术的政客用圣贤的口吻说圣贤的话。“天国近了，你们应当悔改”，只有从约翰的口里说出的是真的；“朝闻道，夕死可矣”，只有从孔子的口里说出的是真的。若是这两句话从那些牧师和政客们的口里说出，纵使一字不改，也不会有一点力量。伟大的话必须和伟大的人格相匹配；一个渺小的人格如果专门说些伟大的话，可

---

① 冯至(1905—1993)，河北涿县人。1921 年考入北京大学，开始发表新诗。后参加创建文学团体浅草社和沉钟社。北大毕业后，去德国留学。回国后执教于西南联大和北京大学。曾任北大西语系主任、中国社科院外国文学研究所所长。他是中国新诗开创时期的重要诗人。诗集有《昨日之歌》《十四行集》《西郊集》《十年诗抄》等，学术著作有《论歌德》《杜甫传》等。

笑处无异于鹦鹉学说人语，其罪过则是欺骗，所发生的影响是使被欺骗的人不是化珍珠为鱼目，就是把鱼目当作珍珠。对于这样的人，“言行一致”早已属于另一个世界里的事了。

如果有一个人，他根本并没有什么实在的工作成绩，自己所想的也无非是私利和世故，一开口就是大道理，他所“关怀”的小则民族，大则人类，这样的人我是要躲避的。如果有篇文章，好像充满热情和真理，但略加玩味，就看出都是些空洞的言词，没有一字是作者真实的感受，这样的文章我是不要读的。有些法西斯的演说家之所以令人作呕，就因为他们类乎市场上卖野药的叫卖者，专门说夸大的谎话。反过来说，有些实事求是的政治家，既不回避他们的失败，也不夸大他们的胜利，因之取信于群众，他们的风度的确很朴实可爱。他们一步步实实在在地做，实实在在地说，体现出他们是实实在在的人物。但是在我们社会里，尤其在报纸上、会场上，我们所闻所见的，夸大而空洞的话太多，实实在在的话太少了。听这些空洞的话比听一个饶舌的老妪在你耳边絮絮不休还讨厌。老妪的饶舌虽然琐碎，究竟总出不了她见闻的范围，而空洞的话则来自空虚，同时又想尽方法遮盖自己的空虚，更进一步欺骗听者。结果是空洞的话说得越多，越容易泄露出自己的空虚与欺骗。

在世界闻名的作家中，歌德要算最重要的一个。他极其丰富的著作里几乎没有一字不是认真想过、亲自感到过的。他自己曾说，他一生中所防御的莫甚于防御空洞的言词了。旁人说出一句空话，他觉得不能忍受；自己说出一句空话，他自信是不可能的。歌德之所以伟大，正因为他有这真实的态度。若是大而不真实，恐怕会比任何一个讨人嫌厌的生物都丑恶。在中国的诗人里，也只有李白那样气魄宏大的人才写出“大雅久不作，吾衰意谁陈”的句子而不显得空疏。可是唐代有个姓李的江湖浪人，到处模拟李白风格写些所谓豪迈的诗句，自以为可以与李白分庭抗礼，自称李赤。柳宗元还给他作过传，苏轼在《东坡志林》里也提到他："过姑熟堂下读李白十咏，疑其语浅陋，不类太白。孙邈云，闻之王安国，此李赤诗。秘阁下有赤集，此诗在焉。赤见柳子厚集，自比李白，故名赤。卒为厕鬼所惑而死。"那些专门用些空洞的言词说话和作文的人总使我联想到这个狂妄的江湖浪人。我想他们也许逃脱不开李赤的命运吧。

# 自　慰

冯　至

十几年前，我走出大学门口，到一个高级中学里去教书。在那个学校遇到一个学生，他总是笑嘻嘻地没有苦恼。遇见什么难的问题，自己不能解答，而旁的同学能够解答时，他总是自慰地说："在初中的时候我也解答过许多旁人不能解答的问题。"遇见自己有什么错误，他的回答是："这一类的错误就是考甲等的某某同学也有过。"因此他对于旁人的长处永不羡慕，对于自己的短处也永无悔恨，终日悠游自得，小小的年纪好像很懂得生活之道。他当时虽然不大被人看得起，并且始终以中下等的学生资格穿过中学和大学，但他后来走到社会里，却事事顺利，不几年听说已经做了简任官了。

近年来我听到许多名言谠论，才渐渐觉得那个人的生活之道是有所本的。他大半觉得羡慕他人，容易绝望、甚至毁灭之途，倒不如用这种自慰的方法去寻求个人的"幸福"。几十年来，我们的民族就很善于用这种方法生存在世界上。

看见人家有什么长处，便说自己也曾经有过。人家的发明层出不穷，我们便提出丝、纸、火药、指南针。人家开发了世界上的每一个角落，我们便说，哥仑布以前南美洲早已有华人的遗迹了。俗话说，英雄不夸当年勇，想起祖先的光荣，应该自己惭愧，不但不惭愧，反而用它来遮自己的丑，殊非一个“尊祖敬宗”的民族所应有的事。

看见自己有什么短处，便说人家也有。就眼前的种种而论，发国难财、黑市、无限制的享乐的追求，道德水准的降低，便有人说，这是战时应有的现象。同时还举出许多外国的例子，作为这事的保障，好像是无论什么事只要外国一有，我们就心安理得，言之无愧了。姑无论这类的事在外国是不是准有，纵使有，拿人家的缺点来遮盖自己的罪恶，也殊非自强之道。羡慕他人，固然会有否定自己的危险，但也能刺激自己前进；深的悔恨固然有时使人灰心丧气，但也可使人走上自新的道路。消极的自慰只能使人苟且偷生，积极的自责却能使人活得更像样子。在“民族复兴”成为盛极一时的口号的时代中，我希望大家自责能多于自慰。

# 伟大与渺小

臧克家[①]

我们有了太多的伟人。写在历史上的被渲染过的，不必去说他们了；和我们同时代，向我们显示伟大的，已经够数了。这些人，凭了个人的权谋机诈，凭了阴险与残酷，只要抓住一个机会使自己向高处爬一级，他是决不放弃这个机会的，至于牺牲个人的天良和别人的利益甚至生命，他毫不顾惜。这些伟人的伟大，是用个人的人性去换来的，是踏在人民大众的骨骸上升高起来的。当他站得高，显得伟大的时候，一帮有肉没骨头，有躯壳没灵魂的人中狗，便成群地蜷伏在他的脚下，仰起头来望望他，便“伟大呵，伟大呵！”地乱叫一阵子。当别人靠近他的时候，它们便狺狺狂吠起来，在壮主子的声威之余，自己也仿佛有威可畏了。这些伟人与臣仆是相依为命，狼狈为奸的。主子为了猎取权势的兔，是不能没有

① 臧克家(1905—2004)，山东诸城人。现代著名诗人。早年求学于济南省立第一师范。受五四新文化运动影响，开始诗歌创作。1926 年考入武汉中央军事政治学校，曾参加讨伐军阀的战斗。1929 年入青岛大学补习，1934 年毕业于山东大学中文系。1933 年出版第一部诗集后，出版了大量诗集。抗战期间参加中国文艺界抗敌协会，继续从事诗歌创作。抗战胜利后在上海主编《文讯》月刊和《创造诗丛》，解放后任《诗刊》主编。作品有《罪恶的黑手》《自己的写照》《十年诗选》《泥土的歌》等，晚年写作散文较多。

走狗的；在走狗的瞳孔里，主子的尊容也许并非那么庄严，然而在它们的口里，又是另一回事了。为了一块骨头，它们出卖了自己。

在伟人自己，眼睛看的是逢迎的脸色嗫嚅趑趄的情态；耳朵听的是谗谄阿佞的声音，左右的人铜壁铁墙一样把他围在一个小天地里，眼看不过咫尺，耳听不出左右，久而久之，也只能以他人之耳为耳，以他人之日为目，而这些他人，又正是以他为法宝而有所贪图的人，他们所说的话，所报告的见闻，全是以自己的利害为标准而取舍、改篡、编造的，不但与事实不符，常常会整个相反。信假为真，以真为假，是非颠倒，黑白不分。古时候有这样的皇帝，天下大饥，他怪异人民何不食肉糜？今日的伟人吃的鸡蛋，也许还是一块钱一个。

这样的伟人，拔地几千尺，活在半空里，和群众，和现实，脱离得一干二净。在别人眼前，他作势，他装腔，他在别人眼里不是“人”，而是“伟人”；他自己，喜怒哀乐，不能自由，不愿自由，不敢自由；硬把人之所以为人的一些天性压抑，闷死，另换上一些人造的东西，这样弄得长久了，自己也觉得自己不是“人”了，而成了“人”以上的另一种人的“人”，勉强解释，就是孤家“寡人”之“人”。这样的人，是“性相近也，习相远也”，远的是民众，是人性。这样的人是刚愎的，残暴的，虚伪的，反动的，半疯狂的，自欺欺人，存心“不令天下人负我，宁我负天下人”的。把一个国家，一个世界，交给这样一个半疯子去统治，那会造成个什么样子呢？

“王侯将相”的种子，已不能在新时代的气流中生长了，当大势已去，伟人不得不从半空里扔在实地上、民众前的时候，难怪希特勒自杀，而且自杀前还有疯狂的传说。被别人蒙在鼓里，或被自己的野心蒙在鼓里，一旦鼓被敲破了，四面楚歌，他这才明白了，可是已经晚了。个人英雄也就是悲剧英雄。希特勒，墨索里尼已成过去了，他们的死法，是多么有力的标语，佛朗哥，以及佛朗哥的弟兄们，读一读它吧！

和伟大相反，我喜欢渺小，我想提倡一种渺小主义。一个浪花是渺小的，波浪滔天的海洋就是它集体动力的表现；一粒砂尘是渺小的，它们造成了巍峨的泰岱；一株小草，是一支造物的小旗；一朵小花，不也可以壮一下春的行色吗？

我说的渺小是最本色的，最真的，最人性的，是恰恰反乎上面所说的那样的伟大的。一颗星星，它没有名字却有光，有温暖，一颗又一颗，整个夜空都为之灿烂了。谁也不掩盖谁，谁也不妨碍别个的存在，相反的，彼此互相辉映，每一个是集体中的一分子。

满腹经纶的学者，不要向人民夸示你们的渊博吧，在这一方面你是能手，因为你有福，有闲，有钱；你对于锄头拿得动，使得熟吗？在别人的本领之前，你显示自己的渺小吧。用你精神的食粮去换五谷吧。

发号施令的政治家，你们也能操纵斧柄如同操纵政柄吗？

将军们，不要只记住自己的一个命令可以生杀多少人，也要想想农民手下的锄头，可以生多少禾苗，死多少野草呵。

当个人从大群中孤立起来而以自己的所长比别人所短时，他自觉是高人一头；把自己看做群众里面的一个，以别人的所长比自己的所短时，便觉得自己是渺小，人类的集体才伟大。我常常想，不亲自站在群众的队伍里面是比不出自己的高低的；我常常想，站在大洋的边岸上向远处放眼的时候，站在喜马拉雅山脚下向上抬头的时候，才会感觉到自己的渺小。

因此，我爱大海，也爱一条泻泻的溪流；我爱高山，也爱一个土丘；我爱林木的微响；我爱一缕炊烟；我爱孩子的眼睛；我爱无名的群众，我也爱将军虎帐夜谈兵——如果他没忘记他是个人。

我说的渺小是通到新英雄主义的一个起点。渺小是要把人列在一列平等的线上，渺小是自大，狂妄，野心，残害的消毒药，渺小是把人还原成人，是叫人看集体重于个人。当一个人为了群众，为了民族和国家，发挥了自己最大可能的力量，他便成为人民的英雄——新的英雄。这种英雄，不是为了自己，而是牺牲了自己，他头顶的光圈，是从人格和鲜血中放射出来的。

人人都渺小，然而当把渺小扩大到极致的时候，人人都可以成为英雄——新的英雄。

这世纪，是旧式的看上去伟大的伟人倒下去的世纪；这世纪，是渺小的人民觉醒的世纪；这世纪，是新英雄产生的世纪。

我如此说，如此相信。

# “雅”的末运

赵树理①

“五日一山十日一水”的国画，雪中寻梅闲坐驴背的国诗，走笔比钟表上的指针不很快的国书，捉麻雀式的太极拳，半点钟落一子的围棋……其中趣味，大非局外人所得悉，无以名之，姑名曰“雅”。

这些雅事，并非如反对者所见的那样简单，说是“闲来无事随便玩玩而已”。雅之至，能使胸怀开朗，忘却自我——借个玄名可谓已臻“化境”。

我国历代风雅名流，细数来可以抄订成册，而我自己非个中人，也知道不了几个，所以只笼统地把他们分为真假二大类：真的是很容易得到名利而自己实实感到那是俗事，陶渊明可以作此派代表。假的把雅事作为争名逐利的业余娱乐，而其代表人物就得抄名册了。好在我现在只说真的，这个名册就可以不抄。

真的雅人把生活和自己所嗜的雅事合而为一——“诗人本身就

---

① 赵树理(1906—1970)，山西沁水人。早年受新文学影响，三十年代初开始文学创作，立志从事文艺大众化工作。1943 年发表小说《小二黑结婚》一举成名。此后陆续发表了《李有才板话》《三里湾》等著名作品，被誉为人民艺术家。文革中受迫害致死。

是诗”这句话，在这里可以放大说：“书法家的生命就是字，画家生命就是画。”

“雅”而到了“化境”，和参禅一样，能领悟到佛家所谓“静”“定”“慧”。不管他领悟到的是什么吧，这种心境推国家大事也曾有过用，王阳明的军中讲学虽不是从围棋入手，可是他的“镇定”，他的静中察动，是从“养性”来的。在这养性的过程中，他可以说和“真的雅人”是殊途同归，只是他把用途推广了一步。

那么我们现在的人先从做“雅”人入手，是否也可以进到救国？这可以答个十二分可惋惜的答案，曰：“不能。”

先说雅人们所以致雅之道：人的环境，须得先做到个“静”字——须得不缺米面，有厨子给做成熟的；又得离开市井听不到街上的热闹；最要紧的是飞机不来头上下蛋……这些条件能够一一做到的本来就不大容易，加以无论哪一种雅事都非有十年八年不为功，而这种不可多得的环境能维持到那么长久，在目下的中国恐不可能——只说飞机也够难以回避了。

现在已经雅到化境的人出而用事，虽然不必再加火候，也有诸多困难：静中养出来的“镇定”，也往往经不起大炮轰击。孟子的浩然之气，一生没有机会到火线上试去，我们不得知道行不行。王阳明先生虽在后方试过，但一来当日的弓弦没有现在的炸弹响声大，再则当日的土匪流氓乌合之众也没有今日帝国主义那样复杂，王先生对他们，好像成人看小孩子打架，自不愁措之裕如。若夫现在，敌人先派许多“游历”之士，来到我们天朝，上自军国大事，下及猫猫狗狗，大自山脉水道，小至厨房厕所，无不照了相，绘了图，计了数字（连我们有几多已臻化境的人物也计算在内），然后拟定了宜下手方案，计何处宜造“事件”，何处宜建“伪国”“伪会”，何人宜收买，何人宜恫吓，何事宜“合作”，何事宜“提携”……方案已定，按部就班做下去，自然无往不利（飞机战舰，备而不用可也）。这时雅人中纵有几个王阳明出现，其如人家事先连自列入统计何？

至若陶渊明一类的纯洁雅人就更不支了：东篱是否让他种菊，南山有没有义勇军，到那时谁也不敢保，那么他老先生的“悠然”常态也跟着不易保下去。

士大夫们的雅化境，只好让从前的士大夫独步了吧！我们既不生于当时，又非此家子弟，愧不能接受那种优美的文化遗产，让我们牺牲一点清福先来应付一下时代的俗务。俗务中需要的是“热”——每一个刺激来了都给它一个适当的反应，感觉灵敏的要负传达刺激之责，使自己感到刺激，别人也能感到。这工作中也需要诗，也需要画，并且也有“境”。只是这种化境是“热”不是“冷”——是热到血液沸腾不可遏止，不是飞机到头上来还要在化境中养神。

# 神仙·老虎·狗

潘汉年①

中国特殊阶级，流氓社会的人物，他们的人生观是以这个五字口诀来概括的：“神仙，老虎，狗。”据他们自己的解释是这样：

吃喝嫖赌，浪荡逍遥，快乐得像个神仙，要达到这个目的，必须要有杀气腾腾、凶暴残忍的手段，好比会吃人的老虎；但是强中还有强中手，遇着有势力可以制服你的，或者平日豢养你的，以及时运不济，有所求助于人的时候，要驯服得像条狗。

不过照我看来，不如简单称为“狗虎仙”，有了长期走狗的训练，方有资格成为老虎，一有老虎魄力，方得随心所欲，可以快乐像神仙：但究竟不是烟火不食，与世无争的神仙，还是摇尾乞怜杀人不眨眼的走狗与老虎性格的神仙。 狗与老虎，一般的是不能并存，我们只看到狗仗人势，没有看见狗吃人，而老虎不仅吃狗，连人也要吞下去的，而今的“大亨”居然会把狗与虎两种不同的个

---

① 潘汉年（1906—1977），江苏宜兴人。 1924 年参加创造社，主编刊物《洪水》。 长期从事革命文化工作，曾任《革命军日报》总编辑，中共中央宣传部文委书记，30 年代在上海和鲁迅一起，组织左翼作家联盟。 后任中共中央与国民党谈判代表，八路军上海办事处主任。 长期开展隐蔽斗争和统战工作。 建国后任上海市副市长等职。 1955 年因错案被判刑，后含冤而死。

性，兼收并蓄于一人之身，称之为“狗虎仙”，不是更贴切吗？ 这种狗虎仙的人物，实际不仅是流氓社会的特产，凡是少数特权阶级统治的社会，上自公卿，下至地痞，不知道存在着多少狗虎仙！ 即如今日之所谓人民世纪，不论在农村，都市，兵营，学校，只要有人民的地方，就有各色各样的狗虎仙人物的行踪。 而且狗虎仙不仅是中国土产，早已成为国际化的了。 不说太远，只说所谓反法西斯胜利之后，我们不是每天看到不少来自盟邦的狗虎仙吗？ 对我们有时驯柔可爱，好像为我们服务而来，有时候他对我们则一变为随时可以一口吞掉你的气概。 他们到了上海、北平，我们招待得庄严隆重，他要什么，给什么，他想什么，就侍候什么，务使其生活愉快，一如神仙。 当年的“大日本”表现得最明朗了，向我们建议中日亲善的时候，那么驯善；剿共的时代是如何帮忙；七七事变，又多么凶狠，占领了半个中国，气概非凡；十二月八日袭击珍珠港得手，在太平洋上称王称霸，又何尝不是神仙一般的得意。 现在呢，这个活神仙又一变为麦克阿瑟脚旁的哈巴狗，谁知道它将来会不会再变成老虎、神仙呢！

这是说明咱们已经看到外来的洋“狗虎仙”，至于国产的狗虎仙，也早已漂洋过海，光顾欧美，不过因为出洋关系，老虎性格是有所变化，甚至于用不着；假使还有一点遗留，仅仅是对付流落外国的一些侨胞而已！ 对付“番鬼”，通常只要“狗神仙”，或者自称为“神仙狗”就可了。

# 由于知，由于爱

廖沫沙[①]

“麻痹”和“敏感”显然是两回事，但两者并不是绝对的。同一个人对这件事感觉麻痹，对另一件事也许感觉特别敏锐；同一事物，这个人无所感，另一个人竟大感兴奋；同一人，同一事物，今天各不相干，明天却发生密切关系，分解不开。这种情形是很多的，我想用不着举例；然而造成这种差别的原因，却值得研究，所以还是要举例才说得清楚：

例如人和国家民族吧，有一种人并不感觉国家民族和自己有关联，国家民族的兴废存亡，他丝毫也不感痛痒，然而小而至于身上落一点灰尘，大而至于黄包车夫多向他讨去连半支纸烟都买不到的一块钱，他都会寝食不安，在心上长出一个疙瘩，久而不消；甚焉者，当场见效，向那车夫双眼直瞪，怒发冲冠，认为他大逆不道。

---

① 廖沫沙（1907—1990），湖南长沙人。原名廖家权。1922 年入长沙师范学校，后到上海旁听于上海艺术大学文学系，并开始创作。1932 年后任《远东日报》编辑，开始大量写作杂文。抗战爆发后先后在湖南《抗战日报》、桂林《救亡日报》、重庆《新华日报》工作。解放后曾任中共北京市委教育部长、统战部长等职。后因写作《三家村札记》杂文，受到迫害。作品有杂文集《分阴集》《纸上谈兵录》《廖沫沙杂文集》。

从旁人看，也许以为他对国家和对一张买不到半支纸烟的钞票，未免是见秋毫而不见舆薪，轻重倒置；然而在他的心里，却刚好相反，国家是秋毫之末，而一张一块钱的钞票，比国家民族要贵重得多，伟大得多。就在这同一个人的身上，一边是麻痹，另一边又分明是敏感。

为什么会发生这种差别呢？

樊迟问“仁”，子曰“爱人”；问“知”，子曰“知人”，为什么“仁”？由于有爱，我们不妨把“仁”“人”和“知”这三样东西的意义扩大：为什么重它？因为爱它；为什么爱它？因为知道它好，知道它有用处。例如那连半支纸烟也买不到的一块钱，人们为什么将要失去它便怒发冲冠？因为他爱它；为什么爱，因为知道它还可以买到半支以下的纸烟。倘使它连这点点用处都不值，人还会为它怒发冲冠吗？

推而远之，对国家民族也一样：要重视它先要爱它，要爱它就先要认识它。高尔基写道：“我把俄国人民看成特别的具有奇异天资的新的人民。”所以高尔基成了俄罗斯人民最热情的爱护者，也是俄罗斯最热情的爱国主义作家。列宁格勒的炮兵班长还击敌人的时候，下令道：“为了普式庚，放！”“为了涅克拉索夫，放！”就因为他深知与深爱着俄罗斯的文化传统，所以他对于要毁灭这文化传统的法西斯，抱有无限的愤恨。

麻痹与敏感，差别的根源，是由于知，由于爱。没有这些，便感觉麻痹，有的，便立即发生敏感。

# 松树的风格

陶　铸[1]

去年冬天，我从英德到连县去，沿途看到松树郁郁苍苍，生气勃勃，傲然屹立。 虽是坐在车子上，一棵棵松树一晃而过，但它们那种不畏风霜的姿态，却使人油然而生敬意，久久不忘。 当时很想把这种感觉写下来，但又不能写成。 前两天在虎门和中山大学中文系的师生们座谈时，又谈到这一点，希望青年同志们能和松树一样，成长为具有松树的风格，也就是具有共产主义风格的人。 现在把当时的感觉写出来，与大家共勉。

我对松树怀有敬畏之心不自今日始。 自古以来，多少人就歌颂过它，赞美过它，把它作为崇高的品质的象征。

你看它不管是在悬崖的缝隙间也好，不管是在贫瘠的土地上也好，只要有一粒种子——这粒种子也不管是你有意种植的，还是随

---

① 陶铸(1908—1969)，湖南祁阳人。 著名革命活动家。 1926 年入黄埔军校。 曾参加南昌起义、广州起义，后创建鄂豫边区。 1940 年到延安，任中央军委秘书长。 解放战争期间，先后任吉林、辽北等省委书记，东北野战军政治部副主任。 新中国成立后，任中共中央华南分区书记、广东省委第一书记。 “文革”初，任中共中央政治局常委、国务院副总理，后被迫害致死。 著有散文集《理想·情操·精神生活》《思想·感情·文采》等。

意丢落的，也不管是风吹来的，还是从飞鸟的嘴里跌落的，总之，只要有一粒种子，它就不择地势，不畏严寒酷热，随处茁壮地生长起来了。它既不需要谁来施肥，也不需要谁来灌溉。狂风吹不倒它，洪水淹不没它，严寒冻不死它，干旱旱不坏它。它只是一味地无忧无虑地生长。松树的生命力可谓强矣！松树要求于人的可谓少矣！这是我每看松树油然而生敬意的原因之一。

我对松树怀有敬意的更重要的原因却是它那种自我牺牲的精神。你看，松树是用途极广的木材，并且是很好的造纸原料；松树的叶子可以提制挥发油；松树的脂液可制松香、松节油，是很重要的工业原料；松树的根和枝又是很好的燃料。更不用说在夏天，它用自己的枝叶挡住炎炎烈日，叫人们在如盖的绿荫下休憩；在黑夜，它可以劈成碎片做成火把，照亮人们前进的路。总之一句话，为了人类，它的确是做到了“粉身碎骨”的地步了。

要求于人的甚少，给予人的甚多，这就是松树的风格。

鲁迅先生说的“我吃的是草，挤出来的是奶，血”，也正是松树风格的写照。

自然，松树的风格中还包含着乐观主义的精神。你看它无论在严寒霜雪中和盛夏烈日中，总是精神奕奕，从来都不知道什么叫做忧郁和畏惧。

我常想：杨柳婀娜多姿，可谓妩媚极了，桃李绚烂多彩，可谓鲜艳极了，但它们只是给人一种外表好看的印象，不能给人以力量。松树却不同，它可能不如杨柳与桃李那么好看，但它却给人以启发，以深思和勇气，尤其是想到它那种崇高的风格的时候，不由人不油然而生敬意。

我每次看到松树，想到它那种崇高的风格的时候，就联想到共产主义风格。

我想：所谓共产主义风格，应该就是要求人的甚少，而给予人的却甚多的风格；所谓共产主义风格，应该就是为了人民的利益和事业不畏任何牺牲的风格。

每一个具有共产主义风格的人，都应该像松树一样，不管在怎样恶劣的环境下，都能茁壮地生长，顽强地工作，永不被困难吓倒，永不屈服于恶劣环境。每一个具有共产主义风格的人，都应该具有松树那样的崇高品质，人民需要我们做什么，我们就去做什么，只要是为了人民的利益，粉身碎骨，赴汤蹈火，也在所不惜；而且毫无怨言，永远浑身洋溢着革命的乐观主义的精神。

具有这种共产主义风格的人是很多的。在革命艰苦的年代里，在白色恐怖的日子里，多少人不管环境的恶劣和情况的险恶，为了人民的幸福，他们忍受了多少的艰难困苦，做了多少有意义的工作呵！他们贡献出所有的精力，甚至最宝贵的生命。就是在他们临牺牲的一刹那间，他们想的不是自己，而是人民和祖国甚至全世界的将来。然而，他们要求于人的是什么呢？什么也没有。这不由得使我们想起松树的崇高的风格！

目前，在社会主义革命和社会主义建设的日子里，多少人不顾个人的得失，不顾个人的辛劳，夜以继日，废寝忘食，为加速我们的革命和建设而不知疲倦地苦干着。在他们的意念中，一切都是为了把社会主义革命进行到底，为了迅速改变我国“一穷二白”的面貌，为了使人民的生活过得更好。这又不由得使我们想起松树的崇高的风格。

具有这种风格的人是越来越多了。这样的人越多，我们的革命和建设也就会越快。我希望每个人都能像松树一样具有坚强的意志和崇高的品质；我希望每个人都成为具有共产主义风格的人。

# 谈美丽病

徐　讦[①]

那么，为什么不叫病态美？ 偏要叫美丽病呢？ 这个，我愿意先告诉你，我是学过医的，没有学过艺术，所以我愿意，而且只能够谈病，谈美可真就外行了。

近来有许多提倡健康美的艺术家，把小姐们半身的，穿着游泳衣的与穿运动衣的照相，介绍给我们，指示我们这是健美的标准，叫人摆脱东方病态美的典型，来模仿他们。

说是东方美的典型就是病态美，这句话假如是从演绎法来的，则根本不能成立；假如是从归纳法来的，那么说他们是从旧才子的书画上美人归纳而来，这是一点也不会冤枉他们，因为，假如他们常常用社会里的女子来归纳，是决不会得这句话结论的呢。 而另一方面，在那些文字与照片上可知道，他们的健美人物，也只是在高

---

① 徐讦(1908—1980)，浙江慈溪人。 1931 年北京大学哲学系毕业，后攻读该校心理学研究生。 1936 年赴巴黎大学攻读哲学，获博士学位。 回国后任《天地人》等刊物主编，同时发表小说和诗歌创作。 1950 年赴香港，曾参与创办创垦出版社，合办《热风》半月刊。 1966 年起先后任香港中文大学教授，香港浸会学院院长。 一生创作了大量的短篇小说、诗歌、话剧和散文。 有《徐讦全集》（1—15）行世。

材生，运动员，与艺员选来的。所以这个标准，还只是他们新才子派的标准，并不适宜我们这般俗人的。

自然，艺术家终是有几分才子气，我们应当谅解他。因为假如“健美”的名称很早就有，我们相信贾宝玉也很会把肺病到第二期的林黛玉捧作健美的标准的吧。

其实，不用说未成名的美人，是有许多在民间生长与消灭，这我们在民歌里还可以找到，她们都是康健而美丽。就是已成名的美人，如西施，她是浣过纱的；文君，她是开过老虎灶的。这些事情都不是太娇弱的人可以做得。此外，妲己，玉环，我终觉得也是健康的女子。

所以把这些美人都说是病态，我终觉得是才子之罪。我看过西施浣纱图，溪流是清澈见底，游鱼可数，柳绿桃红，蝴蝶在周围飞，黄莺在树上唱，西施穿着黄淡色的衣裳在河边像寻诗一样的浣纱，纱像新式手帕样娇小玲珑，使我疑心这是哪一个小姐旅行团在风景绝伦的地方用手帕在水里晃荡时留下的一幅照相了。我也看到过文君当炉图，茶馆在山明水秀之村，生意很好，四周是人，人人都是高等华人，或挥鹰毛扇，或读太上感应篇；相如书生打扮在捧茶，秀美无匹；文君则粉白黛黑面泛桃花，笑容可掬，衣服鲜丽，手握小团扇，如梅兰芳饰虞姬，手拿网球拍一样。也许我是乱世的惊弓之鸟，见此图后，替她担心者久之，谁敢担保张宗昌部下不会来喝一杯茶呢？

才子们曲解事理，逃避现实，这是古已如此的了。但是在小说里的女子倒有二派，一派是私订终身后花园的多愁多病的大家闺秀，一派是武艺超群，飞来飞去的将门千金；前者正如同许多近代小说里的会诗会文的大学生与画报上擅长艺术的小姐，后者是正像一部分小说里所有着的浪漫的热情的，黑傻色的女性与画报里的游泳池畔运动场上跳舞衣里的玉人照相。自然这并不是完全相同的二对，可是女子的歪曲这些，把部分的现象当作整个的事实是一样的。

美的标准原是由社会而变的，是皇帝的世界，觉得宫殿里需要娴娴的女子，于是女子们都来缠脚了，皇帝要胖太太，于是胖子都是美人，人才们都歌颂丰腴；皇帝要瘦老婆，于是瘦鬼都为美人了，才子们都歌颂苗条。现在社会变了，阔人们不打算造宫殿来藏娇，有时候要走西伯利亚铁路去法国，有时候又坐皇后号去英国，长途跋涉，舟车颠簸自然要康健一点为是，于是才子们来了健美运动。

本来人生无病就是福，谁愿意生病？但健康的要求，原是在做得动，吃得下，固然也有几分为享受，但大部分倒是为工作的。可是现在的口号有些不同，健康的要求倒是为美了！

其实如果你是要健康的人，我们一同到乡下去找，田野间或者是手工作场一定可以有许多，苏州有抬轿的姑娘，江北多种田的女子，固然许多许多现在都饿瘦了，但你给她吃就会复原的。可是才子们一定要把穿着高跟鞋或者是游泳衣的人捧为健美，这个道理实使我费解的。

其实青年人之愿意为美而牺牲的，正像生物在性的追逐时，常常会不顾生命，植物在结果前要开花一样，这倒是极其自然的事。

用这个眼光去看现在青年们健康，实在也抵是为另外一种牺牲吧了。以前是的，西洋女子有束腰，中国女子有缠脚，不久以前，把好好的牙齿去换一颗金牙齿，不是有的吗？把好好的耳朵钻过窟窿去挂金器不是中西都一样吗？人人都笑非洲土人的以泥装饰为野蛮，可是你有没有想到自己生活中也常有这种相仿的事情呢？金属与土不都是矿物么？现在正有人冒着冬寒裸着手臂为带镯头之用，忍受那手术之痛苦冒着危险去受科学美容术的洗礼你都知道？

由此看来，牺牲着身体去求美，这是一直没有什么变更过；变更的是方法，而这方法则是进步的。

比方说缠脚是为娉婷，但是人当老得不配娉婷时候你不是不能还原么？ 而以此牺牲的苦之大小与所获得美的代价去比较，高跟鞋之娉婷，自然要自由要好得多。 以耳朵钻洞去挂金器，自然没有夹扣法为少痛苦，而其所要修饰之目的不是相同的么？ 这是进步，可是为美外还是要牺牲身体是事实。

我相信人生有二重目的，一重是自存，一重是种族，前者是求健康以利工作，后者是牺牲健康以利新生命。 哪一个人不为自己生存争斗，可是哪一个母亲不是为子女而衰老，哪一个人不为异性而牺牲？

我赞成健康运动，我也赞成修饰要求；但是我反对才子们的健美运动，因为这是把健康当作只为美而把美当作买卖，受这群新才子们的影响，那就反映在女明星的不喂奶主义！

话到这里必需说回来，既然每个人在某个时代终愿意牺牲点身体来求美，可是照常识看来，也许是蛮性的遗留吧：青年人的牺牲常常是盲目到置生死于度外的，穿高跟鞋露臂一类事本不算什么，世间还有为了太胖一点而不吃白脱与牛奶的小姐，有故意作微咳或者小病的太太，世间还有无数的为空想的美（恋爱）而痛苦而呻吟而死的青年男女！

美丽病也不是我所赞成的，但我同情牠，因为我相信，以夹扣环代替钻耳朵，以高跟鞋代替束腰与缠脚的程序一样，人类文明的进步是能使得美丽病减轻的。

我反对不喂奶主义的健美买卖，因此我愿意在才子美人面前提倡美丽病。

# “吃风景”

吴组缃[①]

美国的阿瑞桑那、尼哇达和新墨西哥三州是以风景著名的。许多的画报和杂志，如《阿瑞桑那公路》《阿瑞桑那画报》之类，专门从事风景宣传，招引有钱有闲的人前去游览。

出名的“大峡谷”，“卡尔斯伯石钟乳洞”，“玫化木林”，等等国立公园都在这一带。

这都是些穷荒不毛的沙漠地区，除了风景，什么出产也没有。因此，这几州的财政收入，主要就靠风景卖钱。

那些风景究竟怎样一个瑰奇法呢？我不妨从日记中摘几句文绉绉的话，作为介绍：

> 好土不见，满目沙堆，直路通天，了无屈曲。
>
> 高丘四望，一段沙地作金红色，一段作深紫色；右首白沙似雪，聚积如山；左方怪石大如桌面，如矮屋，如宝塔，作米

① 吴组缃(1908—1994)，安徽泾县人。1929 年入清华大学求学，开始小说创作并获得成功。1935 年任冯玉祥的国文老师和秘书。抗战期间，参加中华全国文艺界抗敌协会，从事救亡工作。解放后，任《人民文学》编委、北京大学中文系教授。作品有《吴组缃小说散文集》等。

黄及死灰色。

平沙万里中峰峦突起，如鼓，如球，如生姜，如芋头，如马铃薯，如箬笠覆地，如英文签名，如老翁三五坐谈，如巨人牵手涉水，如一群秃头和尚入定，如女子春朝晏起随手将被窝胡乱推向一边。渐入丛山之中，重重叠叠，尽是沙砾，如煤渣，如石灰，如骡粪马屎。石皆风化酥解，有破折如碎瓷者，有倾斜零乱如将千层蛋糕翻落地上打个稀烂者。又有一段怪石焦黑，如方由熔炉中舁出扪之必灼手起泡者。所经无鸟兽，无草木，无一点生意。触目灰黄黯褚。真是死之谷，使人口渴心慌，疑在噩梦中。

沙漠中的植物只有仙人掌一类。有的作球状，有的作鞭状，有的像桑树，有的高达十多丈。都是满身刺，长得呆头傻脑。

除了变幻的云霞而外，还有大风卷起的沙柱，从地面顶着天，缓缓地移动。气候也奇怪。一次中午从波尔德镇动身时，热得满头大汗，足有九十度，下午到了“大峡谷”，却遇着大雪，冷如严冬。

这样地区有没有居民呢？有的，就是哥仑布发现美洲大陆时早就住在那儿的印第安红人。原来这种风景区，同时也就是白人给划定的所谓印第安人“禁区”。经过多少年来美国白人的屠杀与压迫，印第安人各族现存的不过几万人，主要就都被圈住在这样的穷荒地带。

而现在的美国人就老实不客气，把这些印第安人也一并当作风景来出卖，来欣赏。

在煤渣马粪似的沙丘上，在奇形怪状的断崖上，游览者常常可以看到那些无精打采的红人低头坐着，像在沉思，像在作梦，像在打瞌睡。照片画报，日落黄昏的“彩绘沙漠”之类背景里，常常摄一个孤零零坐着或蹲着的红人，作为边荒悲凉之美的点缀。此外还有红人的各种照片，或是一个满面打皱的汉子，瞪着白多黑少的眼睛，撕开牙关在咬一条蟒蛇；或是一个披头散发的老妇人，抿着没牙的皱瘪嘴巴，作出哭悲悲的怪相，手里抱着一头野兔或小毛驴；或是几个男女蹲在简陋土屋的门口在编织，在做陶器。公路不断地出现广告牌，上面写着：“看看印第安人的家庭”，“看看印第安人在工作”。这些牌子就和展览野狼和蟒蛇等小规模动物园的广告牌并立着。

像“大峡谷公园”这样地方，夜间经常有娱乐游人的印第安人跳舞表演。都是由旅馆老板主持的。白人老板把口哨一吹，像马戏团的领班介绍他的狗熊舞刀耍枪似的大说一场，而后几个插羽毛穿花衣的红人走出来，弯腰跺脚地跳一阵。名目叫做“鹰之舞”或“野牛舞”。实则舞者个个疲软得如同泄气皮球，没有一点儿鹰或野牛的活力。除了公园旅馆，沿着公路，到处都是出售印第安人手工艺品的商店。古拙图案的编织物，各样美丽颜色的串珠等等。每种物品加上现代化装潢的包扎，当作古玩，卖奇贵的价钱。这种商店没一家是红人作老板的。

我看见美国人对这些地区，有无穷兴趣。一位朋友说，在高度资本主义化了的美国，生活是非常单调干枯的，走到哪里都是同样建筑，同样马路，同样名字的几家工厂商店和汽油站，同样的服装，用品和语言；唯独这里却有丰富浓厚的地方色彩。吃饱了穿暖了，而感觉生活苦闷的美国男女，具有酷好“猎奇”“探胜”的浪漫情趣，是很自然的事。从纽约、芝加哥、洛杉矶那样的城市到这里来逃避一下现实，领略一下“异乡情调”，也是很可陶醉的。因此一位伴我们同游带着大小两架照相机的美国太太竟在汽车里发出这样的精彩议论：

“什么样的人物，必须摆在什么样的风景之中。你看印第安人和他们这样方式的生活摆在这样的自然环境里，是多么相称，多么调和啊！”随后她又赞叹地说：

“多么奇怪美丽的风景啊！这些印第安人住在这里该有多快乐多幸福啊！”

这样奇妙的议论最初使我吃惊。因为当时我相信她出于天真，我吃惊于她竟天真到如此地步。我好笑地说：“把你们白人圈到这里来住，让你们快乐幸福一下好不好呢？”

太太沉吟半晌，掉开话头说：

“这些印第安人真可怜。他们又落后，又肮脏。去年在洛杉矶，招待一家印第安人参加赛会，住在旅馆里。他们竟在浴间里养鸡养鸭，把房间弄得臭气冲天。”

她的意思好像又是说像印第安人这样劣种只配住在这些荒野里。

“你认为他们天性这样么？他们的落后不能改变吗？”

“哦，那当然。他们的种族在退化，一位遗传学专家有论证的。他们很难繁殖，死亡率可怕的高。你研究过遗传学么，吴？”

“我不懂你们的遗传学，但我有点常识。”

“常识不能解决很多问题的。你看他们都懒得很，坐着就打瞌睡，做事也没精神。哦，多可怜的人种！多可怕的自然法则！”

从这些前后矛盾的话里，我忽然闻到一股血腥气味。我瞪起眼睛问她：

“太太，你们白人创造文明要不要生活和生产的资料呢？你们白人要不要吃东西呢？从你们的遗传学上回答我吧，我请求你。”

“哦，当然的。但不是从遗传学。”她耸耸肩。

“好，那么，你们白人用屠杀把他们驱逐到这里，你们的国家用强制把他们圈住在这里，叫他们吃什么呢？吃这些奇怪而美丽的风景吗，你说？”

她愣着不回答。同车一位中国朋友摸了一下嘴巴，滑稽的说：

“呃，确实，风景是能吃的，丰富维他命，我好像看到一本美国遗传学上论证过。”

太太生气地看看我们，觉得我们对她不礼貌。

# 人和鬼

吴　晗[①]

在过去的时代里，人们讲迷信，相信有鬼。

据说鬼也和人一样，有好鬼，有恶鬼。有大鬼，小鬼，男鬼，女鬼，好看的鬼，难看的鬼，文鬼，武鬼，以至大头鬼，吊死鬼等等。总之，人世间有的事，鬼世界里也都有。

有了鬼的故事，自然也有说鬼话的书。从《太平广记》所引的《灵鬼志》，到《太平御览》，《太平广记》都专门有几卷讲鬼的。清朝有几个人特别喜欢讲鬼故事，一个是蒲松龄，他写了《聊斋志异》，一个是纪晓岚，他写了《阅微草堂笔记》，还有一个是袁子才，也喜欢讲鬼。

蒲松龄和纪晓岚笔下的鬼，形形色色，什么样子脾气的都有，其中有些鬼写得实在好，很使人喜欢。他们通过鬼的故事来讽刺、教育活着的人，说的是鬼话，其实是人话。也写一些活人，看着是

① 吴晗(1909—1969)，浙江义乌人。著名历史学家、教授。1931 年入清华大学历史系学习，毕业后长期在高等学校任教。擅长明史研究。先后任清华、云南大学、西南联大教授。抗战后期与著名民主斗士闻一多一起为反对内战专制、争取自由和平而战斗。解放后任北京市副市长。主要著作有：《朱元璋传》《历史的镜子》《史事与人物》《读史札记》《灯下集》《投枪集》《学习集》。

活人，说的却是鬼话，做的是鬼事。

大体上说，虽然鬼是从人变的，人死后是鬼，但是人却又怕鬼。另一面，人虽然怕鬼，却又喜欢听鬼故事。

怕的原因是，据说鬼又要投生变人，屈死鬼投生之前，总得要找一个替身，将人变鬼。以此人们谈鬼就怕，更不用说见鬼了。倒过来，据说人死了就成鬼，人和鬼到底有关系。自己没有作鬼的经验，听听别人的也好，以此又喜欢听鬼故事，大概也是借鉴的意思吧。

自从有了科学知识，自从有了唯物主义，懂得科学和唯物主义的人们不再相信有鬼了。但是，研究一下过去的若干鬼故事，从中了解这一时代的社会相，也毕竟有些好处。

何况，死鬼虽然不存在，活鬼却确实有之呢！他们成天张牙舞爪要吃人，青面獠牙吓唬人，鬼头鬼脑摆弄人，鬼心思，鬼主意，鬼行当，鬼伙伴，总之，有那么一小撮活鬼在兴风作浪，造谣生事，播弄是非，造成紧张局势，摆出鬼架子，鬼威风。你愈怕，他就愈狠，非把你吃掉不可。

对付活鬼的办法是大喝一声，你是鬼！揭穿他，让人人都知道这是鬼。把鬼揪到阳光底下，戳穿鬼把戏，鬼伎俩，让人们认识鬼样子，鬼姓名，鬼亲眷，鬼朋友。鬼在人们中间孤立了，也就搞不成鬼玩意了，或者变人，或者真的变鬼，这倒不妨随他的便。

要对付活鬼，首先要不怕鬼。道理是你不怕，他就怕。这里有几个鬼故事是很有意思的。

第一个是蒲松龄写的青凤。说有一个狂生叫耿去病，听说有一个荒废的大宅子闹鬼，堂门自己会开关，有时还有笑语歌吹声。他搬了铺盖去住，在楼下读书。晚上正在用功时，一个披发鬼进来了，脸黑得像漆一样，张着眼对他笑。耿去病也对着笑，顺手把砚台的墨汁涂上一脸，面对面瞪着眼睛看。鬼看着不对头，满脸羞惭溜走了。

第二个是纪晓岚写的吊死鬼。说是有一个姓曹的，住在一个人家。半夜里有一个东西从门缝进来，像一张纸，变成人形，是个女人。他一点也不怕。鬼又披发吐舌，作吊死鬼模样，他笑说：头发还是头发，只是乱一些，舌头还是舌头，只是长一些，有什么可怕。鬼又把头摘下来，放在桌上。他笑说：有头都不怕，何况没头？鬼没有办法，一下不见了。后来他又住这房子，半夜门缝又响了，鬼刚一露头，他就嚷：又是这个讨厌东西！鬼一听只好不进来了。

另一个是大鬼。说戴东原的族祖某人胆大不怕鬼。住进一座空宅子，到晚上，阴风惨惨，出来一个大鬼，说，你真不怕？答：不怕。大鬼做了许多恶样子，又问，还不怕？答：当然。大鬼只好客气地说：我也不一定赶你走，只要你说一声怕，我就走了。他说：真是岂有此理，我实在不怕，怎能说假话。你要怎样就怎样吧。鬼再三央告，还是不理。鬼只好叹一口气说：我在这儿三十多年了，从来没见过你这号顽固的人，这样蠢才，怎能住在一起。只好走了。

还有一个大眼鬼。南皮许南金胆很大，在和尚庙里读书。夜半忽然墙上出来两个灯，一看是一个大脸孔，两个灯是一双大眼睛。他说：正好，要读书，蜡烛完了。拿一册书背着墙，坐下朗诵，念不了几页，灯光就没有了，扣壁叫唤，也不出来。又一个晚上上厕所，一个小孩给拿蜡烛，不料这个大眼鬼又出来了，对着人笑，小孩吓倒在地下，他捡起蜡烛，就放在大眼鬼头上，说没有灯台，你来得正好。大眼鬼仰着头看，一动也不动。他又说：你哪里不好去，偏要到这里来！听说海上专有人赶臭地方走的，大概就是你了。万不可以对不起你，随手拿一张用过的手纸抹鬼的嘴巴，大眼鬼大呕大吐，狂吼几声，就不见，从此再也不来了。

这几个故事很不错，蔑视，鄙视，仇视种种形色的鬼，完全合理。人气盛了，鬼气就衰了；人不怕鬼，鬼就怕人了。

不但对死鬼该这样，对活鬼也该这样。

人不可以迷信，要相信科学，尊重科学，但也不妨研究研究鬼话，鬼故事，从中得到益处。讲人话的书要多读，讲鬼话的书，我以为也不妨读读。

# 故　事

师　陀[1]

中国人有个怪脾气——凡自己有着的东西就不愿人家有。譬如张三有一件哈拉马褂，倘使看见李四也同样有一件穿在身上，那心里多少有点不舒服的，甚至会冒出肝火，甚至一口气奔到家里，翻箱倒箧看自己的是否不翼而飞。马褂没有翼自然是不会飞的，但仍将摆出不屑的脸相：李四也配！一如他家是皇封世袭，国民政府特准似的。要是人家既有在先，而自己仿效在后呢，则为“文明”；不在此列。

和这事情类通的，我听见过一个故事，可以作例证。事关一个医生和裁缝。

裁缝在那时还没有研究院，函授等设备。知识谫陋自属意中事；这且不表。适逢得除日，他不知春联的横头应该怎样写法，不

---

① 师陀(1910—1988)，河南杞县人。原名王长简，曾用笔名芦焚。早年在开封读中学。1931 年赴北京谋生，曾参加反帝大同盟，从事创作，创办杂志。1936 年到上海，后任上海苏联广播电台的文学编辑，并继续从事创作。1946 年后任上海戏剧学校教员、电影制片厂编辑。中华人民共和国成立后，历任上海出版公司总编辑，上海电影剧本创作所编剧，作品有《芦焚散文选集》《芦焚短篇小说选集》等。

免着急。既而看见对过医生门上的“对症下药”已经贴出，忽然想起“量人裁衣”——下流人虽蠢，大抵也有灵感。事被医生发觉，不觉大怒，于是就找到裁作坊，依理问摹仿罪。

裁缝是下流人，对医生的摹仿罪认为毫无根据，胆敢坚不承认，医生岂肯罢休，终于拍案大声叫道：“好！你既量人裁衣，且给我做一件大褂瞧！”裁缝拿了尺来，医生说他家只写了量并非“量”（读去声；动词），裁缝只好照办，约好三天后取货。过日医生穿起刚成的大褂，不禁更怒了。原来没有右袖，左袖却非常长，后幅扫地，前衿只有马褂的长短：医生大骂不该做毁料子。但是裁缝说得有理——右袖管无便于诊脉；左袖管长，宜于冬天托水烟袋；前衿短，遇着治死人命逃走，不致缠腿绊脚；后幅扫地，作用更大，怕的丧主赶人不上顺住脚印找上门来岂不更糟！这恰可以扫去。

医生弄得无话可说，只好悻悻然走了。

这故事我乃耳闻，并非目睹，是否可靠不得而知。不过至今它还不失为一个好的比喻，我很相信。容或有人以不屑的态度反对，说这只是下流故事，不登大雅之堂，那也由他。因为整个文化线都被垄断的，甚至在长长短短的传说中都杂进麻醉剂，只有“下流”的故事里尚存着“下流人”的真率，倘不是因复古发疯，或吃壮阳药坐汽车而大讲廉耻的人，都会相信，岂止某一个？况且我们还要看看那些不屑者的是否也是“医生”呢。

所谓高等华人者，都生着两面的脸，“只许州官放火”，虽然是不许百姓点灯的，外国人的大炮一响，威仪三千的虎姿却只剩下抱头鼠窜的功夫。是以一面固可逮捕舞女，一面仍不妨大发邀女学生招待外宾的请柬。犹之禁止学生用钢笔，说是足以挽回国运。倘有人问及为甚么不将枪炮易为国粹的朴刀杆棒，那就有点脑病。

有脑病的人应该唾弃的，所以只是“倘有”。 万不可当真。

中国马褂病已竟很深，但对外还是例外。 譬如自己有个东北，别人也有同一的东北，脸上却连不屑也看不见，大凡西洋景总不曾高明些，也很易于戳穿。 原来只是隔着一层纸的把戏，老百姓决非绅士，不懂奴外而安于内的苦心，就是跳火坑也罢，也竟然不管，的是可恼！ 为着马褂不被下等人扯去，那非大大安一下内不可了。另外自然还要放出文治武功的老传授，在国者治国，在家者安家，各守本分，万不可当真。 真是万万不可当真，倘一下痰迷心窍，嚷起来“东北变了色了”，惊醒好梦事小，扯破马褂咎大，准会被收进疯人院。

故事里的医生，大约是白手拿鱼的骗子，也许是一“儒医”，不过都没大关系。 我敢断言他一非卖吗啡，砒霜为生；二没有得过意大利勋章；三不曾通电辟谣，名山养病；四不曾廉洁得将大批现金存进花旗银行……而且邑庠的资格也不曾捞到手，所以奈何不得裁缝，终于只好悻悻然。 现在国朝的医生就不那么好惹了，他们先配来了一个“丹方”，说只有这丹方包治百病，异乎此者即左道异端。 惩戒也很简单，即一料“安魂定心丸”，如此足矣！

不“安”不“定”其如之何？

所可庆幸的，总算还好，那样的裁缝已不存于今日了；存也只好销声匿迹。 不过西洋景早被揭穿也是没办法的。

# 论潇洒

姚雪垠①

潇洒，无论在中国人的生活上或艺术上，都是个好的形容词。它的含义是闲散，清雅和飘逸。究竟什么时候它就被用作代表一种美的观念，我们没有完备的词典，一时很难查出；大概说来，它被人们热烈的提倡，崇拜，是开始在魏晋时代。在当时，它是以反抗礼教与权臣高压而出现，和清谈有着同样的意义。虽然清谈受老庄的影响最大，潇洒是由于五石散的服用，但清谈之祖也就是最先服用五石散的何晏，这就明白的告诉我们二者的关系了。

据鲁迅先生的研究，五石散几乎等于清末的鸦片，成了一种普遍的嗜好。服了五石散以后，须吃冷食，喝热酒，并以冷水浇身和出外散步。服五石散的人，因皮肤易于擦破，便不穿鞋而穿屐；因身上发热，便宽衣缓带。至于服了五石散的人是否就清瘦起来，鲁迅先生虽没有说明，但想来是不会不清瘦的。人一清瘦了，再宽衣缓带起来，又不参加筋肉劳作，于是就自然潇洒了。所以提到“潇

---

① 姚雪垠(1910—1999)，河南邓县人。幼年在家乡读私塾和小学。1929年考入河南大学预科。后因参加学生运动被校方开除。1935年开始发表小说，抗战期间从事救亡工作，并继续创作。1943年任东北大学副教授。中华人民共和国成立后从事专业写作，有历史小说《李自成》存世。

洒”二字，我们便不由的联想到隐士，诗人，和魏晋人物来。鲁迅先生说魏晋时服五石散的都不是穷人；其实不惟不是穷人，连商人也同样不配。因为过去的文化是封建地主的文化，大腹商人被认做恶浊俗物，讲潇洒的只是封建地主阶级，尤其是由这阶级出身的士大夫之流。

潇洒不仅以反抗的姿态在历史上出现，并且直接与封建的身份观念相关联，也和封建地主的物质生活密切的结合着。在封建时代，地主阶级的生活是闲散的，且以参加筋肉劳作为有失身份，比如养长指甲，和男人的包脚，穿长衫，都是要表示他自己是有闲的，有身份的人。生活规定习尚，习尚影响美的观念，于是在那时，一切闲散的嗜好，如品茗，养鸟，赋诗，以及琴，棋，书，画之类，都成为高雅的了。在绘画上，山水画特别发达，又被人重视，便表现了人们对于潇洒生活的向往。山水画是地主阶级对于闲散欲求的扩展，希望摆脱扰攘的尘寰，到山林里边与清风明月共处。他们又用自己的眼光来观察事物，竹子就成为潇洒的代表，可怜的渔夫樵子也都是美的诗画题材了。

在音乐方面，我们看见在历史上清唱与箫板之特别流行。中国音乐以缠绵和清雅为正宗，一方面是由于地主与士大夫生活之优美关系，一方面不能不是受爱潇洒观念的影响。唐朝人歌七言绝句，旗亭画壁的故事，千古令人神往。至于提到宋朝人歌诗时，我们便马上想到月明之夜，诗人们携妓泛舟，和“小红低唱我吹箫”的情景来。宋以后，散曲取代了词的地位。但它也以缠绵清雅为主，多是文静细曲，唱时没有锣鼓和科白，所以又叫做清曲。最讲究潇洒的袁中郎在《虎丘记》上说：“比至夜深，箫板亦不复用。一夫登坊，四座屏息，音若细发，响彻云际。”这是多么的清雅。

潇洒表现在文学上，是冲淡和性灵两种风格相结合。本来二者原是互相关联，很难单独分开。在历史上，这二者都有着反抗的意义。陶渊明和袁中郎，都是当时文艺上的叛徒。在陶渊明时代，宫廷文人把文学领到一条死路上去，徒有华丽的躯壳而没有灵魂。在袁中郎时代，摹古之风特盛，文人作文，也忘掉了还有个自我存在。因此陶渊明和袁中郎都尽力的追求自然。自然有二：一是风物上的自然，一是人性的自然。偏于风物上的自然，便多表现山水田园的爱好。偏于人性上的自然，便反对摹古与无谓的规律。二者结合起来，便是现实桎梏的解脱，便是潇洒之极致。

但潇洒虽是一个好的名词，却不能忘掉它是封建时代的产物，它的拥护者是封建地主阶级与由此阶级出身的士大夫之流。现在适应它的社会条件已崩溃，如果再来提倡，就不会得到多数人的同情了。

# 酒

姚雪垠

友人请客，为着病我没喝一滴酒，因此就成旁观者。

中国人劝酒的热诚是可惊的，中国人对于这好意的推辞也是可惊的。于是我就想到这样一个古怪问题：假若酒对于人是有益而又好喝，客人们逢着酒为什么那样的害怕，逃避？假若它是无益而又难喝的，做主人的为什么还拿这种坏东西拼命的劝客？假若酒可以代表交情，实际上友人对那几位客人却没有好感。大概酒有时也真能助兴；有时其用处在于能麻醉自己，麻醉朋友，让大家于兴奋之余都被麻醉，忘掉愁闷，皆大欢喜；有时对于一个讨厌而又不能不接近和应酬的人，就更得借重杯酒之力了。

地主们的酒便另有用处：他们把酒给农夫们喝，主意是在希望酒会在喝者身上变做血汗，加倍地偿还他们。

酒被这样利用的时候最多，也最可怕！

但禁酒是不可能的。要想禁绝酒，得先使人类生活上减少愁闷，使“做活人”的血汗不再被人觊觎，使聪明人不再欺骗傻子。

写到这里，我忽然想起了杰克·伦敦的《北极圈里的酿酒》，便不愿继续写下去了。

# 画鸟的猎人

艾　青[①]

一个人想学打猎，找到一个打猎的人，拜他做老师，他向那打猎的人说："人必须有一技之长，在许多职业里面，我所选中的是打猎，我很想持枪到树林里去，打到那我想打的鸟。"

于是打猎的人检查了那个徒弟的枪，枪是一支好枪，徒弟也是一个有决心的徒弟，就告诉他各种鸟的性格和有关瞄准与射击的一些知识，并且嘱咐他必须寻找各种鸟去练习。

那个人听了猎人的话，以为只要知道如何打猎就已经能打猎了，于是他持枪到树林。但当他一进入树林，走到那里，还没有举起枪，鸟就飞走了。

于是他又来找猎人，他说："鸟是机灵的，我没有看见它们，它们先看见我，等我一举起枪，鸟早已飞走了。"

---

① 艾青（1910—1996），原名蒋正涵，号海澄，曾用笔名林壁等，浙江金华人。1928 年中学毕业后考入西湖艺术学院，翌年去法国勤工俭学学习绘画。1932 年回国，参加左翼美术家联盟，同年被捕入狱，抗战爆发，辗转各地，从事诗歌创作。1941 年赴延安，任延安《诗刊》主编，鲁迅艺术学院教员。中华人民共和国成立后，任《人民文学》副主编。艾青是我国现代著名的诗人，出版诗集 20 多部。

猎人说："你是想打那不会飞的鸟么？"

他说："说实在的，在我想打鸟的时候，要是鸟能不飞该多好呀！"

猎人说："你回去，找一张硬纸，在上面画一只鸟，把硬纸挂在树上，朝那鸟打，你一定会成功。"

那个人回家，照猎人所说的做了，试验着打了几枪，却没有一枪能打中。他只好再去找猎人，他说："我照你说的做了，但我还是打不中画中的鸟。"猎人问他是什么原因，他说："可能是鸟画得太小，也可能是距离太远。"

那猎人沉思了一阵向他说："对你的决心，我很感动，你回去，把一张大一些的纸挂在树上，朝那纸打——这一次你一定会成功的。"

那人很担忧地问："还是那个距离么？"

猎人说："由你自己去决定。"

那人又问："那纸上还是画着鸟么？"

猎人说："不。"

那人苦笑了，说："那不是打纸么？"

猎人很严肃地告诉他说："我的意思是，你先朝着纸只管打，打完了，就在有孔的地方画上鸟，打了几个孔，就画几只鸟——这对你来说，是最有把握的了。"

# 窗

钱锺书①

又是春天，窗子可以常开了。春天从窗外进来，人在屋子里坐不住，就从门里出去。不过屋子外的春天太贱了！到处是阳光，不像射破屋里阴深的那样明亮；到处是给太阳晒得懒洋洋的风，不像搅动屋里沉闷的那样有生气。就是鸟语，也似乎琐碎而单薄，需要屋里的寂静来做衬托。我们因此明白，春天是该镶嵌在窗子里看的，好比画配了框子。

同时，我们悟到，门和窗有不同的意义。当然，门是造了让人出进的。但是，窗子有时也可作为进出口用，譬如小偷或小说里私约的情人就喜欢爬窗子。所以窗子和门的根本分别，决不仅是有没有人进来出去。若据赏春一事来看，我们不妨这样说：有了门，我们可以出去；有了窗，我们可以不必出去。窗子打通了大自然和人

---

① 钱锺书（1910—1998），江苏无锡人。1933 年毕业于清华大学国文系。1935 赴英国留学，毕业于英国牛津大学，获副博士学位。又赴法国巴黎大学进修法国文学。1938 年归国后任西南联大外文系教授。1941 年回上海，创作长篇小说《围城》。1953 年后任研究员，长期从事文学研究工作，为中国社会科学院副院长。主要著作有《谈艺录》《人·兽·鬼》《管锥篇》。有散文集《写在人生的边上》。

的隔膜，把风和太阳逗引进来，使屋子里也关着一部分春天，让我们安坐了享受，无需再到外面去找。古代诗人像陶渊明对于窗子的这种精神，颇有会心。《归去来辞》有两句道："倚南窗以寄傲，审容膝之易安。"不等于说，只要有窗可以凭眺，就是小屋子也住得么？他又说："夏月虚闲，高卧北窗之下，清风飒至，自谓羲皇上人。"意思是只要窗子透风，小屋子可成极乐世界；他虽然是柴桑人，就近有庐山，也用不着上去避暑。所以，门许我们追求，表示欲望，窗子许我们占领，表示享受。这个分别，不但是住在屋里的人的看法，有时也适用于屋外的来人。一个外来者，打门请进，有所要求，有所询问，他至多是个客人，一切要等主人来决定。反过来说，一个钻窗子进来的人，不管是偷东西还是偷情，早已决心来替你做个暂时的主人，顾不到你的欢迎和拒绝了。缪塞（Musset）在《少女做的是什么梦》那首诗剧里，有句妙语，略谓父亲开了门，请进了物质上的丈夫（maté rielé poux），但是理想的爱人（idé al），总是从窗子出进的。换句话说，从前门进来的，只是形式上的女婿，虽然经丈人看中，还待博取小姐自己的欢心；要是从后窗进来的，才是女郎们把灵魂肉体完全交托的真正情人。你进前门，先要经门房通知，再要等主人出现，还得寒暄几句，方能说明来意，既费心思，又费时间，那像从后窗进来的直捷痛快？好像学问的捷径，在乎书背后的引得，若从前面正文看起，反见得迂远了。这当然只是在社会常态下的分别，到了战争等变态时期，屋子本身就保不住，还讲什么门和窗！

世界上的屋子全有门，而不开窗的屋子我们还看得到。这指示出窗比门代表更高的人类进化阶段。门是住屋子者的需要，窗多少是一种奢侈，屋子的本意，只像鸟窠兽窟，准备人回来过夜的，把门关上，算是保护。但是墙上开了窗子，收入光明和空气，使我们白天不必到户外去，关了门也可生活。 屋子在人生里因此增添了意义，不只是避风雨、过夜的地方，并且有了陈设，挂着书画，是我们从早到晚思想、工作、娱乐、演出人生悲喜剧的场子。 门是人的进出口，窗可以说是天的进出口。 屋子本是人造了为躲避自然的胁害，而向四垛墙、一个屋顶里，窗引诱了一角天进来，驯服了它，给人利用，好比我们笼络野马，变为家畜一样。 从此我们在屋子里就能和自然接触，不必去找光明，换空气，光明和空气会来找到我们。 所以，人对于自然的胜利，窗也是一个。 不过，这种胜利，有如女子对于男子的胜利，表面上看来好像是让步——人开了窗让风和日光进来占领，谁知道来占领这个地方的就给这个地方占领去了！ 我们刚说门是需要，需要是不由人做得主的。 譬如饿了就要吃，渴了就得喝。 所以，有人敲门，你总得去开，也许是易卜生所说比你下一代的青年想冲进来，也许像德昆西论谋杀后闻打门声所说，光天化日的世界想攻进黑暗罪恶的世界，也许是浪子回家，也许是有人借债（更许是讨债），你愈不知道，怕去开，你愈想知道究竟，愈要去开。 甚至每天邮差打门的声音，也使你起了带疑惧的希冀，因为你不知道而又愿知道他带来的是什么消息。 门的开关是由不得你的。 但是窗呢？ 你清早起来，只要把窗幕拉过一边，你就知道窗外有什么东西在招呼着你，是雪，是雾，是雨，还是好太阳，决定要不要开窗子。 上面说过窗子算得奢侈品，奢侈品原是在人看情形斟酌增减的。

我常想，窗可以算房屋的眼睛。 刘熙译名说：“窗，聪也；于内窥外，为聪明也。”正和凯罗（Gottfried Keller）《晚歌》（Abendlied）起句所谓：“双瞳如小窗（Fensterlein），佳景收历历。”同样地只说着一半。 眼睛是灵魂的窗户，我们看见外界，同时也让人看到了我们的内心；眼睛往往跟着心在转，所以孟子认为相人莫良于眸子，梅特林克戏剧里的情人接吻时不闭眼，可以看见对方有多少吻要从心里上升到嘴边。我们跟戴黑眼镜的人谈话，总觉得捉摸不住他的用意，仿佛他以假面具相对，就是为此。据爱戈门（Eckermann）记一八三零年四月五日歌德的谈话，歌德恨一切戴眼镜的人，说他们看得清楚他脸上的皱纹，但是他给他们的玻璃片耀得眼花缭乱，看不出他们的心境。窗子许里面人看出去，同时也许外面人看进来，所以在热闹地方住的人要用窗帘子，替他们私生活做个保障。晚上访人，只要看窗里有无灯光，就约略可以猜到主人在不在家，不必打开了门再问，好比不等人开口，从眼睛里看出他的心思。关窗的作用等于闭眼。天地间有许多景象是要闭了眼才看得见的，譬如梦。假使窗外的人声物态太嘈杂了，关了窗好让灵魂自由地去探胜，安静地默想。有时，关窗和闭眼也有连带关系，你觉得窗外的世界不过尔尔，并不能给予你什么满足，你想回到故乡，你要看见跟你分离的亲友，你只有睡觉，闭了眼向梦里寻去，于是你起来先关了窗。因为只是春天，还留着残冷，窗子也不能整天整夜不关的。

# 说　笑

钱锺书

自从幽默文学提倡以来，卖笑变成了文人的职业。幽默当然用笑来发泄，但是笑未必就表示着幽默。刘继庄《广阳杂记》云："驴鸣似哭，马嘶如笑"；而马并不以幽默名家，大约因为脸太长的缘故。老实说，一大部分人的笑，也只等于马鸣萧萧，充不得什么幽默。

把幽默来分别人兽，好像拉伯莱（Rabelais）是第一个。他在《巨人世家》（Garhantua et Pantgruel）里，开卷就说："笑是人类特具的本领。"（Propre）近代奇人白伦脱（W. S. Blunt）有十四行诗一首，咏"笑与死"（Laughter and Death），略谓自然界如飞禽走兽之类，喜怒爱惧，无不发为适当的声音，只缺乏表示幽默的笑声。不过，笑若为表现幽默而设，笑只能算是废物或者奢侈品，因为人类并不都需要笑。禽兽的鸣叫，尽够来表达一般人的感情，怒则狮吼，悲则猿啼，争则蛙噪，遇冤家则如犬之吠影，见爱人则如鸠之呼妇（cooing）。请问世界上有几个人真具有幽默，要用笑来表现呢？然而造物者已经把笑的能力公平地分给了整个人类，面上的肌肉能做出笑容，喉间的肌肉能发出笑声；有了这种本领而不使用，未免可惜。所以，一般人并非因有幽默而笑，是会笑而借笑来掩饰他们的没有幽默。笑的本意，逐渐丧失；本来是幽默富有的流露，慢慢地变成了幽默贫乏的遮盖。于是你看见傻子的呆笑，瞎子的趁淘笑——还有风行一时的幽默文学。

笑是最流动，最迅速的表情，从眼睛里泛到口角边。东方朔神异经东荒经，载东王公投壶不中，天为之笑，张华注谓天笑即是闪电，真是绝顶聪明的想象。据荷兰夫人的追忆录（Lady Hol land's Memoirs），薛德尼·斯密史（Sidney Smith）也曾说："电光是天的诙谐（wit）。"笑可以说是人面上的电光，眼睛忽然增添了明亮，唇吻间闪烁着牙齿的光芒。我们不能扣留住闪电来代替太阳和月亮，所以我们也不能把笑变为一个固定的集团的表情。经提倡而产生的幽默，一定是矫揉造作的幽默。此类机械化的笑容，只像骷髅的露齿，算不得活人灵动的姿态。柏格森笑论（Le Rire）说，一切可笑都起于灵活的事物变成呆板，生动的举止化为机械式（Le mlecanique plaque sur le vivant）。所以，复出单调的言动，无不惹笑，像口吃，像口头习惯语，像小孩子的有意模仿大人。老头子常比少年人可笑，就因为老头子不如少年人灵变活动，只是一串僵化的习惯。幽默不能提倡，也是为此。一经提倡，自然流露的弄成模仿的，变化不居的弄做刻板的。这种幽默本身就是幽默的资料，这种笑本身就可笑。一个真有幽默的人，别有会心，欣然独笑，冷然微笑，替沉闷的人生透一口气。也许要在几百年以后，几万里以外，才有另一个人与此人隔着时间空间的河岸，莫逆于心，相视而笑。假使一大批人，嘻开了嘴，放宽了嗓子，成群结党大笑，那只算下等游艺场里的滑稽大会串。国货提倡，尚且增添了冒牌，何况幽默是不能大批出产的东西。所以，幽默提倡之后，并不产生幽默家，只添了无数弄笔墨的小花脸。冒了幽默的招牌，小花脸当然身价大增，脱离戏场而混进文场，反过来说，为小花脸冒牌以后，幽默品格降低，一大半文艺只能算是“游艺”。小花脸也使我们笑，不错——但是他跟真有幽默者绝然不同。真有幽默的人能笑，我们跟着他笑，假充幽默的小花脸可笑，我们对着他笑。小花脸使我们笑，并非因为他们有幽默，正因为我们有幽默。

所以，幽默至多是一种脾气，决不能标作主张，更不能当作职业。我们不要忘掉幽默（Humour）的拉丁文原意是液体；换句话说，好像女人，幽默是水性的。把幽默当为一贯的主义或一生的衣食饭碗，那便是液体凝为固体，生物制成标本，情人娶作主妇。就是真有幽默的人，若要出卖笑为生，作品便不甚看得，例如马克·吐温（Mark Twain）。自十八世纪末叶以来，德国人好讲幽默，然而愈讲愈不相干，就因为德国人是做香肠的民族，错认幽默也像肉丁似的，可以包扎得停停当当，作为现成的精神食料。像李希德（Jean Paul Richter）《小说笑史》（Qnintusi Hlein）序文中所讲的幽默，竟是整齐划一的宇宙观。德国人自己也觉得这种看法必至毁灭幽默，一八四六年九月十三日文艺讲座（Blatter fur Literarische Unterhultung）有《论德国幽默》一文，早就批评李希德违反常识。幽默减少人生的严重性，决不把自己看得严重。真正的幽默是能反躬自笑的，它不但对于人生是幽默的看法，它对于幽默本身也是幽默的看法。提倡幽默作为一个口号，一种标准，正是缺乏幽默的举动；这不是幽默，这是一本正经的宣传幽默，板了面孔的欢笑。我们又联想到马鸣萧萧了！听来声音倒是笑，只是马脸全无笑容，还是拉得长长的像追悼会上后死的朋友，又像领导青年的先进的大师。

大凡假充一桩事物，总有两个动机。或出于尊敬，例如俗子尊敬艺术，则收集骨董，附庸风雅。或出于利用，例如混蛋有的企图，则利用宗教道德，假充正人君子。幽默之被假借，不出这两个缘故，然而幽默毕竟充不得真。西洋人以笑声清扬者为“银笑”（Silvery laughter），假幽默像掺了铅的伪币，发出重浊呆木的声音，只能算铅笑。不过“银笑”也许是卖笑得利，笑中有银之意，好比说书中有黄金屋；姑备一说，供给辞典学者的参考。

# 呜　呼

何家槐①

有一种人简直想把女子捧到天上，说补天的是女子，教民养蚕的是女子，牺牲色相救越灭吴的是女子，和亲安汉的是女子，从军救随的是女子，赛金花是女子，秋瑾是女子，献旗给八百壮士的也是女子，中国命运全系在她们身上，真可谓赞美得无微不至。

却也有一种人要把女子压到地下去，说亡商的是女子，乱周的是女子，叛汉篡唐的是女子，把宋徽宗闹得昏头昏脑的是女子，陈圆圆是女子，陈璧君也是女子，中国全亡在她们身上，真可谓攻击得体无完肤。

这两种人说法虽则不同，一是抑，一是扬，一是捧，一是骂，可是推根究底，用意却是一样的：无非都是把女子当成奇货，当成异类，当成特别的一种生物。

因此女子终于被挤出“人”的范畴，赞美的时候固然可能称之为花瓶，点缀品，辱骂的时候却也很方便的，可以称之为妖魔为祸

① 何家槐（1911—1969），浙江义乌人。1929 年发表作品，1934 年加入“左联”，参加《光明》半月刊、《每周文学》编辑工作。1964 年任广州暨南大学中文系主任。作品主要有散文集《怀旧集》《稻粱集》，杂文集《寸心集》及文学评论集多种。

水为迷人精。

花瓶自然应该陈列在雕梁画栋的大厦中，点缀品自然应该装饰在大人先生们的公馆里。

妖魔自然应该用名教的宝塔镇压，迷人精自然应该用伦常的铁链枷锁。

这是千古不移的金科玉律，不但完全国粹的孔老夫子和历朝大儒，就是一世之雄的希特勒也曾提倡三 K 主义，万流钦仰的文豪托尔斯泰也曾说过："女人是男子的事业的障碍物……要不永远受着障碍的惟一方法，便是结婚。"

而这结婚的内容，就是家庭厨房和生育，就是所谓"生物上的平等"和"生理上的平等"。《圣经》中不是明明说过女子只是男人"百骸中之一骨，全体中之一肉"，夏娃不就是耶和华取亚当的肋骨造成的吗？ 如今的文人学士们却说男女在"生物上"和"生理上"是"平等"的，总算是开明得多了，为着追求这种平等的幸福，为着不但不妨碍男人的事业，而且完成他们的前途，最理想的方法，当然还是结婚以后就在家庭中养儿育女，煮饭烧菜，难道这样浅显的道理，还待喋喋不休的解说吗？

可是，也许真是人心不古，世道衰微了吧，现在的女子却偏不肯安居乐业，偏要冲出厨房，离开家庭，踏上战场，走进工厂，整天价迷恋于什么工作事业，喧嚷着抗战建国，要和男子一样的工作，一样的学习，一样的战斗，还自称什么干部，真是太不自量，太不知趣，太可恶！

更何况是婚后，甚至已经做了儿女的母亲？

据说大周金轮皇帝武则天受命维新，求贤若渴，可是就是这位空前绝后的女皇帝，在她为着遴选闺秀而开女试时所颁布的"科条"中，也有一条特别的规定："年十六岁以外，不准入考，其年在十六岁以内，业经出室者，亦不准与试”，足见结过婚的女子，要被淘汰确是“古已有之”的。现在自然更该让出所有的职业，服服帖帖的回到厨房去，育儿养女，煮饭烧菜。

如果女子们再不觉悟，再不安分守己，痛改前非，赶快回家做小姐太太，贤妻良母，那其愚真不可及，其罪尤不可逭，难怪文坛宿将和名教授们要摇头叹息，或者竟至群起而攻之了。记得在《浮士德》中，格莱卿的阿哥华伦亭责备他自己的妹妹时，曾经有下面两句：

> 即令上帝给你恕罪，
> 你在地上总不免永被非难！

可见女人的命苦，在某些人看起来，即使上帝恕她的罪，也是要永被责难。其实我以为横遭天谴和沉沦地狱都不可怕，可怕的倒是“人言”，倒是一些名人的非议，责备，污蔑和排挤。古人不是早已说过“乱非降自天，生自妇人”，如果今之女子不勤于“治内”，倒妄想“治外”，那当然是大背于圣贤之道，更有违立国的精神，这简直可以严刑正法，更何况只是区区的口诛笔伐呢？

呜呼，中国的女子！

# 隐身衣

杨　绛①

我们夫妇有时候说废话玩儿。

“给你一件仙家法宝，你要什么？”

我们都要隐身衣；各披一件，同出遨游。我们只求摆脱羁束，到处阅历，并不想为非作歹。可是玩得高兴，不免放肆淘气，于是惊动了人，隐身不住，得赶紧逃跑。

“阿呀！还得有缩地法！”

“还要护身法！”

想得越周到，要求也越多，干脆连隐身衣也不要了。

其实，如果不想干人世间所不容许的事，无需仙家法宝，凡间也有隐身衣；只是世人非但不以为宝，还惟恐穿在身上，像湿布衫一样脱不下。因为这种隐身衣的料子是卑微。身处卑微，人家就视而不见，见而无睹。

---

① 杨绛（1911—2016），江苏无锡人。原名杨季康。1932 年毕业于东吴大学，随即入清华大学研究院攻读。1935 年赴英、法留学。回国后，任清华大学教授。中华人民共和国成立后为文学研究所研究员。作品有剧本《称心如意》《弄假成真》《风絮》，散文集《干校六记》《将饮茶》《我们仨》，并有《堂·吉诃德》等译作多种。

我记得我国笔记小说里讲一人梦魂回家，见到了思念的家人，家里人却看不见他。 他开口说话，也没人听见。 家人团坐吃饭，他欣然也想入座，却没有他的位子。 身居卑微的人也仿佛这个未具人身的幽灵，会有同样的感受。 人家眼里没有你，当然视而不见；心上不理会你，就会瞠目无睹。 你的“自我”觉得受了轻忽或怠慢或侮辱，人家却未知有你；你虽然生存在人世间，却好像还未具人形，还未曾出生。 这样活一辈子，不是虽生犹如未生吗？ 谁假如说，披了这种隐身衣如何受用，如何逍遥自在，听的人只会觉得这是发扬阿 Q 精神，或阐述“酸葡萄论”吧？

且看咱们的常言俗语，要做个“人上人”呀，“出类拔萃”呀，“出人头地”呀，“脱颖而出”呀，“出锋头”或“拔尖”“冒尖”呀等等，可以想见一般人都不甘心受轻忽。 他们或悒悒而怨，或愤愤而怒，只求有朝一日挣脱身上这件隐身衣，显身而露面。 英美人把社会比作蛇阱（snake pit）。 阱里压压挤挤的蛇，一条条都拚命钻出脑袋，探出身子，把别的蛇排挤开，压下去；一个个冒出又没入的蛇头，一条条拱起又压下的蛇身，扭结成团、难分难解的蛇尾，你上我下，你死我活，不断的挣扎斗争。 钻不出头，一辈子埋没在下；钻出头，就好比大海里坐在浪尖儿上的跳珠飞沫，迎日月之光而生辉，可说是大丈夫得志了。 人生短促，浪尖儿上的一刹那，也可作一生成就的标志，足以自豪。 你是“窝囊废”吗？ 你就甘心郁郁久居人下？

但天生万物，有美有不美，有才有不才。 万具枯骨，才造得一员名将；小兵小卒，岂能都成为有名的英雄。 世上有坐轿的，有抬轿的；有坐席的主人和宾客，有端茶上菜的侍仆。 席面上，有人坐首位，有人陪末座。 厨房里，有掌勺的上灶，有烧火的灶下婢。天之生材也不齐，怎能一律均等。

人的志趣也各不相同。《儒林外史》二十六回里的王太太，津津乐道她在孙乡绅家“吃一、看二、眼观三”的席上，坐在首位，一边一个丫头为她掠开满脸黄豆大的珍珠拖挂，让她露出嘴来吃蜜饯茶。而《堂吉诃德》十一章里的桑丘，却不爱坐酒席，宁愿在自己的角落里，不装斯文，不讲礼数，吃些面包葱头。有人企求飞上高枝，有人宁愿“曳尾涂中”。人各有志，不能相强。

有人是别有怀抱，旁人强不过他。譬如他宁愿“曳尾涂中”，也只好由他。有人是有志不伸，自己强不过命运。譬如庸庸碌碌之辈，偏要做“人上人”，这可怎么办呢？常言道：“烦恼皆因强出头。”猴子爬得愈高，尾部又秃又红的丑相就愈加显露；自己不知道身上只穿着“皇帝的新衣”，却忙不迭地挣脱“隐身衣”，出乖露丑。好些略具才能的人，一辈子挣扎着求在人上，虚耗了毕生精力，一事无成，真是何苦来呢。

我国古人说：“彼人也，予亦人也。”西方人也有类似的话，这不过是勉人努力向上，勿自暴自弃。西班牙谚云：“干什么事，成什么人。”人的尊卑，不靠地位，不由出身，只看你自己的成就。我们不妨再加上一句：“是什么料，充什么用。”假如是一个萝卜，就力求做个水多肉脆的好萝卜；假如是棵白菜，就力求做一棵瓷瓷实实的包心好白菜。萝卜白菜是家常食用的菜蔬，不求做庙堂上供设的珍果。我乡童谣有“三月三，荠菜开花赛牡丹”的话。荠菜花怎赛得牡丹花呢！我曾见草丛里一种细小的青花，常猜测那是否西方称为“勿忘我”的草花，因为它太渺小，人家不容易看见。不过我想，野草野菜开一朵小花报答阳光雨露之恩，并不求人“勿忘我”，所谓“草木有本心，何求美人折”。

我爱读东坡“万人如海一身藏”之句，也企慕庄子所谓“陆沉”。社会可以比作“蛇阱”，但“蛇阱”之上，天空还有飞鸟；

蛇阱之旁，池沼里也有游鱼。 古往今来，自有人避开“蛇阱”而“藏身”或“陆沉”。 消失于众人之中，如水珠包孕于海水之内，如细小的野花隐藏在草丛里，不求“勿忘我”，不求“赛牡丹”，安闲舒适，得其所哉。 一个人不想攀高就不怕下跌，也不用倾轧排挤，可以保其天真，成其自然，潜心一志完成自己能做的事。

而且在隐身衣的掩盖下，还会别有所得，不怕旁人争夺。 苏东坡说“山间之明月，水上之清风”是“造物者之无尽藏”，可以随意享用。 但造物所藏之外，还有世人所创的东西呢。 世态人情，比明月清风更饶有滋味；可作书读，可当戏看。 书上的描摹，戏里的扮演，即使栩栩如生，究竟只是文艺作品；人情世态，都是天真自然的流露，往往超出情理之处，新奇得令人震惊，令人骇怪，给人以更深刻的效益，更奇妙的娱乐。 唯有身处卑微的人，最有机缘看到世态人情的真相，而不是面对观众的艺术表演。

不过这一派胡言纯是废话罢了。 急要挣脱隐身衣的人，听了未必入耳；那些不知世间也有隐身衣的人，知道了也还是不会开眼的。 平心而论，隐身衣不管是仙家的或凡间的，穿上都有不便——还不止小小的不便。

英国威尔斯（H. G. Wells）的科学幻想小说《隐形人》（*Invisible Man*）里，写一个人使用科学方法，得以隐形。 可是隐形之后，大吃苦头，例如天冷了不能穿衣服，穿了衣服只好躲在家里，出门只好光着身子，因为穿戴着衣服鞋帽手套而没有脸的人，跑上街去，不是兴妖作怪吗？ 他得把必需外露的面部封闭得严严密密：上部用帽檐遮盖，下部用围巾包裹，中部架上黑眼镜，鼻子和两颊包上纱布，贴满橡皮膏。 要掩饰自己的无形，还需这样煞费苦心！

当然，这是死心眼儿的科学制造，比不上仙家的隐身衣。 仙家的隐身衣随时可脱，而且能把凡人的衣服一并隐掉。 不过，隐身衣下的血肉之躯，终究是凡胎俗骨，耐不得严寒酷热，也经不起任何损伤。别说刀枪的袭击，或水烫火灼，就连砖头木块的磕碰，或笨重的踩上一脚，都受不了。如果没有及时逃避的法术，就需炼成金刚不坏之躯，才保得无事。

穿了凡间的隐身衣有同样不便，肉体包裹的心灵，也是经不起炎凉，受不得磕碰的。要炼成刀枪不入、水火不伤的功夫，谈何容易！如果没有这份功夫，偏偏有缘看到世态人情的真相，就难保不气破了肺，刺伤了心，哪还有闲情逸致把它当好戏看呢。况且，不是演来娱乐观众的戏，不看也罢，假如法国小说家勒萨日笔下的瘸腿魔鬼请我夜游，揭起一个个屋顶让我观看屋里的情景，我一定辞谢不去。获得人间智慧必须身经目击吗？身经目击必定获得智慧吗？人生几何！凭一己的经历，沾沾自以为独具冷眼，阅尽人间，安知不招人暗笑。因为凡间的隐身衣不比仙家法宝，到处都有，披着这种隐身衣的人多得很呢，他们都是瞎了眼的吗？

但无论如何，隐身衣总比国王的新衣好。

# 事事关心

邓 拓[①]

风声、雨声、读书声，声声入耳；家事、国事、天下事，事事关心。

这是明代东林党首领顾宪成撰写的一副对联。时间已经过去了三百六十多年，到现在，当人们走进江苏无锡“东林书院”旧址的时候，还可以寻见这副对联的遗迹。

为什么忽然想起这副对联呢？因为有几位朋友在谈话中，认为古人读书似乎都没有什么政治目的，都是为读书而读书，都是读死书的。为了证明这种认识不合事实，才提起了这副对联。而且，这副对联知道的人很少，颇有介绍的必要。

上联的意思是讲书院的环境便于人们专心读书。这十一个字很生动地描写了自然界的风雨声和人们的读书声交织在一起的情景，

---

① 邓拓(1912—1966)，福建闽侯人。1929年入上海光华大学政治法律系。1930年加入左翼社会科学家联盟，积极从事左翼文化活动。1934年入河南大学经济系就读。1937年进入晋察冀边区，任《晋察冀日报》社社长。解放后出任《人民日报》总编辑。曾任全国新闻工作者协会主席、北京市委书记。六十年代写作《燕山夜话》《三家村札记》，影响巨大。“文革”初受迫害致死。有《邓拓文集》《邓拓散文》《邓拓诗词选》行世。

令人仿佛置身于当年的东林书院中，耳朵里好像真的听见了一片朗诵和讲学的声音，与天籁齐鸣。

下联的意思是讲在书院中读书的人都要关心政治。这十一个字充分地表明了当时的东林党人在政治上的抱负。他们主张不能只关心自己的家事，还要关心国家的大事和全世界的事情。那个时候的人已经知道天下不只是一个中国，还有许多别的国家。所以，他们把天下事与国事并提，可见这是指的世界大事，而不限于本国的事情了。

把上下联贯串起来看，它的意思更加明显，就是说一面要致力读书，一面要关心政治，两方面要紧密结合。而且，上联的风声、雨声也可以理解为语带双关，即兼指自然界的风雨和政治上的风雨而言。因此，这副对联的意义实在是相当深长的。

从我们现在的眼光看上去，东林党人读书和讲学，显然有他们的政治目的。尽管由于历史条件的限制，他们当时还是站在封建阶级的立场上，为维护封建制度而进行政治斗争。但是，他们比起那一班读死书的和追求功名利禄的人，总算进步得多了。

当然，以顾宪成和高攀龙等人为代表的东林党人，当时只知道用“君子”和“小人”去区别政治上的正邪两派。顾宪成说：“当京官不忠心事主，当地方官不留心民生，隐居乡里不讲求正义，不配称君子。”在顾宪成死后，高攀龙接着主持东林讲席，也是继续以“君子”与“小人”去品评当时的人物，议论万历、天启年间的时政。他们的思想，从根本上说，并没有超出宋儒理学，特别是程、朱学说的范围，这也是可以理解的。因为顾宪成讲学的东林书院，本来是宋儒杨龟山创立的书院。杨龟山是程颢、程颐两兄弟的门徒，是“二程之学”的正宗嫡传。朱熹等人则是杨龟山的弟子。顾宪成重修东林书院的时候，很清楚地宣布，他是讲程朱学说的，也就是继承杨龟山的衣钵的。人们如果要想从他的身上，找到反封建的革命因素，那恐怕是不可能的。

我们决不需要恢复所谓东林遗风，就让它永远成为古老的历史陈迹去吧。我们只要懂得努力读书和关心政治，这两方面紧密结合的道理就够了。

片面地只强调读书，而不关心政治；或者片面地只强调政治，而不努力读书，都是极端错误的。不读书而空谈政治的人，只是空头的政治家，决不是真正的政治家。真正的政治家没有不努力读书的。完全不读书的政治家是不可思议的。同样，不问政治而死读书本的人，那是无用的书呆子，决不是真正有学问的学者。真正有学问的学者决不能不关心政治。完全不懂政治的学者，无论如何他的学问是不完全的。就这一点说来，所谓“事事关心”实际上也包含着对一切知识都要努力学习的意思在内。

既要努力读书、又要关心政治，这是愈来愈明白的道理。古人尚且知道这种道理，宣扬这种道理，难道我们还不如古人，还不懂得这种道理吗？无论如何，我们应该比古人懂得更充分，更深刻，更透彻！

# 说 难

胡乔木[①]

难之一字，拿破仑君说是只在愚人的字典里才有的。我自幼就一直用着愚人的字典，大概是愈用愈愚了，我现在竟以为，在真正愚人的字典里，怕只有一个易字，而拿君之所以一败于莫斯科，再败于滑铁卢，终致身败名裂者，或者也就是吃了聪明人的字典的亏吧。

知难并不是怕难。不知难而见难，所以怕难，见难而不难，则因为知难。空想家的拿破仑不怕难，但是怕承认难，结果与怕难就只隔了一层纸。我们必须不怕难也不怕承认难，故我们必须知难。

进化论的智识虽然不好贴上封条搬到人类史上来适用，但人类的祖先能够不断辞别千千万万的因苟安而灭亡的同类，为他们今日的子孙开辟一条这样寂寞而且漫长的旅程，想来决不是易事。缩小范围来说，对于一个卵子的受精而成人，虽然雄蜂样的懒汉们也常

---

① 胡乔木(1912—1993)，江苏盐城人。早年参加革命，曾参与领导北京学生运动和上海左翼文化运动。1937 年到延安。1941 年起任毛泽东秘书、中共中央政治局秘书，为中共中央起草了《关于若干历史问题的决议》，先后任新华社社长、新闻出版总署署长、中共中央宣传部副部长、中共中央副秘书长等职，后任中国社会科学院院长。著作有《中国共产党的三十年》等。

自命为完成了什么任务，但是一个母亲却知道她为了这个任务，如何在六千七百多小时里，沉默地贡献她的一身作资本，并且加上了她的一生作赌注。 而每一个新的地球的子民刚一脱离母亲就哭了，想象力泛滥的诗人虽因此一口判定为天才的厌世家，但是愚笨的生理学者却慢慢发现了这原来是为了呼吸。 生理学者并且发现了，无论一个聪明人怎样把世界看得容易，他的每一个细胞却不待主人的指挥，总还是辛勤地工作着，奋斗着，直到他的死。 这一场也就证明了生存竞争，宣示了辩证法的真理。 子曰：天行健。 我想除了寥寥的几尊聪明的脑袋以外，这天应该是包含了凡有人类的生命在内的。

天行健，因为天里面孕含着矛盾。 客观和主观之间横隔着可想的矛盾，于是有难。 妄人轻难而败，懦夫怕难而退，勇者知难而进。 马克思列宁主义者是真勇者，所以他们革命，他们提倡朴素切实，埋头苦干，艰苦奋斗。 困难是无穷的，旧的完了，新的又来，所以革命永远厌轻妄和怠惰，正如轻妄和怠惰永远厌恶革命。 这是革命的纪律，这也是生命和自然的纪律。

中国人说，人生识字忧患始。 有忧患处乃有进步和快乐。 所以这句话并不曾吓倒了人们不识字。 而且应该首先说，人生忧患识字始。 文穷而后工，欲速则不达。 历史从不给排列空洞词句的文学家、玩弄肤浅思想的哲学家、追逐个人地位的政治家留下地位。正如几何学从不给拒绝下苦功的国王们准备道路一样。

# 谈礼教

唐　弢①

汉高祖既登大位，因为群臣放肆，便觉得坐龙廷的滋味未必比住凉亭好，等到孙叔通把朝仪一定，才恍然于做皇帝的高贵，而感到礼教的需要。

其实礼教的订立，总是只替为帝为王者着想的：让大众戴上镣铐，使人与人之间隔着高墙，而仅仅给少数野心家以特权。如果有人摆脱镣铐，爬过高墙，甚而至于使野心家的特权发生动摇，那就是背叛礼教，成为“乱臣贼子”，“人人得而诛之了”。

然而这也并不是什么不易的定律。

“乱臣贼子”如果能够做到帝王，倡导礼教的先生们也就立刻背着礼教的招牌光临了。这回自然也还是替为帝为王者着想。

---

① 唐弢（1913—1992），浙江镇海人。著名杂文家。原名唐端毅，常用笔名晦庵。早年在邮局当拣信生，业余从事文艺活动。在鲁迅影响下，开始写作散文和杂文。曾参加1938年版《鲁迅全集》的编辑工作。后编辑《文艺界丛刊》。抗战胜利后，与柯灵合编《周报》，并编辑《文汇报》副刊《笔会》。解放后，担任上海作协的领导工作，曾任上海文化局副局长。建国后除从事杂文、散文写作，致力于鲁迅研究工作。著有杂文集《推背集》《海天集》《投影集》《短长书》《劳薪辑》《识小录》《繁弦集》《鸿爪集》，另有散文集、评论集多种，并有《晦庵序跋》《晦庵书话》。

“乱臣贼子”一坐龙廷，不免就生野心，镣铐既锁不着自己，而况还有许多好处，落得做个人情。所以几千年来，诸子百家，被斥为邪说异端，散佚殆尽，而孔二先生却能够巍然独存，就是因为这缘故。

孔二先生巍然独存，也便是礼教的不落伍。何况读书人还要拿来当作看家本领，努力宣传。于是男人制服女人，礼也；主子压迫奴隶，礼也；上司驱策下属，礼也；至于帝王治国，当然更是非礼不可。这成见越来越深，就弄到虽非“乱臣贼子”，但“君要臣死”，也就“不得不死”了。

这上面便产生了“莫须有”。

其结果更惨的，还有死守睢阳这一幕，据《唐书忠义传》载：

> 张巡守睢阳城，尹子奇攻围既久，城中粮尽，易子而食，析骸而爨。巡乃出其妾，对三军杀之，以飨军士，曰：“请公等为国家戮力守城，一心无二。巡不能自割肌肤，以啖将士，岂可惜此妇人！”将士皆泣下，不忍食。巡强令食之。括城中妇女既尽。以男夫老小继之，所食人口二三万。

这回是弄到夫要妻死，官要民死，也都不得不死了。因为要保全自己对主子的一点忠心，去完成礼教，便不惜牺牲无辜。所谓礼教也者，在这里便显出了他的吃人的面目！

# 奴才哲学

林默涵[①]

据说莫利哀所描写的人物，都是他亲眼看见过的。莫利哀是路易十四的“皇家剧团”的主脑，和他接触多的，自然是一些贵族了；莫利哀就把他们做了他的嘲笑的主要对象，因此他常常受到他们的攻击。

既有贵族，自然就有奴仆，在莫利哀的剧本中，几乎没有一个没有奴仆登场的。这是一些平民出身的人物，在他们的眼中，贵族全是糊涂可笑的东西，但又因为接近了贵族，便自觉又比平民高超一些了。他们早已失去平民固有的淳厚，而变成了谄佞狡诈的角色。这是不足怪的：因为不谄佞，就无以讨主子的欢心；不谄佞，又免不了要常受主子的欺侮。

如果用鲁迅先生的说法，这大概就是所谓“帮闲”的人物了。他们的任务，便是帮主子出计谋，怎么吊膀子，拐女人，诸如此

---

① 林默涵（1913—2008），福建武平人。文艺评论家。原名林烈。早年就读于福州高中师范科，离校后从事地下工作。1935 年赴日本，在东京新闻学院学习。次年回国，在邹韬奋主办的《生活日报》编辑副刊。抗战期间，曾到延安，编辑《中国文化》和《解放日报》副刊。建国后，历任文化部副部长、文联副主席等职。著有杂文集《狮与龙》等。

类，以博取主子的恩宠。 但如果事情失败，真要“帮忙”的时候呢？ 他就不来了。 这时，他就另有主张：“有胆量也好，没有胆量也好，只要我保留着这吃饭的家伙就行了。 吃饭的时候，您如果愿意的话，不妨请我同坐，凑够四位。 至于打仗呢，请您不要把我算在内罢。 总之，您也许觉得阳世住腻了，阴间别有风味，至于我呢，我觉得阳世就够有趣了……”

我当然不会主张奴才应当为主子拼命。 我只是从这里发现了真正的奴才哲学罢了。 概括起来，便是：“只要保留着吃饭的家伙，阳世也就够有趣了。”这虽然简单，然而，许多复杂现象，都可以由此而解，这就是那些汉奸、叛徒们的哲学，在他们是“只要保留着吃饭的家伙”，便是出卖灵魂又有何妨。 这也就是那些背朝外敌，而把胸膛对着我们的顽固专家们的哲学，在他们是“只要保留着吃饭的家伙”，便是戕害民族利益，亦在所不计，至于和敌人打仗呢？ “请不要把我算在内罢”。

对付这样的奴才的办法，只有一个，便是给他几拳，让他看看颜色，那他就或者会改变态度了。 例如莫利哀在《装腔作势的女子》中所描写的马斯加里，就是这样的。 他奉了主人的命令，冒充贵族，乘了轿子去调弄那做作的两个女子，而竟想赖掉轿钱——

第二个轿夫：我说，先生，给我们的钱。

马斯加里（打他一个耳光）：怎么！坏蛋！我这样身份的人，你竟敢向我要钱吗？

第一个轿夫（把轿杠拔出来，拿在手里）：喂！赶快把钱给我们！

马斯加里：什么？

第一个轿夫：我说，我马上要钱！

马斯加里：这才是一个懂道理的。

第一个轿夫：快呀！

马斯加里：好罢，你说话很有礼貌，你的伙计却是一个坏蛋，说话得罪人！——拿去罢！你满意了吗？

第一个轿夫：不，我还不满意，你打了我的伙计一个耳光，我就要……（举起轿杠）

马斯加里：别忙！拿去罢，这算是补偿他的耳光的。只要人家规规矩矩地对我说，要我怎样都可以。

读者诸君！ 读了这一段，你不会觉得好像也看见了中国的“马斯加里”吗？

# 遗　嘱

黄苗子①

一、我已经同几位来往较多的“生前友好”有过约定，趁我们现在还活着之日起，约好一天，会作挽联的带副挽联（画一幅漫画也好），不会作挽联的带个花圈，写句纪念的话，趁我们都能亲眼看到的时候，大家拿出来欣赏一番。这比人死了才开追悼会，哗啦哗啦掉眼泪，更具有现实意义。因此，我坚决反对在我死后开什么追悼会、座谈会，更不许宣读经过上级逐层批审和家属逐字争执仍然言过其实或言不及其实的叫做什么“悼词”。否则，引用郑板桥的话“必为厉鬼以击其脑”。

二、我死之后，如果平日反对我的人“忽发慈悲”在公共场合或宣传媒介中，大大地恭维我一番，接着就说我生前与他如何“情投意合”，如何对他“推崇备至”，他将誓死“继承我的遗志”等等，换句话说：即凭借我这个已经无从抗议的魂灵去伪装这个活人头上的光环，那么仍然引用郑板桥的那句话：“必为厉鬼以击

---

① 黄苗子(1913—2012)，广东中山人。中国漫画家、美术史家、书法家、美术评论家、作家，曾为《时代漫画》《上海漫画》等刊物撰稿。长期从事美术史论研究工作。著作有《美术欣赏》《画家徐悲鸿》《古美术杂记》等。

其脑！”

此外，我绝不是英雄，不需要任何人愚蠢地为一个普普通通的人白流眼泪。至于对着一个普普通通的、木知木觉的尸体去号啕大哭或潸然流泪，则是更愚蠢的行为，奉劝诸公不要为我这样做（对着别的尸体痛哭，我管不着，不在本遗嘱之限）。如果有达观的人，碰到别人时轻松地说：“哈哈！黄苗子死了。”用这种口气宣布我已自动退出历史舞台，这是恰当的，我明白这决不是幸灾乐祸。

三、我和所有人一样，是光着身子进入人世的，我应当合理地光着身子离开（从文明礼貌考虑，也顶多给我尸体的局部盖上一小块旧布就够了）。不能在我死时买一套新衣服穿上或把我生前最豪华的出国服装打扮起来再送进火葬场，我不容许这种身后的矫饰和消费。顺便声明一下，我生前并不主张裸体主义。

流行的“遗体告别”仪式是下决心叫人对死者最后留下最丑印象的一种仪式。我的朋友张正宇，由于“告别”时来不及给他戴上假牙，化妆师用棉花塞在嘴上当牙齿，这一恐怖形象深刻留在我的脑子里，至今一闭目就想起来。因此，绝对不许举行我的遗体告别。即使只让我爱人单独参加的遗体告别。

四、虽然我决不反对别人这样做，但是我不提倡死后都把尸体献给医学院，以免存货过多，解剖不及，有碍卫生。但如果医学院主动“订货”的话，我将预先答允将我的臭皮囊割爱。

五、由于活着曾被住房问题困扰过，所以我曾专门去了解关于人死后“住房”——即骨灰盒的问题，才知道骨灰盒分三十元、六十元、七十五元……按你生前的等级办事，你当了副部长才能购买一百元一个的骨灰盒为你的骨灰安家落户，为此，我吩咐家属：预备一个放过酵母片或别的东西的空玻璃瓶，作为我临时的“寝宫”。 这并不是舍不得出钱，只是因为作为一个普通的脑力劳动者，我应当把自己列于“等外”较好。

关于骨灰的处理问题，曾经和朋友们讨论过，有人主张约几位亲友，由一位长者主持，肃立在抽水马桶旁边，默哀毕，就把骨灰倒进马桶，长者扳动水箱把手，礼毕而散。 有人主张和在面粉里包饺子，约亲友共同进餐，餐毕才宣布饺子里面有我的骨灰，饱餐之后“你当中有我，我当中有你”，倍形亲切，不亦妙哉。 但有人认为骨灰是优质肥料，马桶里冲掉了太可惜。 后者好是好，但世俗人会觉得“恶心”怕有人吃完要吐。 为此，我吩咐我的儿子，把我那小瓶子骨灰拿到他插队的农村里，拌到猪食里喂猪，猪吃肥壮了喂人，往复循环，使它仍然为人民做点有益的贡献。 此嘱。

庄周说过一个故事：子桑户、孟子反、子琴张三个人志趣相投，都能“相与于无相与、相为于无相为”，于是“相视而笑，莫逆于心”地做了朋友。 但不久，子桑户就死了，孔子急忙派最懂得礼节的子贡去他家帮着筹组治丧委员会。 谁知孟子反、子琴张这两位生前友好，早已无拘无束地坐在死者旁边，一边编帘子，一边得意地唱歌弹琴：

> 哎呀，老桑头呀老桑头，
> 你倒好，你已经先返回本真，
> 却把我们仍然留下来做人。

子贡一见吓了一跳，治丧委员会也告吹了。 急忙回去找孔子汇报。 姜到底是老的辣，孔子听了，不慌不忙用右手食指蘸点唾沫，在案上方方正正地画了个框框，然后指着子贡说：“懂吗？ 我们是干这个的——是专门给需要这一套的人搞框框的。 他们这两个可了不得，一眼就识破了仁义和礼教的虚伪性，所以他们对于我们这些圈套都不值一笑。不过你放心，人类最大的弱点是懒，世世代代安于在我们圈套里面睡大觉。而这些肯用脑子去想，去打破框框套套的人，却被人目为离经叛道，指为不走正路的二流子、无事生非的傻瓜。他们的道理在很长时期仍将为正派人所排摈的。子贡，放心吧，我们捧的是铁饭碗，明儿个鲁国的权贵阳货、季桓子、孟献子他们死了，还非得你去组织治丧委员会不可，因为再也没有像我们孔家的人那样熟悉礼制的了。”（大意采自《庄子·大宗师》）

以上的故事讲完，想到自己虽然身子骨还硬朗，但人到了七十岁，也就是应当留下几句话的时候了，于是写《遗嘱》。

# 谈“迂”

孙　犁①

不谙世情谓之迂。多见于书呆子的行事中。

鲁迅先生记述：他尝告诉柔石，社会并不像柔石想的那么单纯，有的人是可以做出可怕的事情来的，甚至可以做血的生意。然而柔石好像不相信，他常常睁大眼睛问道：可能吗？会有这种事情吗？

这就叫做迂。凡迂，就是遇见的险恶少，仍以赤子之心待人。鲁迅告诉柔石的是一九二七年的事。现在，时值三伏大热，我记下几件一九六七年冬天的琐事，一则消暑，二则为后来人广见闻增加阅历。

一、我到干校之前，已经在大院后楼关押了几个月。在后楼时，一位兼做看管的女同志，因为我体弱多病，在小铺给我买了一包油茶面。我吃了几次，剩了一点点，不忍抛弃，随身带到干校去。一天清理书包，我把它倒进茶杯里，用开水冲着吃了。当

---

① 孙犁（1913—2002），河北安平人。原名孙树勋。1937 年参加抗日斗争，长期在革命队伍中从事文化工作。创作以冀中平原，尤以白洋淀为背景。是乡土小说“白洋淀”派之代表，主要作品有散文集《晚华集》《秀露集》《远道集》《老荒集》等，其中《白洋淀纪事》影响巨大。

时，我以为同屋都是难友，又是多年同事，这口油茶又是从关押室带来的，所以毫无忌讳，吃得很坦然。当时也没有人说话。第二天清早，群众专政室忽然调我们全棚到野外跑步，回到室内，已经大肆搜查过，目标是：高级食品。可惜我的书包里，是连一块糖也搜不出来了。

二、刚到干校时，大棚还没修好，我分到离厨房近的一间小棚。有一天，我睡下的比较早，有一个原来很要好，平日并对我很尊重的同事，进来说：

“我把这镰刀和绳子，放在你床铺下面。”

当时，我以为他去劳动，回来得晚了，急着去吃饭，把东西先放在我这里。就说：

“好吧”。

第二天早起，照例专政室的头头要集合我们训话。这位头头，是一个典型的天津青皮、流氓、无赖，素日以心毒手狠著称。他常常无事生非，找碴挑错，不知道谁倒霉。这一天，他先是批判我，我正在低头听着的时候，忽然那位同事说：

“刚才，我从他床铺下，找到一把镰刀和一条绳子。”

我非常愤怒，不知是从哪里飞来的勇气，大声喝道：

“那是你昨天晚上放下的！”

他没有说话。专政室的头头威风地冲我前进一步，但马上又退回去了。

在那时，镰刀和绳子，在我手里，都会看做凶器的，不是企图自杀，就是妄想暴动，如不当场揭发，其后果是很危险的，不堪设想的。所以说，多么迂的人，一得到事实的教训，就会变得聪明了。当时排除者不下数十人，其中不少人，对我的非凡气概为之一惊，称快一时。

三、有一棚友，因为平常打惯了太极拳，一天清早起来劳动之前，在院子里又比划了两下。有人就报告了专政室，随之进行批判。题目是：“锻炼狗体，准备暴动！”

四、此事发生在别的牛棚，是听别人讲的，附录于此。棚长长夏无事，搬一把椅子，坐在棚口小杨树下，看牛鬼蛇神们劳动。忽然叫过一个知识分子来，命令说：

“你拔拔这棵杨树！”

这个人拔了拔说：

“我拔不动！？”

棚长冷笑着对全体牛鬼蛇神说：

“怎么样？你们该服了吧，蚍蜉撼树谈何易！”

这可以说是对“迂”人开的一次玩笑。但经过这场血的洗礼，我敢断言，大多数的迂夫子，是要变得聪明一些了。

一九八二年七月十五日清晨。

暑期已届，大院只有此时安静。

# 谈镜花水月

孙　犁

凡是文艺，都要取材。环境有依据，人物也有依据。但一进入作品，即是已经加工过的，不再是原来的环境和人物了。这就像镜花和水月一样，多么逼真，也不是原来的花月了。有些读者，不明此义，常常按图索骥，已近于庸俗社会学。而有些人却听信传言，在文艺作品中，去寻找自己，这不只有悖常识，也常常流于庸人自扰的混乱之境。

文学作品，当以公心讽世为目的。以暴露人家的隐私为目的的作品，被称为黑幕小说。作品、作者，都不足道。明白人更不必去过多注意它的内容，从中探索自己的影子。

曾孟朴的《孽海花》，人物多有依据。书中有实可指者，近二十人。显宦包括张之洞，名流包括李莼客。但在当时以及后来，没有听说有谁，或是谁的后代，出来抗议，说书中某某人，写的就是他，或是他的祖先。因为谁都知道，人物一进入小说，便是虚构，打破镜子摘采花朵，跳进水中捞取月亮，只有傻瓜才肯那样去干。

当然也有例外，那就是赛金花。她不只承认写的就是自己，而且把作家夸大的部分，虚构的部分，都包了下来。因为，这对她来说，都没有坏处，倒有好处。

老实说，近些年，确有一些熟人、朋友的个别事迹，写入了我的文章，但也只是摘取一枝一叶，并不影响我对他们的全部评价。朋友仍然是朋友，熟人照旧是熟人。当然也有的从此就得罪了，疏远了，我是没有办法挽回的。

过去，当政治风雨突然袭击时，有些人对同志，对朋友，无中生有，造谣污蔑，不只使当事者蒙不白之冤，也使他的家属，有血泪之痛。这称之为乘人之危，投井下石，毫不为过。但这种做法，人们习以为常，他本人也会轻易地忘记。

而在太平盛世，天晴气朗之时，别人偶然描绘了一下类似他的嘴脸，伤不了他的半根毫毛，好官自为之，名人自当之，却忍受不了，以为别人不够朋友，刻薄无情，从此要绝交，要打句号。这可以说是我们的社会生活中，多年来形成的一种奇异现象。

其实，目前的环境，周围的关系，绝不会因为他的某一特点，被某一作者采撷了去，会对他产生什么不利的影响。例如，我曾写入杂文“谈迂”中的那个人物，在后来整党的时候，就竟然当上了领导小组的成员。当时在场的人，都还活着，不以为怪。

我有洁癖，真正的恶人、坏人、小人，我还不愿写进我的作品。鲁迅说，从来没有人愿意去写毛毛虫、痰和字纸篓。一些人进入我的作品，虽然我批评或是讽刺了他的一些方面，我对他们仍然是有感情的，有时还是很依恋的，其中也包括我的亲友、家属和我自己。

我是一个很平庸的人，有很多弱点。一生之中，长期漂流在外，对家庭没有负起应尽的责任。自己的不幸遭遇，以及做过的错事、鲁莽事、傻事，都曾使亲人焦虑、感伤。到了晚年，时常自责并无掩饰地写出来，作为临终前的忏悔。

对于别人，交往也好，得罪也好，我已没有什么希求。我从来不愿得罪人，甚至不愿得罪院里的猫和狗，但我不能不写东西。

我过去所写的小说中，也有坏人吧？现在看起来，都很概念。晚年对世事体会深了，偶一触及，便有入木凿石之感，但确实也不愿再写多少了。

一生之中，我得到过的东西很多，有些过分。当然失去的也不少。现在，我已经进入了无欲望状态，不想再得到什么，也没有什么可以害怕失去的了。有人说，老的一代，必都有一种失落感，那恐怕是一些人的推测之词。

# 谈悲哀

严文井[①]

大概不少人都是喜欢对自己搞一些装饰打扮的。某些人喜欢装饰，更多的是出于情感上的需要，因为他们认为可以从装饰打扮中获得一种愉快。把头发烫得弯弯曲曲，在嘴唇上染上一些红胭脂，可能使别人感到“漂亮”，引起别人的愉快，但更多的可能是自己认为这样做准能引起别人的羡慕而使自己感到愉快。某些人更想让别人承认他们的感情是美丽的、强烈的，这一点甚至比形体上的美丽和强壮更为重要。他们也喜欢别人称赞自己的“不平常”的性格。例如：有的先生把自己比做贝多芬式的，有的女士把自己比做邓肯式的，谁也不能禁止他们这样做，正如同谁也不能禁止长雀斑的少女使用厚厚的铅粉一样。

人们的装饰，大概也遵守了一种原始的美学观点，每每喜欢选取自己所缺乏的素质，以此来弥补自己不足。这就是为什么某些商

① 严文井(1915—2005)，湖北武昌人。原名严文锦。早在湖北省立高级中学求学时便发表散文作品。1937 年出版散文集《山寺暮》。1938 年到延安，先入“抗大”学习，后在“鲁艺”任职。1945 年到东北解放区，任《东北日报》副总编辑，建国后主要从事儿童文学创作，曾任作家出版社、人民文学出版社社长。作品主要有《严文井童话选》《严文井散文选》等。

人喜欢布置一个古雅的书房，某些老太太喜欢穿鲜艳的衣服的缘故。

由于同样的原因，有些人就哼出了“淡淡的哀愁”的诗。他们也谈苦恼和悲哀。这样的人如果像七月的金苍蝇一样到处嗡嗡地飞，这倒真是叫人感到苦恼和悲哀的。

希腊神话中，有一个唐太洛士，因为得罪了宙斯，被罚住在地府中，头顶上有一块随时都会坠落下来的石头。当他饥饿时，他要采一个伸手可及的果实，果实却被大风吹入了云中。当他干渴时，那淹到嘴边的水却突然干涸了。我想，悲哀于唐太洛士是真实的。

如果现代的唐太洛士们并没有任何过失，我想这悲哀将不仅是“悲哀”一个词儿可以形容的。

我们要看见活着的唐太洛士，首先得拨开绅士们驾驭的彩云，和闲得无聊的闺秀们制造的“惨雾”，拿掉那些用“淡淡的哀愁”做出的心灵装饰品。

虽然谁也不能禁止装饰，但装饰究竟只能起到装饰的作用，不过如此。

# 媚外一例

荒　芜①

据今年纽约《华侨日报》消息，美国一高级官员访问中国期间，中国地方当局为了使他能在枯水期一睹桂林漓江的美丽风光，特地在上游开闸放水，让江水上涨五尺，使他的游船得以畅行无阻。

消息说，凡是有幸到过漓江一游的人，无不认为那里的青山绿水确是天下罕见的美景。但漓江的水位夏季就不高。船行江中，不时会与江底的石头摩擦，聒然有声。到了冬季，水位有时低到了不能行船。这段行程要走两个多小时。要把这段江面水位升高五尺并维持好几个小时之久，不知要耗费多少人力、多少宝贵的水资源。一想到如此隆重地去招待一位外宾，我们心里升起的不再是漓江的诗情画意，而是一股惊愕与愤怒之气了。

中国人从来是好客的。不幸这种传统美德，近来却被发展到畸形的地步。这几年，到中国旅游的人都知道，外国人是享受特殊待

---

① 荒芜（1916—1995），原名李乃仁，民盟成员，安徽凤台人。1937 年毕业于北京大学。1938 年参加中华全国文艺界抗敌协会，后任重庆《世界日报》副刊主编，自觉走上诗歌翻译道路。不仅是个诗人，更是作家，翻译家。

遇的。乘车有外宾候车室，吃饭有外宾餐厅，买东西有友谊商店。高级饭店旅馆只许外宾进入，公园和旅游点有专为外宾开设的文物商店，甚至连厕所也内外有别，界限森严。这样的接待外宾，不论其思想出发点是什么，实际的效果是只求媚外，贱视自己的同胞，造成变相的等级歧视。对于这种差别待遇，不仅国内的人迭次抗议，多数外宾也感到不适应、不理解。

对于一般的外宾已经如此，而对于外国元首和高级官员的来访，自然更要大张旗鼓、劳师动众了。中国接待外宾仪式中特别给人留下深刻印象的是，成千上万的青年和儿童在机场和街道两旁列队，手摇彩旗，口里高喊："欢迎、欢迎、热烈欢迎！"另一方面，在偌大的故宫里和长城上，只能看见贵宾和保卫人员，而看不见一个老百姓，这也可以说是个奇迹，要知道中国是个人口众多的大国啊。还有，据了解内幕者言，当尼克松被赶下台之后，为了表示对老朋友的念念不忘，派专机去接他访问的也是中国。不过，所有这些镜头，与这次接待的隆重程度比较起来都不免相形见绌。为了招待一位外宾，居然翻江倒海，使江水平空涨起五尺，这在世界史上都应该是空前的创举。在当今世界上，恐怕也只有中国一个国家才有如此气魄，才能如此不惜工本。

招待外宾的方式和态度实际上反映了招待者的思想状态，反映了中国社会等级划分和特权待遇的情况。对美国这一高级官员的逾格接待更说明了接待干部的心目中根本缺乏民主概念。请问决定开闸放水的领导们，你们有没有考虑过，漓江两岸人民对这个举动会怎样想？应不应该征求一下他们的意见？如果到春耕时水量不足，到雨季时缺雨，这个责任应该由谁来负担？中国是社会主义国家，人民应该是国家的主人，试问在这件关系到沿江人民生计的大事上，究竟谁在当家？谁在做主？

即使对受到破格礼遇的美国高级官员来说，当他在漓江上欣赏山光水色之际，一想到中国人民为他付出的代价之后，大概也不免对于中国官员的专断胡为感到诧异和震惊的吧。 枯水期不能行船，完全可以对客人说明情况，任何头脑正常的客人也一定会理解体谅。 中国有的是名胜古迹，漓江游不成，可以改去成都、昆明、西安或任何其他地方。 不顾后果，而擅自决定开闸放水，这种轻狂的举动所体现的肯定不是社会主义的优越性，只能是封建官僚们的劣根性。

真是事有凑巧，近日又看到中新社从南宁发出的电讯，其中说："广西目前有六十万亩早稻秧田无水播种，四百五十万亩早稻田无法耙沤，两百多万亩早玉米因干旱无法下种。 去冬以来，广西大部分地区雨量比常年少三至七成，加上气候偏高，蒸发量大，致使许多山塘干涸，河溪断流，水库蓄水量减少。 今年二月下旬以来，虽然断断续续下了几天小雨，但无济于事，旱情日趋严重。 据检查，全区水库蓄水仅有三十六亿立方尺，占有效库容量的百分之三十六点九，比去年同期减少七亿多立方米。"

请看，在广西地区发生如此严重的旱灾时，竟为了取悦一位外宾，大开水闸，把漓江水位提高五尺。 作出这个决定的人，显然是滥用权力、脱离实际、脱离群众、好摆门面的臭官僚。 一定要追究他们的不顾民生、玩忽职守的责任。

昨夜漓江春水生，游船千吨一时轻。
崇洋媚外成顽症，害苦江边种稻人。
南去漓江江水长，两旁云树碧苍苍。
今年秧短榆钱小，愁听居民说旱荒。

# 面向文学　背向文坛

黄秋耘[1]

在文学创作领域里，我仅仅是一个刚学步的小学生。有一位老前辈苦口婆心地劝诫我说："假如你真正想将来有点成就，最好是'面向文学，背向文坛'。"

所谓"面向文学"，就是要下苦功夫，甘于寂寞，勤学苦练，多读书，多研讨生活的各个方面，锲而不舍。一个题材想通想透了才好动笔写，写出来了还要反复推敲，多向有识之士请教，无论多么尖刻的批评都要耐心听下去，不要急于发表，更不必汲汲于成名成家。正如罗曼·罗兰所说的："小果子还没有成熟，千万不应急于剥皮。"一定要写到自己比较满意了，多数读者也比较满意了，才好拿出来寄给报刊编辑部。杜甫诗云："诏谓将军拂绢素，意匠惨澹经营中。斯须九重真龙出，一洗万古凡马空。"（《丹青引赠曹将军霸》）这确是懂得艺术创作甘苦的经验之谈。不经过惨澹经营，费尽移山心力，一件真正的艺术品恐怕是很难产生出来的，更

---

① 黄秋耘（1918—2001），广东顺德人，生于香港。1935 年入清华大学中文系，积极参加一二九爱国学生运动。中华人民共和国成立后，在《南方日报》《新华日报》任编辑、记者。主要著作有《黄秋耘散文集》《丁香花下》，回忆录《风雨年华》，杂文有《杂文选粹·黄秋耘之卷》。

不用说是精品、珍品和传世的佳作了。

大多数真正的艺术作品是美丽而圣洁的，可惜文坛却往往是一个污浊的“名利场”。所谓“背向文坛”，就是对于文坛上一切鸡虫得失之争，睚眦毁誉之怨，排名次孰先孰后，评选中得票多少，谁当主席、副主席，谁当顾问、理事，一概都可以置之度外。对别人的评论固然应该虚心听取，但听到了赞歌不必沾沾自喜，听到了非议也不必灰心丧气。至于一些不负责任的闲言碎语，飞短流长，最容易破坏创作情绪，更不要放在心上。唐宋八大家，并不是当时就评定出来的，还有待于后世的公论。何况八大家中，高下长短也各有不同，在唐代的大诗人中，杜甫和李白，元稹和白居易，也很难断定谁是冠军，谁是亚军。对文艺作品的评价，毕竟不可能像田径比赛那样用电子计算机测定出来，毫厘不差。况且分出冠军、亚军来也并没有多大意思，“江山代有才人出，各领风骚数百年”，在历史的长河中，数百年也不过是短暂的一瞬。在作家和艺术家中间，能够“领风骚数百年”的屈指可数，恐怕还是昙花一现的居多。

“面向文学，背向文坛”，这八个字说得很好，真是至理名言。希望有志于文学事业之士，奉之为座右铭，摒除一切争名夺利的私心杂念，则庶几身心获益靡涯，文采增华有望了。

# “名”的糊涂

钟惦棐①

自从“名字叫的很怪，文章还能看下去”以后，便很有几个人问我为什么叫钟惦棐？ 我也说不出我为什么叫钟惦棐。 我的父亲是个银匠，发蒙时除了按照排行统一用字之外，另加一个发财的“发”字。 可是我初中只读了一年，就晾干了，心想我“发”了什么？ 于是改了名。 当时还不知道有个新诗人叫李金髮，是很可能和鲁迅说的那个王金发同名的，否则也可以按照这个路数，以“发”作“髮”，既摩登，又省事。

但我的糊涂尚不止此，比如“西部电影”，至今被人奚落。 看来“无知”的罪名是铁铸的了。 其实，当初我又何尝想争个发明权，只是在电影《人生》之后，我在西安电影制片厂有一次发言，顺便提到这个，于是被传开去。 当时西安电影制片厂很有一股劲头，要在大西北作出一番前人没有做过的事，苦无适当的语言表达，这才对它感兴趣。 言者既无贩卖美国陈货之心，听者也无按照

---

① 钟惦棐(1919—1987)，原籍四川江津。 1936 年开始写作，次年进延安鲁艺学习。 1949 年任华北联大教员。 长期从事电影评论工作。 1957 年因发表《电影的锣鼓》而划为右派，蒙冤二十年，曾任中国电影评论学会会长。 著作有电影评论集《陆沉集》《起搏书》《电影的锣鼓》等。

美国配方炮制新片之意。 如今被学者名人考据出来，说这是美国的王致和，不可借用！ 学者名人优于我辈无知者，凡有高论，是断不会错的。 但谬种已经流传，却又发生了相当不坏的效果，似与郑板桥写的那横幅“难得糊涂”不谋而合，便只好请高手们暂息雷霆之怒，看看它是否真的有那么可怕。 如果遇事都要寻根究底，弄出个来龙去脉，于人于己，怕也不很方便。 梅志写了《胡风传》，详述胡风蒙冤经过，当事者舍此而大谈“西部电影”和“西部文学”，难道也不怕读者会以为这是在“顾左右而言他”么？ 中国西部电影只要不出现那种通常被认为是美国西部片的标志和特征，那就放手拍。 至于是否也会出现广义性的“淘金热”，现在谁也不敢说，在那些沉睡若干万年的荒原上，谁知道它的未来会出现什么奇迹！

前几天见一位电影发行放映学会的负责人，他希望有人写文章纠正一种观念——以为电影发行就是电影商人。 我嗯嗯着，心想商人有什么不好？ 最近云南个旧来人说他们每两月出一本影评小册子，一次得花800元，皆由电影公司开支。 而一个全国性的影评学会，至今一文不名，两袖清风！ 《流浪汉与白天鹅》的导演要在北京开个座谈会，厂里不给钱，使一个筹备了好几天的评论活动告吹了！ 当时我真想说：“我们给钱。”但说不出，因此也很想学习个旧，投靠电影公司。 中国人对商人持轻蔑态度，恐很受了些白居易的《琵琶行》和戏曲“杜十娘怒沉百宝箱”的影响。 其实它们只是文人学士的自我写照。 宋时就重门阀，商人更属于末流。 但要勒索，商人又成为重要对象。 民国以后的各路军阀，每到一处，首先找的就是商会，仅云贵的鸦片烟商，就养肥了好几位著名人物。 可见糊涂的只是文士，军阀们并不糊涂。

近读报刊介绍哈佛，说它是个由公司经办的大学，也很令人开窍。 教授学者们并不以受雇于某一公司感到脸上无光。

中国的知识分子还拖着一条长长的“士”的尾巴，什么都要正名，说“名不正则言不顺”，因此一听说世界上还有“酋长国”，就不免摇头。但阿联酋长国如今成了全世界人均收入最高的国家，于是，不说话了。

如今的改革很遇到一些正名派，他们总是哭丧着脸，说这个是“祖宗家法”，动不得；那个是不义之财，不能要。这是由于他们已经奠定了个殷实的家底，国家盛衰，和这些人实在毫无关系。如果一旦大家都必须受雇于某一公司，不限期交出一定数量的合格产品，便要辞退，他们的气出的可能就不那么匀适了。

# 谈谈李莲英

## ——一代杰出的奴才

秦　牧①

每年双十节的各报纪念特刊的文章里面，除了谈论经济建设的一类大文外，还有一些因感念“鼎革”而想起逊清遗事的小文章，慈禧太后，赛金花，袁世凯照例是好材料，今年也然。但我很奇怪，为什么不谈谈权监李莲英呢？作为阻挠，破坏维新运动的要角，除了那个老太婆之外，不是什么刚毅、徐桐，而是袁世凯、李莲英这些人物。掌兵权的，当贴身奴才的，一向是主子最好的爪牙，在一部专制史上，左右政治的力量一向握在他们手里。辛亥革命之后，这两个宝贝，袁世凯当了总统，李莲英在北京做了大商人，这种人的飞黄腾达，正象征辛亥革命的软弱。

---

① 秦牧(1919—1992)，广东澄海人。原名林觉夫。父亲为华侨富商。少年时代侨居新加坡。回国后在汕头、香港等地求学。抗日战争时期，辗转广州、桂林、重庆等地从事编辑、教师工作，并开始创作活动。文学活动领域涉及散文、小说、儿童文学和文艺理论。代表作有《秦牧杂文》《艺海拾贝》《花城》《潮汐和船》《语林采英》《华族和龙》《长河浪花集》等，另有《秦牧序跋集》《秦牧旅游小品选》《秦牧知识小品选》行世。秦牧是当代著名散文家，其散文语言优美、知识丰富、哲理性强。

杨村彬的《清宫外史》，从第一部到第三部，李莲英正像一个鬼魂似的一直控制着全剧，在慈禧面前说话最多的是他，监督光绪的是他，和王公大臣来来往往的是他，推珍妃下井的是他，德菱"公主"的两部关于清宫内幕的大著，李莲英的音容笑貌也一直浸透全书。这是个一代杰出的奴才，他不像历史上其他的权阉，玩弄权柄到头来总是把性命送掉，他"全首领以终"，而照中国纵横之士的看法，"全首领以终"，较之"二十年后又是一条好汉"的伟大得多了。

除了正史稗史的记载，生在我们这个时代的人，是时常可以听到一些清宫秘闻的。这些秘闻，不一定笔之于书，但因为白头宫女，驼背太监（直到溥仪第三次在皇座跌下来时这些白头太监还有的跟在他身边。）王公贝勒的子孙，大臣督抚的后代还有不少生活在我们周围，这些故事就由他们保留下来了！有一些秘闻是关于李莲英的，据说李的花言巧语，殷勤周到，太监宫女还有人学得到，但是他服侍的本领和技术，就无人可及了。《清宫外史》一剧中，只提到李梳头的本领，据"老北京"们说，他的按摩和说书也极其高强。他每天早晚入内宫二次，早晨四时或者六时，李便走入慈禧寝宫，跪在榻前特置的红绒毡上，不敢启开帷幕，恐怕惊了"驾"，李以右手入内，由被角伸入，轻轻拭拂，先由慈禧上半身按摩，然后及两手臂，最后腿部，每部分三五十次不等，除了不方便的地方外，其他各处都要拭拂。如果慈禧睁开眼睛醒了说："你来了？"李必定回答说："已经很大的时间了，祖宗今天舒服吗？"如果慈禧将要临朝，李必定禀报说："天气不早了，诸王公大臣现已到齐，请祖宗起来吧！"如慈禧睡熟，李必定一声声轻轻的呼叫祖宗，直到醒而后已。每天夜里，宫女侍慈禧就寝完了，慈禧也必宣李入内，李仍跪在"御榻"前的红毯上，启被用手按摩，按摩至慈禧入睡为止。慈禧睡熟，李必定小声说："祖宗，我走了。"三叩头而后退。倘若慈禧说："你下去吧！"李必不动，一定要侍候睡熟然后退出，其他内监召入按摩，不是手重了疼痛，就是手轻了作痒，常被呵斥，甚至有受杖责的，唯有李莲英的按摩，恰到好处，可以想见此阉是曾耗去极大的精力学习这种技术的。

李莲英又有一套本领，就是说书。他常常给慈禧说《三国》《小五义》《永庆升平》《西游记》《石头记》《聊斋》等，据传都说得丝丝入扣，用种种音容笑貌博得慈禧一笑，常常因说书而厚获赏金。李的说书，退后也作准备，使第二天说来字义不致差错。总之，他做这份奴才实在赔掉不少心机就是了。

从这些小事看来，李的荣任总管，左右慈禧，权倾一世，使一些夤缘奔竞的督抚大臣，见到他像是见到老子，原因是很容易索解的。在那种专制时代，他只要博得高高在上者一人的欢心，就安如磐石，任何力量都不能撼他分毫。为博得这份欢心，他下的苦功是惊人的，梳头，按摩，说书这些侍奉的技术都到了全宫无敌的地步——自然这也可以解释为慈禧的偏爱，但偏爱不是从天而降的，偏爱有偏爱的条件，作为一个杰出的奴才看，李实在很早地就完成这些条件的准备工作了。

任何奴才都是谄上骄下，作威作福的，李莲英对慈禧恭顺到连她睡觉了都要叫声祖宗三叩头然后退，媚若无骨，对小太监小内侍的威风可就够瞧了！事实上好些内侍以至光绪的爱妃都死在他的手里。德菱的书中描写他的笑声，说他常常向人作着阴谋，诡诈，得意忘形，令人战栗的声音，作这种笑声的人和一般人如何相处是可以想象得知的。谄上骄下是奴才总管最基本的性格，越谄上骄下得厉害的就在专制时代越成为一个人物，那种"谄"被视为手腕，那种"骄"被视为气派，这种手腕与气派，在专制时代一直被视为是

“才干”。凡与这才干背道而驰的，非乡愚，即书呆，阿Q孔乙己之流而已。今日这种观念并未死亡，只因专制时代事实上并未完全渡过的缘故。

李莲英谄上骄下，纵横捭阖的手段，都达到炉火纯青的地步，唯其如此，所以成为一代杰出的奴才。我们现在每逢想起“圣朝人物”，似乎很少提及李莲英，事实上这个人是和慈禧，溥仪，徐桐，李鸿章，赛金花，袁世凯这些人同样富有作为一面“镜子”的意义的。李鸿章型的人如存在，证明“国势”并未十分进步，徐桐型的人如存在，证明所谓欢迎德先生赛先生也者全是鬼话，袁世凯型的人如存在，证明“国步”还实在艰难，未可心存侥幸，李莲英型的人如存在，又证明弄权的专制制度必未死亡。

“龙生龙，凤生凤，老鼠的儿子打窟窿”，什么戏班唱什么戏，什么配角跟什么角儿，是分毫不差的。

# 论“听话”

郭小川①

## 两种偏颇

中国中流的家庭，教孩子大抵只有两种法。其一，是任其跋扈，一点也不管，骂人固可，打人亦无不可，在门内或门前是暴主，是霸王，但到外面，便如失了网的蜘蛛一般，立刻毫无能力。其二，是终日给以冷遇或呵斥，甚而至于打扑，使他畏葸退缩，仿佛一个奴才，一个傀儡，然而父母却美其名曰“听话”，自以为是教育的成功，待到放他到外面来，则如暂出樊笼的小禽，他决不会飞鸣，也不会跳跃。

《鲁迅全集》第4卷，第433页

---

① 郭小川(1919—1976)，河北丰宁人。早年逃难至北京，爱好诗歌并积极投入爱国学生运动。抗战爆发后参加八路军。1949年随军南下，在中南地区和中央宣传部做理论宣传工作，后任作协书记处书记，并任《诗刊》编委。“文革”时期受“四人帮”迫害，长期在农村劳动。他的诗热情澎湃，想象丰富而富有哲理。主要诗集有《平原老人》《投入火热的斗争》《鹏程万里》《月下集》《甘蔗林——青纱帐》。

这是鲁迅在二十多年前（1933 年）说的，到现在看来，还是这样新鲜、有力。

时至今日，由于这个时代所给予人们的新的道德的影响，相当多的家庭也已不再墨守这两种偏颇的“法”，开始找到“教孩子”的正当门径了。然而，我们仍然不能为此心安。因为这“两种法”的偏颇传统，决不会那么一下子就轻易地消失。而只要这种传统还没有消失，它就在我们的社会中，成为一个很严重的问题。

其所以成为很严重的问题，因为这两种“法”是从根本上与我们的社会制度相抵触的。对孩子和青年的关心和培养，是我们整个社会的职责。放弃了这种关心和培养，就是极大的失职，就是毁掉了我们伟大的社会主义事业的将来；而如果用错误的方法来进行教育，也同样不能尽到职责，而要发生很坏的效果。

## 一个特别值得注意的问题

“两种法”的害处虽然都大，然而今天特别值得注意的问题却在于后者，即“教孩子”和青年的所谓“听话”这一点上。

为什么？当然不是因为“教孩子”和青年“任其跋扈”、不加教育之“法”已经为大家所抛弃了，不，这还是值得注意的问题；而是因为教育青年“听话”之法，是在“加强对青年的教育”的名义之下进行的，而它的害处又往往不被一般人所认识，因而这种“偏颇”之法，在目前有着更大的普遍性。自然，今天的所谓听“话”跟鲁迅所说的内容已不尽相同。“终日给以冷遇或呵斥，甚而至于打扑”的，即使还没有绝迹，已经很少了。但是，如果从实质去了解，“教孩子”和青年不管什么“话”都要“听”，让孩子和青年失去了创造性和科学态度的看法和做法，在家庭中，在学校中，在社会上，在青年团和少先队内，却是相当地流行的。一些不求甚解的热心家以为既然不能“教孩子”和青年“任其跋扈”，那么就应该“严加管教”，他们把孩子和青年限制在一个非常死板的框子里。谁的行动如果超出他们的框子以外，就是“不老实”，“不听话”。对于来自长辈、上级的意见，如果青年提出一些疑问甚至提出批评和意见，那就是“不虚心”，“不听话”，甚而是“组织纪律性不强”……其效果呢？自然也是不妙的。这样一来，“跋扈”虽然不敢，却只剩下了“美其名曰”的“听话”，使生龙活虎般的青年和未来的青年（孩子），“待到放他到外面来，则如暂出樊笼的小禽，他决不会飞鸣，也不会跳跃”了。

这不是什么“危言耸听”的道理，稍稍注意这个问题的人，是不难发现若干真凭实据的。请想想，下列类乎算术公式的“公式”是不是有，是不是在某些地方流行，是不是还没有得到有力的批评或驳斥？

好团员 =团籍 + “听话”；

好学生 =学籍 + “听话”；

好青年 =青年 + “听话”；

好孩子 =孩子 + “听话”。

总之，“好者”，“听话”也。“听话”成为唯一准绳。

我想，没有人否认这种种公式的存在的，而且批评和驳斥它的言论还似乎不多，这就不能不是一个迫切的问题了。

## “听话”一解

说到“听话”，就不能不预先防止某些可能发生的误解。

头一个方面，用不着怀疑，我们的许多“热心家”，要孩子和青年们“听话”，实在是出于好心，并无使之成为“仿佛一个奴才，一个傀儡”的意思的，他们倒是真正要关心和帮助这些孩子和青年成为有用的人的。

次一个方面，这里我们决不是一般地反对“听话”。孩子和青年难道不要“听话”吗？要“听”呵！一切正确的“话”都是要“听”的。但这里所说的“听话”的意思是，凡是正确的“话”，就应当按照它去实际地做。那么，如果广义地讲，就连错误的乃至反动的“话”，必要时也是要“听”的，不过是“听”了之后，并不按照去做，而是反过来驳斥它、反对它而已。很显然，在这个意义上的“听话”，不但不应当受到反对，还应当特别提倡。现在，在这个意义上的“听话”，并不是我们的孩子和青年已经做得很够了，不，这是一个永久性的教育问题，很难说有什么够了的时候。

那么，问题究竟在哪里呢？为什么把“教孩子”和青年“听话”当成一种偏颇的“法”呢？

“教孩子”和青年的“美其名曰”的“听话”之“法”的偏颇，是因为：

第一，它不问这“话”是什么样的“话”，是正确的“话”，还是错误的“话”。显然，正确的“话”自然应该“听”，而错误的“话”就不应该“听”（这里的“听”是按照它去做的意思）。

第二，它不是提倡让孩子和青年去做独立的思考的评判，而是叫他们盲目地去“听”。显然，即使是正确的“话”，也应当自觉地用科学的态度去“听”，而不能提倡盲目性。

第三，它不是发扬孩子和青年的创造性，而是叫他们墨守成规。事实上，无论多好的“话”，也不能说尽一切真理，真理的长河是发展和丰富着的，一切都有待于新的创造，特别是青年的创造。只叫青年“听话”，墨守成规，规规矩矩，而不引导他们去大胆地想，大胆地行动，这就可能杜绝了这种创造。

这一些，就是我们对于“听话”之“法”的偏颇处的一般理解。

## 由“听话”所引起的

我们指出了“听话”之“法”的偏颇，就不能不说一说我们的一些正面看法。当然，在这里，不可能就对青年的整个教育问题做全面的探讨，只能就这个问题所引起的问题提上几句。

代替教孩子和青年“听话”的，我以为，是两种根本的为人态度：一是服从真理的精神；二是创造精神。

服从真理的精神有两个方面：一方面，对真理，是坚决地拥护，坚决为它奋斗；另一方面，对一切违反真理的言论和行为，就坚决反对，坚决同它斗争。而这里，两者又是统一的，那就是为真理而战斗。

创造精神也有两个方面：一方面，对一切先进的优秀的东西，一切先人留下的优良传统，一定要学习，要承继；另一方面，又不止于承继和学习，而要努力创造新的东西。这就是说，要创造性地学习，创造性地工作。

不言而喻，这两种为人的态度，都要建立在自觉的基础上的，而不是靠盲目性就能自动地形成的。对于一切事物，都要通过自己的头脑去思考，去评判，对于一切能够接触到的问题，都要有经过自己思考过的看法和意见。

看法和意见，事实上是任何人也不可能没有，也不应该没有的。我们决不能像官僚主义者那样怕别人的看法和意见，有如怕洪水猛兽。当然，看法和意见有正确与错误之分，但对青年说来，只应提倡他们多想、多研究、多提出他们自己的看法和意见，同时又用服从真理的精神对待他们，而不能提倡他们吞蚀或收起他们的看法和意见。青年人的错误看法和意见，是不可免的，如果让他们吞蚀或收起错误的看法和意见，那就连正确的看法和意见也就一股脑化为乌有了。而正确的看法和意见，乃是正确的行动的先声，是无论如何也不能没有的。没有它们，也就没有了服从真理的精神和创造精神。

很明白，如果是这样，也就真正能够做到正确的“听话”了，然而这岂是前面说的“听话”之“法”所能包括的吗？不能啊！这一点，也就是本文的中心意思。

# “五好”先生传

严　秀[①]

我早就有两件事想写，其中《“三一干部”考》一题，已于今年二月三十一日在天津《今晚报》刊出，另一题就是本文。古代东晋时（一千几百年以前了）陶渊明写过《五柳先生传》，是标持他自己的隐逸清高的，文章很美，有些内容也不错。好几十年前，一位先生写过《差不多先生传》（我记得是胡适写的，问过几个六十几岁的人都说是，可就是至今未查出原文，所以这里不作肯定），也是杂文，影响颇大，这恐怕不能一股脑都作为“糟粕”抛弃的吧！那篇文章概括性很强，是批评我国人办事马虎不讲认真的，结果这位“差不多先生”就大大吃了“差不多”的亏。我这里的“五好先生传”，没有闲心去效颦他们，我讲的也是有关民族前途的大事。

材料是在火车硬座上听来的。这类地方很妙，可以听到东南西

---

① 严秀(1919—2015)，四川宜宾人。本名曾彦修。1938 年去延安，先后入陕北公学、延安马列学院学习，后留校从事马列主义教学工作，长期在中央机关从事理论宣传工作。中华人民共和国成立后，历任《南方日报》社长、广东人民出版社社长、人民出版社社长、总编辑等职。著作有《严秀杂文选》《审干杂谈》。主编有《中国新文艺大系·杂文卷》《当代杂文选粹丛书》。

北很多在大小庙堂上听不到的真实东西——当然，胡说八道的、一些很有害的小道新闻大概要占绝大多数。有一回，一群出差的人在扯乱谈，烟雾缭绕，很不文明。一个乘客说："你不要以为只有小学生、解放军才会讲三好五好，我们那里的首长也有专讲'三好'、'五好'的哩！哪三好？烟好、茶好、酒好！哪五好？再加上洋房好、汽车好，这不是'五好'吗？"说得大家笑个不止。

我听了感到很不是味道。一方面觉得他们讲得太夸张了，指责的面也太扩大了。但这是民间的口头讽刺文学，你有什么办法呢？另一方面又感到这种情况难道是根本没有的吗？身为国家高级公职人员而不干事，不负责，不上进，一味追求上面这种"三好""五好"享受的高干、中干以至于低干难道没有吗？这种类型的大小"首长"，远非稀有金属，是不难找到的，或者就是你的上司也说不定。人民确是眼明心亮的，谁是这种所谓"三好""五好"首长，当面不敢讲，背后却像小学老师评卷子一样，优、良、差、劣，一清二楚。

我看人民盼望多出现真正的三好、五好干部和首长的心情，不知比盼望多出几千几万个五好学生、五好战士要强烈多少倍。据我观察，这几年广大人民（包括全部一般干部在内）对于我们的负责干部的"五好"希望，首先是以下这些：

全心全意为人民服务好；

爱惜人才，重用人才好；

公正严明，不图私利好；

全力推进四化，锐意改革好；

保护国家利益，维护民族尊严，不侵蚀、不瓜分国家财产好。

……这样的"好"，多多益善，何限于"五"？

《红楼梦》上疯道人送给贾瑞一面“风月宝鉴”，叫他只看到对他的病有帮助的一面，不要去看会加重他的病的那一面。我以为凡有资格被人称为“首长”的人，都可以从这里取得一点教训：你是天天两眼盯着那个被人嘲笑辱骂的所谓“五好”的那一面呢，还是天天盯着并实行上面举出的真五好的这一面。走生活奢侈的“五好”的路，最终只能使你身败名裂，有的人还会锒铛入狱；走政治上真五好的路，你就是党和人民的好儿子。人民会纪念你、感谢你，你的后代也会因为你的楷模而走上正路，嘉惠人民，嘉惠子孙后代，为什么不走真五好的道路呢？

《七品芝麻官》戏里那个正直的知县老爷说，“当官不为民做主，不如回家卖红薯”，字字千金，是任何公职人员或任何大小官员的简明教科书。我仿效他也说两句：“当官不为民服务，不如一块揩桌布。”因为揩桌布既不消耗民脂民膏，又还有点用处呢！

# 多妻制度

柏　杨①

有些正人君子看了美国电影明星的搞法，不禁摇头。我想，如果是为道德堕落，家庭危机摇头，还算师出有名。可惜正人君子之摇，往往是义和团之摇，便离题太远矣。他们曰："哼，（此一哼很重要，用以表示抓住小辫子之意）中国多妻制，洋人倍加讥笑，说我们野蛮啦，说我们腐败啦，而他们三天两天便离婚，可以合法而公开的和很多女人睡觉，仔细想一想，不是多妻制是啥？"要是不仔细想想，多妻制和情人制，倒有点一样，但如果真的仔细想想，恐怕大大的不同。多妻制的精华是臭男人可以在同一时间同一空间，拥有很多很多太太。而情人制则恰巧相反，决不能在同一时间同一空间拥有一个以上的太太。一个人结婚次数再多，像亨利八世先生，结了八次婚，不是八位太太并肩进入他的皇宫，而是鱼贯进入他的皇宫。多妻制下的臭男人只一辈子要结一次婚就够啦，他

① 柏杨（1920—2008），河南辉县人。本名郭衣洞。抗战期间，投笔从戎。后就读于东北大学。抗战胜利后，任东北《青年日报》社长。1949 年去台湾。开始从事小说创作，后以柏杨为名，撰写杂文，对中国传统文化的病态和社会黑暗发起猛烈攻击。为此，曾入狱 9 年。著作有《丑陋的中国人》等 25 部杂文、随笔集，《中国人史纲》等史学著作 8 部以及《柏杨版资治通鉴》。

一次就可以娶进八个，比起情人制下的零星进货，乃大手面者也。

因为多妻，所以产生宦官；因为一妻所以产生情人。都是臭男人兽欲冲天的干法，教柏杨先生都有点不好意思。正人君子要想维持多妻，花了不少心思，皇帝的妻子最多，既怕她们跑掉，又怕她们跟别的男人上床，日夜战兢，放心不下。幸亏皇帝的权力也最大，乃把她们锁在一个院子里，风雨不透，不要说男人影子啦，就是男人味也闻不到，而且用的是以女人侍候女人政策，真是牢固可靠，万无一失。问题在于，有些较为笨重的工作，女人体力干不了的，或者和外界接触，女人有许多不方便的。不知道哪个家伙，大概是被称为周公的姬旦先生吧，竟发明了宦官这门学问。男人虽是男人，生殖器却是割掉了的，该一类朋友，有男人的用场，而无男人的危险，真是绝大的贡献。故当皇帝的一直乐此不疲，为中国五千年优秀的传统文化之一。呜呼，“孔曰成仁，孟曰取义”，我想活生生把男人的生殖器割掉，恐怕不算是仁，也不算是义也。可是这种割掉生殖器的宫廷制度，五千年来，包括所谓圣人朱熹先生和王阳明先生在内，却没有一个人觉得它不对劲，真是怪哉怪哉。以中国圣人之多，道貌岸然之众，又专门喜欢责人无已时，而对皇帝割人的生殖器，竟视若无睹，教人大惑不解。我想不外两个原因，第一个原因是，虽然有人觉得不对劲，但因该事和皇帝的绿帽子有关，便不得不自动自发，闭口无言。如果皇帝听了他的建议，废除宦官，找一批年轻力壮小伙子代他看守如云美女，恐怕绿帽缤纷，杀气四起，届时真得服巴拉松矣。历史上任何一个吃冷猪肉的朋友，虽名震天下，可是遇到皇帝割生殖器，就只好假装没有看见。

第二个原因是，五千年来，君焉臣焉，贤焉圣焉，都在浑浑噩噩混日子，可能根本没有一个人想到活生生割掉生殖器是不道德的。中国文化中缺少的似乎就是这种敢想敢讲的灵性。皇帝有权杀人，他就是“是”，不要说割掉几个男人生殖器没啥了不起，就是杀掉千人万人的脑袋，也理所当然。积威之下，人味全失，而奴性入骨，只要你给我官做，你干啥我都赞成。

多妻制因有绿帽恐怖，所以产生了宦官。除了宦官之外，帮闲的圣崽还发明了些哲学焉、理论焉的玩意，把女人结结实实关在内院，除了“三尺之童”外，别无男人的影踪。幸亏十世纪之后，宦官是皇帝的专利品，大概当皇帝的也知道把人的生殖器活生生割掉，残暴不仁，是狗娘养干的勾当。可是为了自己的利益，又不肯把它取消。想了又想，乃拿出“么鸡吃烧饼学”精神，只准他的么鸡吃烧饼，不准别的么鸡吃烧饼。也就是，皇帝防太太，可用割掉男人生殖器之法；其他小民防太太，则不准遵割炮制。如果大家都遵割炮制的话，男人中恐怕一半都要被动手术。呜呼，东夷之国也，西夷之国也，有阉猪的，有阉羊的，有阉牛的。只有中国，连人都阉起来，而且堂而皇之的阉，被阉的家伙一旦时来运转，像魏忠贤先生，像李莲英先生，简直把国家人民都当成玩具，玩了个够，你说中国传统文化中，真的不缺少一点东西乎？

洋大人因为只有一个太太，容易看守，用不着像中国这样出奇制胜。前已言之，中国皇帝固天生的超级嫖客，其实洋皇帝也差不多。女人如何，我不知焉，我只知道臭男人一旦衣食无缺，再有一点钱，或再有一点权，就会不安于室，脑筋里的怪念头就会纷纷上市，如果该臭男人是一个皇帝国王，法律既不怕，道德也不在乎，舆论更当成个屁，他自然更花样翻新，除了皇后王后一人之外，必须另有一两位“情人”，才算过瘾。洋皇帝中没有情人的，似乎还没有听说过。中国皇帝对女人，采取的是一把抓主义，若李隆基先生和虢国夫人有一手，那一手也不明显，不过小民想象，她每天进宫，和色狼鬼混，还能混出啥名堂？乃姑妄猜之，大家也觉得猜得不错，而他们自己固未公开乱搞也。

洋皇帝则有不同，情妇是光明正大的，犹如中国割掉男人生殖器是光明正大的一样。法国国王路易十五先生的情妇玛丽·珍妮·碧谷女士，不过是一个小小帽子铺老板的女儿，在遇见路易十五先生之前，穷的滴溜乱转，后来天赐良机，一个皮条型大臣杜巴利先生，发现她美貌无双，就把二人牵在一起。一个色中饿鬼，一个钱中饿狼，各取所需，以后的事就不要说啦。换在中国，早用宫车把她载到紫禁城，“封”个什么妃什么嫔什么夫人矣。可是洋大人之国不兴那一套，洋大人兴的乃是情妇制，路易十五先生就命令她和他们的荐主杜巴利先生结婚，因而成了杜巴利夫人。他们结婚虽然结婚啦，据古书上说，却并没有发生结婚之事，白天在一起，一到了晚上，杜巴利先生去嫖他的，玛丽女士也去嫖她的，路易十五先生花到她身上的钱，共达一千万金元之多，而她从前固连二十块银币都没见过也。结果被法国革命军捉住，绑到断头台上，喀嚓一声，玉头落地，糟哉。

# 必也正名乎

张爱玲①

我自己有一个恶俗不堪的名字，明道其俗而不打算换一个，可是我对于人名实在是非常感到兴趣的。

为人取名字是一种轻便的，小规模的创造。旧时代的祖父，冬天两脚搁在脚炉上，吸着水烟，为新添的孙儿取名字，叫他什么他就是什么。叫他光楣，他就得努力光大门楣；叫他祖荫，叫他承祖，他就得常常记起祖父；叫他荷生，他的命里就多了一点六月的池塘的颜色。除了小说里的人，很少有人是名副其实的，（往往适得其反，名字代表一种需要，一种缺乏。穷人十有九个叫金贵，阿富，大有。）但是无论如何，名字是与一个人的外貌品性打成一片，造成整个的印象的。因此取名是一种创造。

我喜欢替人取名字，虽然我还没有机会实行过。似乎只有做父母的和乡下的塾师有这权利。除了他们，就数买丫头的老爷太太与舞女大班了。可惜这些人每每敷衍塞责；因为有例可援，小孩该叫

① 张爱玲（1920—1995），原籍河北丰润，生于上海。中学毕业后去香港读书，后回上海从事写作；作品丰富，是沦陷区的主要作家。1950 年参加上海第一届文代会。1952 年移居香港，后定居美国。作品有《传奇》《流言》《赤地之恋》《半生缘》等。

毛头，二毛头，三毛头，丫头该叫如意，舞女该叫曼娜。

天主教的神父与耶稣教的牧师也给受洗礼的婴儿取名字（想必这是他们的职司中最有兴趣的一部分），但是他们永远跳不出乔治，玛丽，伊丽莎白的圈子。我曾经收集过二三百个英国女子通用的芳名，恐怕全在这里了，纵有遗漏也不多。习俗相沿，不得不从那有限的民间传说与宗教史中选择名字，以至于到处碰见同名的人，那是多么厌烦的事！有个老笑话：一个人翻遍了圣经，想找一个别致些的名字。他得意扬扬告诉牧师，决定用一个从来没人用过的名字——撒旦（魔鬼）。

回想到我们中国人，有整个的王云五大字典供我们搜寻两个适当的字来代表我们自己，有这么丰富的选择范围，而仍旧有人心甘情愿地叫秀珍，叫子静，似乎是不可原恕的了。

适当的名字并不一定是新奇，渊雅，大方。好处全在造成一种恰配身份的明晰的意境。我看报喜欢看分类广告与球赛，贷学金，小本贷金的名单，常常在那里找到许多现成的好名字。譬如说“柴凤英”，“茅以俭”，是否此中有人，呼之欲出？茅以俭的酸寒，自不必说，柴凤英不但是一个标准的小家碧玉，仿佛还有一个通俗的故事在她的名字里蠢动着。在不久的将来我希望能够写篇小说，用柴凤英作主角。

有人说，名字不过符号而已，没有多大意义。在纸面上拥护这一说者颇多，可是他们自己也还是使用着精心结构的笔名。当然这不过是人情之常。谁不愿意出众一点？即使在理想化的未来世界里，公民全都像囚犯一般编上号码，除了号码之外没有其他的名字，每一个数目字还是脱不了它独特的韵味。三和七是俊俏的，二就显得老实。张恨水的《秦淮世家》里，调皮的姑娘叫小春，二春是她的朴讷的姊姊。《夜深沉》里又有忠厚的丁二和，谨愿的田二姑娘。

符号运动虽不能彻底推行，不失为一种合理化的反响，因为中国人的名字实在是过于复杂。一下地就有乳名。从前人的乳名颇为考究，并不像现在一般用“团团”“宝宝”来搪塞。乳名是大多数女人的唯一的名字，因为既不上学，就用不着堂皇的“学名”，而出嫁之后根本就失去了自我的存在，成为“张门李氏”了。关于女人的一切，都带点秘密性质，因此女人的乳名也不肯轻易告诉人。在香奁诗词里我们可以看到，新婚的夫婿当着人唤出妻的小名，是被认为很唐突的，必定要引起她的娇嗔。

男孩的学名，恭楷写在开蒙的书卷上，以后做了官，就叫“官印”，只有君亲师可以呼唤。他另有一个较洒脱的“字”，供朋友们与平辈的亲族使用。他另有一个备而不用的别名。至于别号，那更是漫无限制的了。买到一件得意的古董，就换一个别号，把那古董的名目嵌进去。搬个家，又换个别号。捧一个女戏子，又换一个别号。本来，如果名字是代表一种心境，名字为什么不能随时随地跟着变幻的心情而转移？

《儿女英雄传》里的安公子有一位“东屋大奶奶”，一位“西屋大奶奶”。他替东屋题了个匾叫“瓣香室”，西屋是“伴香室”。他自己署名“伴瓣主人”。安老爷看见了，大为不悦，认为有风花雪月玩物丧志的嫌疑。读到这一段，我们大都愤愤不平，觉得旧家庭的专制，真是无孔不入，儿子取个无伤大雅的别号，父亲也要干涉，何况这别号的命意充其量不过是欣赏自己的老婆，更何况这两个老婆都是父亲给他娶的？然而从另一观点看来，我还是和安老爷表同情的。多取别号毕竟是近于无聊。

我们若从事于基本分析，为什么一个人要有几个名字呢？因为一个人是多方面的。同是一个人，父母心目中的他与办公室西崽所见的他，就截然不同——地位不同，距离不同。有人喜欢在四壁与天花板上镶满了镜子，时时刻刻从不同的角度端详他自己，百看不厌。多取名字，也是同样的自我的膨胀。

像这一种自我的膨胀，既于他人无碍，何妨用以自娱？虽然是一种精神的浪费，我们中国人素来是倾向于美的糜费的。

可是如果我们希望外界对于我们的名字发生兴趣的话，那又是一回事了。也许我们以为一个读者看到我们最新的化名的时候，会说："哦，公羊滟，他发表他的处女作的时候用的是臧孙蝃蝀的名字，在 × ×杂志投稿的时候他叫冥蒂，又叫白泊，又叫目莲，樱渊也是他，有人说断黛也是他。在 × ×报上他叫东方髦只。编妇女刊物的时候他暂时女性化起来，改名蔺烟蝉，又叫女娲。"任何大人物，要人家牢记这一切，尚且是希望过奢，何况是个文人？

一个人，做他自己份内的事，得到他份内的一点注意。不上十年八年，他做完他所要做的事了，或者做不动了，也就被忘怀了。社会的记忆力不很强，那也是理所当然，谁也没有权利可抱怨。——大家该记得而不记得的事正多着呢！

我在学校读书的时候，与我同名的人有两个之多，也并没有人觉得我们的名字滑稽或具有低级趣味。中国先生点名点我，从来没有读过白字；外国先生读到"伍婉云"之类的名字每觉异常吃力，舌头仿佛卷起来打了个蝴蝶结，念起我的名字却是立即朗朗上口。这是很慈悲的事。

现在我开始感到应当对我的名字发生不满了。为什么不另挑两个美丽而深沉的字眼，即使本身不能借得它的一点美与深沉，至少投起稿来不至于给读者一个恶劣的最初印象？仿佛有谁说过：文坛登龙术的第一步是取一个炜丽触目的名字。果真是"名不正则言不顺，言不顺则事不成"么？

中国是文字国。皇帝遇着不顺心的事便改元，希望明年的国运渐趋好转。本来是元武十二年的，改叫大庆元年，以往的不幸的日子就此告一结束。对于字眼儿的过分的信任，是我们的特征。

中国的一切都是太好听，太顺口了。固然，不中听，不中看，不一定就中用；可是世上有用的人往往是俗人。我愿意保留我的俗不可耐的名字，向我自己作为一种警告，设计除去一般知书识字的人咬文嚼字的积习，从柴米油盐，肥皂，水与太阳之中去找寻实际的人生。

话又说回来了。要做俗人，先从一个俗气的名字着手，依旧还是“字眼儿崇拜”。也许我这些全是藉口而已。我之所以恋恋于我的名字，还是为了取名字的时候那一点回忆。十岁的时候，为了我母亲主张送我进学校，我父亲一再地大闹着不依，到底我母亲像拐卖人口一般，硬把我送去了。在填写入学证的时候，她一时踌躇着不知道填什么名字好。我的小名叫瑛，张瑛两个字嗡嗡地不甚响亮。她支着头想了一会，说：“暂且把英文名字胡乱译两个字罢。”她一直打算替我改而没有改，到现在，我却不愿意改了。

# 谈女人

张爱玲

西方人称阴险刻薄的女人为“猫”。 新近看到一本专门骂女人的英文小册子叫《猫》，内容并非是完全未经人道的，但是与女人有关的隽语散见各处，搜集起来颇不容易，不像这里集其大成。 摘译一部分，读者看过之后想必总有几句话说，有的嗔，有的笑，有的觉得痛快，也有自命为公允的男子作“平心之论”，或是说“过激了一点”，或是说“对是对的，只适用于少数的女人，不过无论如何，有则改之，无则加勉”等等。 总之，我从来没见过在这题目上无话可说的人。 我自己当然也不外此例。 我们先看了原文再讨论吧。

《猫》的作者无名氏在序文里预先郑重声明：“这里的话，并非说的是你，亲爱的读者——假使你是个男子，也并非说的是你的妻子，姊妹，女儿，祖母或岳母。”

他再三辩白他写这本书的目的并不是吃的女人的亏借以出气，但是他后来又承认是有点出气的作用，因为：“一个刚和太太吵过嘴的男子，上床之前读这本书，可以得到安慰。”

他道：“女人物质方面的构造实在太合理化了，精神方面未免稍差，那也是意想中的事，不能苛求。”

一个男子真正动了感情的时候，他的爱较女人的爱伟大得多。可是从另一方面观看，女人恨起一个人来，倒比男人持久得多。

女人与狗唯一的分别就是：狗不像女人一般地被宠坏了，它们不戴珠宝，而且——谢天谢地！——它们不会说话！

算到头来，每一个男子的钱总是花在某一个女人身上。

男人可以跟最下等的酒吧间女侍调情而不失身份——上流女人向邮差遥遥掷一个飞吻都不行！我们由此推断：男人不比女人，弯腰弯得再低些也不打紧，因为他不难重新直起腰来。

一般的说来，女性的生活不像男性的生活那么需要多种的兴奋剂，所以如果一个男子公余之暇，做点越轨的事来调剂他的疲乏，烦恼，未完成的壮志，他应当被原恕。

对于大多数的女人，“爱”的意思就是“被爱”。

男子喜欢爱女人，但是有时候他也喜欢她爱他。

如果你答应帮一个女人的忙，随便什么事她都肯替你做；但是如果你已经帮了她一个忙了，她就不忙着帮你的忙了。所以你应当时时刻刻答应帮不同的女人的忙，那么你多少能够得到一点酬报一点好处——因为女人的报恩只有一种：预先的报恩。

由男子看来，也许这女人的衣服是美妙悦目的——但是由另一个女人看来，它不过是“一先令三便士一码”的货色，所以就谈不上美。

时间即是金钱，所以女人多花时间在镜子前面，就得多花钱在时装店里。

如果你不调戏女人，她说你不是一个男人；如果你调戏她，她说你不是一个上等人。

男子夸耀他的胜利——女人夸耀她的退避。可是敌方之所以进攻，往往全是她自己招惹出来的。

女人不喜欢善良的男子，可是她们拿自己当做神速的感化院，一嫁了人之后，就以为丈夫立刻会变成圣人。

惟独男子有开口求婚的权利——只要这制度一天存在，婚姻就一天不能够成为公平交易；女人动不动便抬出来说当初她“允许了他的要求”，因而在争吵中占优势。为了这缘故，女人坚持应由男子求婚。

多数的女人非得“做下不对的事”，方才快乐。婚姻仿佛不够“不对”的。

女人往往忘记这一点：她们全部的教育无非是教她们意志坚强，抵抗外界的诱惑——但是她们耗费毕生的精力去挑拨外界的诱惑。

现代婚姻是一种保险，由女人发明的。

若是女人信口编了故事之后就可以抽版税，所有的女人全都发财了。

你向女人猛然提出一个问句，她的第一个回答大约是正史，第二个就是小说了。

女人往往和丈夫苦苦辩论，务必驳倒他，然而向第三者她又引用他的话，当做至理名言。可怜的丈夫——

女人与女人交朋友，不像男人与男人那么快。她们有较多的瞒人的事。

女人们真是幸运——外科医生无法解剖她们的良心。

女人品评男子，仅仅以他对她的待遇为依归。女人会说：“我不相信那人是凶手——他从来也没有谋杀过我！”

男人做错事，但是女人远兜远转地计划怎样做错事。

女人不大想到未来——同时也努力忘记她们的过去——所以天晓得她们到底有什么可想的！

女人开始经济节约的时候，多少“必要”的花费她可以省掉，委实可惊！

如果一个女人告诉了你一个秘密，千万别转告另一个女人——一定有别的女人告诉过她了。

无论什么事，你打算替一个女人做的，她认为理所当然。 无论什么事你替她做的，她并不表示感谢。 无论什么小事你忘了做，她咒骂你。 ——家庭不是慈善机关。

多数的女人说话之前从来不想一想。 男人想一想——就不说了！

若是她看书从来不看第二遍因为她“知道里面的情节”了，这样的女人决不会成为一个好妻子。 如果她只图新鲜，全然不顾及风格与韵致，那么过了些时，她摸清楚了丈夫的个性，他的弱点与怪僻处，她就嫌他沉闷无味，不复爱他了。

你的女人建造空中楼阁——如果它们不存在，那全得怪你！

叫一个女人说“我错了”，比男人说全套的急口令还要难些。

你疑心你的妻子，她就欺骗你。 你不疑心你的妻子，她就疑心你。

凡是说“女人怎样怎样”的话，因为是俏皮话，单图俏皮，意义的正确上不免要打个折扣，因为各人有各人的脾气，如何能够一概而论？ 但是比较上女人是可以一概而论的，因为天下人风俗习惯职业环境各不相同，而女人大半总是在户内持家看孩子，传统的生活典型既然只有一种，个人的习性虽不同也有限。 因此，笼统地说“女人怎样怎样”比说“男人怎样怎样”要有把握些。

记得我们学校里有过一个非正式的辩论会，一经涉及男女问题，大家全都忘了原先的题目是什么，单单集中在这一点上，七嘴八舌，嬉笑怒骂，空气异常热烈。 有一位女士以老新党的口吻侃侃谈到男子如何不公平，如何欺凌女子——这柔脆的，感情丰富的动物，利用她的情感来拘禁她，逼迫她作玩物，在生存竞争上女子之所以占下风全是因为机会不均等……在男女的论战中，女人永远是来这么一套。当时我忍不住要驳她，倒不是因为我专门喜欢做偏锋文章，实在是听厌了这一切。一九三零年间女学生们人手一册的《玲珑》杂志就是一面传授影星美容秘诀一面教导“美”了“容”的女子怎样严密防范男子的进攻，因为男子都是“心存不良”的，谈恋爱固然危险，便结婚也危险，因为结婚是恋爱的坟墓……

女人这些话我们耳熟能详，男人的话我们也听得太多了，无非骂女子十恶不赦，罄竹难书，惟为民族生存计，不能赶尽杀绝。

两方面各执一词，表面上看来未尝不是公有公理，婆有婆理。女人的确是小性儿，矫情，作伪，眼光如豆，狐媚子，（正经女人虽然痛恨荡妇，其实若有机会扮个妖妇的角色的话，没有一个不跃跃欲试的。）聪明的女人对于这些批评并不加辩护，可是返本归原，归罪于男子。在上古时代，女人因为体力不济，屈伏在男子拳头下，几千年来始终受支配，因为适应环境，养成了所谓妾妇之道。女子的劣根性是男子一手造成的，男子还抱怨些什么呢？

女人的缺点全是环境所致，然则近代和男子一般受了高等教育的女人何以常常使人失望，像她的祖母一样地多心，闹别扭呢？当然，几千年的积习，不是一朝一夕可以改掉的，只消假以时日……

可是把一切都怪在男子身上，也不是彻底的答复，似乎有不负责任的嫌疑。“不负责”也是男子久惯加在女人身上的一个形容词。《猫》的作者说：

“有一位名高望重的教授曾经告诉我一打的理由，为什么我不应当把女人看得太严重。这一直使我烦恼着，因为她们总把自己看得很严重，最恨人家把她们当做甜蜜的，不负责任的小东西。假如像这位教授说的，不应当把她们看得太严重，而她们自己又不甘心做‘甜蜜的，不负责任的小东西’，那到底该怎样呢？

“她们要人家把她们看得很严重，但是她们做下点严重的错事的时候，她们又希望你说‘她不过是个不负责任的小东西。’”

女人当初之所以被征服，成为父系宗法社会的奴隶，是因为体力比不上男子。但是男子的体力也比不上豺狼虎豹，何以在物竞天择的过程中不曾为禽兽所屈服呢？可见得单怪别人是不行的。

名小说家爱尔德斯·赫胥黎在《针锋相对》一书中说：“是何等样人，就会遇见何等样事。”《针锋相对》里面写一个青年妻子玛格丽，她是一个讨打的，天生的可怜人。她丈夫本是一个相当驯良的丈夫，然而到底不得不辜负了她，和一个交际花发生了关系。玛格丽终于成为呼天抢地的伤心人了。

诚然，社会的进展是大得不可思议的，非个人所能控制，身当其冲者根本不知其所以然。但是追溯到某一阶段，总免不了有些主动的成分在内。像目前世界大局，人类逐步进化到竞争剧烈的机械化商业文明，造成了非打不可的局面，虽然奔走呼号闹着“不要打，打不得”，也还是惶惑地一个个被牵进去了。的确是没有法子，但也不能说是不怪人类自己。

有人说，男子统治世界，成绩很糟，不如让位给女人，准可以一新耳目。这话乍听很像是病急乱投医。如果是君主政治，武则天是个英主，唐太宗也是个英主，碰上个把好皇帝，不拘男女，一样天下太平。君主政治的毛病就在好皇帝太难得。若是民主政治呢，大多数的女人的自治能力水准较男子更低。而且国际间闹是非，本来就有点像老妈子吵架，再换了货真价实的女人，更是不堪设想。

叫女子来治国平天下，虽然是“做戏无法，请个菩萨”，这荒唐的建议却也有它的科学上的根据。曾经有人预言，这一次世界大战如果摧毁我们的文明到不能恢复原状的地步，下一期的新生的文化将要着落在黑种人身上，因为黄白种人在过去已经各有建树，惟有黑种人天真未凿，精力未耗，未来的大时代里恐怕要轮到他们来做主角。说这样话的，并非故作惊人之论。高度的文明，高度的训练与压抑，的确足以斫伤元气。女人常常被斥为野蛮，原始性。人类驯服了飞禽走兽，独独不能彻底驯服女人。几千年来女人始终处于教化之外，焉知她们不在那里培养元气，徐图大举？

女权社会有一样好处——女人比男人较富于择偶的常识，这一点虽然不是什么高深的学问，却与人类前途的休戚大大有关。男子挑选妻房，纯粹以貌取人。面貌体格在优生学上也是不可不讲究的。女人择夫，何尝不留心到相貌，可是不似男子那么偏颇，同时也注意到智慧健康谈吐风度自给的力量等项，相貌倒列在次要。有人说现今社会的症结全在男子之不会挑拣老婆，以至于儿女没有家教，子孙每况愈下。那是过甚其词，可是这一点我们得承认，非得要所有的婚姻全由女子主动，我们才有希望产生一种超人的民族。

“超人”这名词，自经尼采提出，常常有人引用，在尼采之前，古代寓言中也可以发现同类的理想。说也奇怪，我们想象中的超人永远是个男人。为什么呢？大约是因为超人的文明是较我们的文明更进一步的造就，而我们的文明是男子的文明。还有一层：超人是纯粹理想的结晶，而“超等女人”则不难于实际中求得。在任何文化阶段中，女人还是女人。男子偏于某一方面的发展，而女人是最普遍的，基本的，代表四季循环，土地，生老病死，饮食繁殖。女人把人类飞越太空的灵智拴在踏实的根桩上。

即在此时此地我们也可以找到完美的女人。完美的男人就稀有，因为我们根本不知道怎样的男子可以算做完美。功利主义者有他们的理想，老庄的信徒有他们的理想，国社党员也有他们的理想。似乎他们各有各的不足处——那是我们对于“完美的男子”期望过深的缘故。

女人的活动范围有限，所以完美的女人比完美的男人更完美。同时，一个坏女人往往比一个坏男人坏得更彻底。事实是如此。有些生意人完全不顾商业道德而私生活无懈可击。反之，对女人没良心的人尽有在他方面认真尽职的。而一个恶毒的女人就恶得无孔不入。

超人是男性的；神却带有女性的成分。超人与神不同。超人是进取的，是一种生存的目标。神是广大的同情，慈悲，了解，安息。像大部分所谓知识分子一样，我也是很愿意相信宗教而不能够相信。如果有这么一天我获得了信仰，大约信的就是奥涅尔《大神勃朗》一剧中的地母娘娘。

《大神勃朗》是我所知道的感人最深的一出戏，读了又读，读到第三四遍还使人心酸泪落。奥涅尔以印象派笔法勾出的“地母”是一个妓女，“一个强壮，安静，肉感，黄头发的女人，二十岁左右，皮肤鲜洁健康，乳房丰满，胯骨宽大。她的动作迟慢，踏实，懒洋洋地像一头兽。她的大眼睛像做梦一般反映出深沉的天性的骚动。她嚼着的口香糖，像一条神圣的牛，忘却了时间，有它自身的永生的目的。”

她说话的口吻粗鄙而热诚：“我替你们难过，你们每一个人，每一个狗娘养的——我简直想光着身子跑到街上去，爱你们这一大堆人，爱死你们，仿佛我给你们带了一种新的麻醉剂来，使你们永远忘记了所有的一切。（歪扭地微笑着）但是他们看不见我，就像他们看不见彼此一样。而且没有我的帮助他们也继续地往前走，继续地死去。”

人死了，葬在地里。地母安慰垂死者：“你睡着了之后，我来替你盖被。”

为人在世，总得戴个假面具。她替垂死者除下面具来，说：“你不能戴着它上床。要睡觉，非得独自去。”

这里且摘译一段对白：

勃朗　（紧紧靠在她身上，感激地）土地是温暖的。

地母　（安慰地，双目直视如同一个偶像）嘘！嘘！

（叫他不要做声）睡觉吧。

勃朗　是，母亲。——等我醒的时候——

地母　太阳又要出来了。

勃朗　出来审判活人与死人！（恐惧）我不要公平的审判。我要爱。

地母　只有爱。

勃朗　谢谢你，母亲。

人死了，地母向自己说：

“生孩子有什么用？有什么用，生出死亡来？”

她又说：

“春天总是回来了，带着生命！总是回来了！总是，总是，永远又来了！——又是春天！——又是生命，——夏天，秋天，死亡，又是和平！（痛切的忧伤）可总是，总是，总又是恋爱与怀胎与生产与痛苦——又是春天带着不能忍受的生命之杯（换了痛切的欢欣），带着那光荣燃烧的生命的皇冠！”（她站着，像大地的偶像，眼睛凝视着莽莽乾坤。）

这才是女神。“翩若惊鸿，宛若游龙”的洛神不过是个古装美女，世俗所供的观音不过是古装美女赤了脚，半裸的高大肥硕的希腊石像不过是女运动家，金发的圣母不过是个俏奶妈，当众喂了一千余年的奶。

再往下说，要牵入宗教论争的危险的漩涡了，和男女论争一样的激烈，但比较无味。 还是趁早打住。

女人纵有千般不是，女人的精神里面却有一点“地母”的根芽。 可爱的女人实在是真可爱。 在某种范围内，可爱的人品与风韵是可以用人工培养出来的，世界各国各种不同样的淑女教育全是以此为目标，虽然每每歪曲了原意，造成像《猫》这本书里的太太小姐，也还是可原恕。

女人取悦于人的方法有许多种。 单单看中她的身体的人，失去许多可珍贵的生活情趣。

以美好的身体取悦于人，是世界上最古老的职业，也是极普遍的妇女职业，为了谋生而结婚的女人全可以归在这一项下。 这也毋庸讳言——有美的身体，以身体悦人；有美的思想，以思想悦人，其实也没有多大分别。

# 小花还活着吗？

老　烈①

影片《小花》已经放映很长时间，快成老片子了，遗憾得很，前不久我才第一次去看。不看倒也罢了；一看，禁不住心潮起伏，久久不能自已。几句言语，如鲠在喉。

我不懂电影艺术，对于兄妹母女悲欢离合的故事情节，对于编剧、导演、演员、摄影的艺术技巧，自然无话可说。想的是题外事，说的是画外音。

小花可能已经死了罢？酷烈的解放战争中，千万革命战士，在枪林弹雨的战场上，在支援前线的行列里，英勇地献出了他们宝贵的生命。

小花还活着吗？

小花没有死。她不能死，不会死。小花是我们伟大的党的优秀儿女，是我们革命战士的不朽形象。她永远活在我们伟大祖国的锦绣河山，使它更加庄严壮丽；鼓励着我们革命战士的斗争精神，

---

① 老烈（1921—　），原名苏烈，辽宁绥中人，中共党员。1939 年毕业于绥中中学。1955 年开始发表文章，著有《学步集》《边鼓集》《瓜豆集》《老烈杂文》等。

排山倒海，英勇向前。

小花还活着，她还住在大别山区的农村里，还在一锄一锄地种田，播下种子，收获粮食，送到“前线”，支援“战争”。她看到我们的祖国，打倒“四人帮”之后，百废俱兴，万象更新，齐心协力向四个现代化进军，感到自己当个抬担架的汗水没有白流，用小车推到前线上去的粮食没有白费，流血牺牲的亲人没有白死，衷心地高兴，正在披星戴月，辛勤劳动，继续为党、为革命事业贡献力量。

只是不知道小花到城里探望过她当年的“同志哥”没有？如果她看到“考虑考虑”“画圈圈”“拟同意”同志，看到“三水”（茶水、药水、薪水之类），“四机”（电视机之类），“五子”（车子、房子等等）同志，将会认些什么？你就是住过我们家里、给我们挑过水打过柴的那位同志吗？你就是坐过我抬的担架的那位负伤的同志吗？你，你就是……嗯？

赵永生也应该还在。现在大概已经是哪一级的领导了吧！他在哪里？也许正在行军路上，背着病号的背包、步枪，率领战士野营，或冒着烈日暴雨，指挥部队巡逻边防，也许正在大庆油田，和冰雪搏斗，或者正在淮南煤矿的井下，检查通风设备，当然，也有可能在哪个人民公社，正和社员一起商量如何打好春耕这一仗。他们没有忘记过去，没有忘记小花，没有忘记养育他们的群众母亲。他们不愧为人民的子弟兵。

然而，稻田里也会生稗子，总也有人忘记了小花，忘记了在一条战壕里倒在自己身旁的战友，忘记了自己为之艰苦奋斗的革命事业，蝇营狗苟，只想着“乌纱帽”“大红袍”。睁开眼睛看，难道没有这样的人吗！

不要转过脸去。请看这个画面：小花（翠姑）和一位老游击队员，抬着一副担架，冲过火线，翻山越岭，奔向根据地。陡峭的山岩，一级一级的石板路，左回右旋，看不到尽头，小花跪下来，用膝头向上爬，老游击队员把担架举过头顶，好保持平稳，不使伤员受颠簸。一步，一步，膝头磨破了，鲜血淋淋。一步，一步，一步一阵剧痛，一步一个血印。小花咬紧牙关，注视着远方，前进，前进。

担架上抬的是谁？他现在在哪里？在为着什么，干着什么？但愿他能对得起小花，也许他已经做了很多对得起小花的事了吧！